宿罪

二係捜査（1）

本城雅人

角川文庫
23815

目　次

登場人物

森内《もりうち》　洸《ひかる》……警視庁捜査一課所属。二係捜査担当刑事。野方署から二係に異動してきた。

信楽京介《しがらききょうすけ》……警視庁捜査一課所属。二係捜査のベテラン。巡査部長。

香田繁樹《こうだしげき》……東村山署刑事課長。かつて信楽の元で二係捜査に4年従事していた。

水谷早苗《みずたにさなえ》……元町田署生活安全課の警察官。行方不明の清里千尋をずっと捜していた。

菊池和雄《きくちかずお》……香田の義父。元神奈川県警相模原南署の署長。

藤瀬祐里《ふじせゆり》……中央新聞の記者。捜査一課担当。(『ミッドナイト・ジャーナル』に登場)

向田瑠璃《むかいだるり》……中央新聞の記者。調査報道班所属。(『不屈の記者』に登場)

清里千尋《きよさとちひろ》……高校3年生。水谷が更生させたが、突如行方不明になる。

1

――二〇一八年十一月（現在）

読経《どきょう》が終わった斎場では、出棺に向けてお別れの儀に入った。

遺族や近親者に続いて友人、同僚たちが一輪の花で、故人を囲んだ。

東村山《ひがしむらやま》署刑事課長の香田《こうだ》繁樹《しげき》は席を立たなかった。

享年三十九、乳癌で亡くなった水谷《みずたに》早苗《さなえ》巡査とは、課こそ違ったが、かつて町田《まちだ》署で同僚だった。四十六歳の香田が三十一歳、水谷は七歳下だから二十四歳の時だ。

生活安全課少年係の捜査員だった彼女には、一緒に事件を追い、喜びや悔しさを共にした仲間がたくさんいる。

香田が別れ花を手向けに行かなかったのは、なにも町田署で部署が違ったという理由だけではない。

長い間、片時も忘れることなく、行方不明になった高三少女の安否を気にしていた彼女のことだ。香田の顔を見たら、事件を思い出し成仏できないと思ったからだ。

手を合わせた参列者が離れていくと、彼女の夫が挨拶《あいさつ》に立った。顔全体がすっきりした優しい雰囲気の男性だった。

「遺族を代表して、皆様に一言ご挨拶を申し上げます。私、早苗の夫、水谷洋《ひろし》でございます。本日はお忙しい中お悔やみいただきまして、誠にありがとうございます。早苗も皆様方からお見送りいただき、さぞかし喜んでいると思います」

香田が町田署にいた当時、夫は神奈川県の相模原《さがみはら》市役所に勤務していた。市役所からは供花が出ていたから、今も勤務しているのだろう。

二人は確か町田駅で知り合ったと聞いている。

――駅前を歩いていたらナンパされたんですよ。良かったらお茶でもいかがですかって。私、絶対マルチか宗教の勧誘だと思ったんですよね。じゃなきゃ私なんかに声かけるわけがないじゃないですか。うちの旦那《だんな》、結構イケメンなんです。

出会いの経緯を署内で快活に話していた。話し上手で、自虐も入っているのでのろけ話に聞こえない。話を聞いた誰もが彼女の結婚を祝福していた。

――香田さん、聞いてくださいよ。さっき副署長から、「駅前でナンパされたのは本当なのかね」と嫌な顔で聞かれたんです。私もムッときたんで思い切り言い返しました。「駅前も健全な男女の出会いの場ではないんですか？　副署長はどこならセーフで、どこだとアウトだと思われているんですか」って。副署長、「プライベートな話は署内では控えてください」と引き下がっていきましたよ。

その話をされた時は、近くに副署長にひけをとらない堅物の警務課長がいたものだから、香田もおろおろして言葉を返すのに少し時間を要した。

――わ、私も問題ないと思うよ。大事なのは場所より、その相手がどんな人かということだから。

――フフッ、香田さんも真面目ですね。そういうところが刑事らしいなと思います。

彼女は悪戯《いたずら》っぽく笑っていた。

市内に住めば市役所から住宅補助が出るからと、彼女はＪＲ横浜《よこはま》線を跨《また》いだ神奈川県側、神奈川県警相模原南署の管内のマンションに住んでいた。

その頃はまだ子供はいなかった。

喪主である夫の挨拶は続いている。

「私にとっての早苗は、いつも明るくて心優しい妻であり、十歳の恭太《きょうた》には優しいだけでなく、一緒にサッカーをやっては負けっぱなしでは終わらない、どちらが子供か分からないくらい夢中になって遊ぶ、アクティブな母親でした。昨晩、恭太と話したんです。お母さんのことで一番印象に残っていることってなにかって。息子と私の意見は一致しました。妻を思い出して真っ先に浮かぶのは、家で私や恭太の世話をしてくれていた時より警察官として仕事に打ち込んでいる姿です。彼女ほど正義感の強い女性を私はいまだかつて知りません、それは私にとっても恭太にとっても一番の誇りです……」

こみ上げてきたのか、夫は言葉に詰まり、ハンカチで目頭を拭《ふ》いた。

正義感の強い――その言葉が香田の胸をざらつかせた。

あの時、こうやっていれば……。警察の仕事なんてものは、つねに後悔がつきまとう。ことさら水谷に対しては、その思いが強い。

俺がしっかりしていれば、もっと気を回していれば。いや彼女ほど正義感の強い警察官であったなら、仕事は仕事、家庭は家庭とメリハリをつけて、良き夫と息子ともっと楽しい時間を過ごせたのではないか。胸を掻《か》きむしりたいほどの悔いは、一生消えることはないだろう。

喪主の挨拶が終わると、家族と親しい仲間たちが棺《ひつぎ》を持ち、出棺に入った。

みんな泣いていた。遺影を持つ夫の頬にも涙が零《こぼ》れだした。

夫の後ろを歩く一人息子は口をへの字に結んで涙一つ見せなかった。親戚《しんせき》らしき女性がいて、手を取ろうとしたが、息子は大丈夫だと撥《は》ねのけた。

十歳というから小学四年生か五年生だろう。

観音開きになった霊柩車《れいきゅうしゃ》に棺が運び込まれる。

そこで息子が参列者に向かって振り返った。

涙ぐんでいた父親も、息子の動作に驚き、「恭太」と呼んだ。

息子はその場で顔の横に手を当てて敬礼したのだ。

出棺を見つめていた全員の目が、息子に釘付《くぎづ》けになり、たくさんの参列者が訪れていた斎場から音が消えた。

警察官である母が大好きだった息子は、母親の魂が警察官のまま旅立っていくことを、ここにいる誰よりも願っているのだ。

警察官たちは、息子に向かって敬礼していた。小さな警察官の立派な敬礼に、こみあげてくるものを堪《こら》えていた香田も姿勢を正して、答礼した。

息子の姿に生前の水谷の姿が重なった。どこからともなく嗚咽《おえつ》が漏れる。

父親に促されて、息子も同乗した。その霊柩車がクラクションを鳴らして出ていった時、香田はもう一度、合掌した。

これほど心を揺さぶられる葬儀は二度とないのではないか。警察官であることに誉れ高さを感じる弔いは……。この場にいた警察官全員がそう思ったに違いない。

これこそ本当に職務をまっとうした警察官の葬儀だ。近親に尊敬すべき警察官がいる香田はとくにそう思った。

頭に浮かんだのはすでに駆け足で迫ってくる、義父が泉下の客となる日のことだった。

すでに定年退官した義父からは、葬儀は身内だけでささやかにやってほしいと言われている。それでも父を慕う神奈川県警の何人もの警察官が弔問に来るだろう。

挙手注目の敬礼は帽子を被《かぶ》った時にするものであり、それ以外ではお辞儀する。さすがに現役の警察官である香田は、義父の葬儀で敬礼はしないが、心の中では水谷の息子と同じように、警察官の最期にふさわしいだけの礼で敬って、義父を見送るに違いない。

百人近く集まった参列者が三々五々引き揚げていく。

人が少なくなったことで顔を知る者も分かるようになった。

そのうち何人かは懐かしさに惹《ひ》き寄せられるように香田に近寄ってこようとした。香田が人を寄せ付けない強張《こわば》った顔をしていたのだろう。彼らは目礼だけして引き揚げた。

香田も帰ろうとした。

人が散っていく中で、一人だけ背の高い見覚えのある男がいることに気づいた。

いつも通り、髪はきちんと整髪されている。

ただほぼ全員、喪服の下は白シャツを着ているのに、その男だけは黒シャツを着ていた。

「部屋長」

昔の警察官が若手の指導係に使っていた古い呼称で声をかけた。

「ああ、香田も来てたのか」

いまも警視庁捜査一課に勤務する信楽京介《しがらききようすけ》巡査部長は、涼し気な目許《めもと》を香田に向けた。

香田より三歳年上なので、四十九歳。

香田が歳とともに顔のエラが張り、体まで丸々としてきたのに対し、背丈が一八〇センチ以上ある信楽は昔と変わりなく、顔も体つきもスマートなまま。香田の方が間違いなく年上に見られるのではないか。

捜査一課の刑事にしては優しい顔をしている信楽だが、とっつきにくさを醸し出しているという点でもあの頃と変わらない。

「部屋長もいらしていたんですね」

「同じ警視庁で働いた仲間だからな」

そう言われたが、ずっと本庁の捜査一課にいる信楽と、所轄の少年係勤務の水谷早苗との接点が見いだせない。

「部屋長、この後、お忙しいですか」

「俺の仕事は同じだよ。資料見て、端緒を探すだけだ。とくに忙しいわけでもなければ暇なこともない」

時間があるのかないのか判断のつかない返答だったが、香田は勝手に、少しなら付き合ってやると言ったのだと解釈した。

「お茶に付き合ってください。水谷さんの息子の敬礼に心を打たれ、このまま署に戻ったところで、とても仕事に戻れそうもないので」

斎場から道を挟んだ向かい側にファミリーレストランがあったのでそこに入った。

席はいくらでも空いていて、自由な場所を選べたが、「あそこにしましょう」と一番奥の周りに客がいないボックス席を選んだ。

香田はアイスコーヒーを頼んだ。

「俺は炭酸水」

ウエイトレスにそう告げた。

「スプライトならあちらのドリンクバーにありますけど」

「甘くないやつがいいんだけど」

ウエイトレスは困っていたが、香田がメニューを開き、「このクリームソーダのアイスクリーム抜き、メロンシロップ抜きにしてもらえませんか。お金はクリームソーダと同じで構いませんから」と口添えする。ウエイトレスは一度、バックヤードに相談に行った。面倒くさい客だと思ったのかもしれない。戻ってきて「承知いたしました、今回だけ特別で」と告げた。

「相変わらず炭酸水しか飲まないんですね」

懐かしい気持ちになる。炭酸水の買い出しは、信楽の下に入った刑事が真っ先にやらされる職務のようなものだ。

「炭酸水しかはないだろ。酒は飲むんだから」

「その酒だって炭酸割りではないですか」

「割らなきゃ体によくないだろう」

焼酎でもウイスキーでも信楽は必ず炭酸で割る。

その方が腹は膨れて、飲み過ぎないで済む、妻からいつも飲み過ぎだと心配され、それ以来、必ず炭酸で割るようにしたんだよ……香田に異動辞令が出た最後の酒場で、四年間の付き合いで初めて家族の話をされた。

あの時は別れを惜しみ、ぐいぐい呑《の》んだ香田は酩酊《めいてい》状態だったが、その話だけはしっかりと心に残った。

その後、信楽はその妻と別れた。いくらでも女性が寄ってきそうな信楽がその後も一人でいるのは、今も別れた妻に未練を持っているのかもしれない。それとも元妻ほどの女性には巡り合えないと諦《あきら》めているのか。孤独に強そうなのに、信楽はどこか寂しい風情をまとっている。

「今も毎晩飲んでるんですか。ほどほどにしといてくださいよ」

「二日酔いで仕事したところで、俺に文句言う者はいないよ」

捜査一課ではアンタッチャブルな存在なのは今も同じらしい。

「私が心配しているのは部屋長の体のことです。部屋長がいなくなったら、家族の苦しみが楽になる日は、いつまでたっても訪れませんから」

「苦しみから解放される日なんて一生ありえないよ」

ああ言えばこう言う。無口なくせに、話せば理屈っぽいのも昔のままだ。

最初に顔を見た時は、体育会系揃いの捜査一課で、日々淡々と自分の仕事をこなしているこの物静かな刑事が、なぜ長年、特別な捜査を任されているのか分からなかった。

次第に課の喧噪の中に、空気のように溶け込んで資料読みを続ける信楽こそが、この仕事に適任だと思えるようになった。

信楽は運ばれてきた炭酸水からストローを抜き、直接グラスに口をつけてはごくごくと喉《のど》を鳴らして飲んだ。

体育会系とは程遠いタイプだが、水でも酒でも飲みっぷりだけはスポーツ選手のように豪快なのも、昔と変わらなかった。

　香田は水谷早苗と同じ町田署の刑事課に勤務した後、念願の警視庁の捜査第一課、「花の一課」に上がった。

　三十二歳だった。警視庁の全職員はおよそ四万七千人、その中で殺人強行犯の刑事として、「S1S」（Ｓｅａｒｃｈ　１　Ｓｅｌｅｃｔ＝選ばれた捜査一課員）と刻印された朱色のバッジをつけられるのは四百人余しかいない。それだけで名誉なことだ。

　三十二歳で初めて本庁にあがるのは、けっして遅すぎるわけではないが、周りがやり手の刑事ばかりに見えて萎縮《いしゅく》した。元より押し出しの弱い香田は明らかにスタートダッシュに失敗した。

　捜査一課の中でもさらに中核の殺人係は、事件数が減った昨今は七つになったが、香田の頃は十四係まであった。

　その十四の係が順番に都内で起きた殺人事件の捜査本部（または特別捜査本部）に入っていく。犯人を確保し、事件が解決すると、捜査本部が解散する。そうなると当面は一番待機、二番待機となり、その間は自宅に帰れて、交替で休みがとれる。

　香田が配属された頃は、次から次へと事件が起き、未解決事件も継続して強行犯係が請け負っていたことから、一年中、どこかの帳場に泊まり、ようやく事件が解決して家に帰れても三日続けて自分の布団で寝た記憶がないほど、目が廻《まわ》るような忙しさだった。

頼りなく見られていた香田は、大きな仕事は任されなかった。

それでも事件現場周辺を任される地取り捜査や、被害者と容疑者の人間関係を追いかける鑑取り捜査では、証言を聞き出せても簡単には信用せず、疑問を覚えたことは相棒の先輩刑事の反対を押し切って聞き直しに戻り、さらなる証拠をかき集めた。

ちょっとした休憩ですら不安になった。そうした気持ちになったのは、事件を解決する一番の近道が初動捜査にかかっているからだ。迷宮入りした事件のほとんどは、初動捜査になにかしらのミスが生じている。

ただいかんせん、なにごとにも焦らない性格の香田は、自分の仕事ぶりを周りにアピールするのが不得手だった。

先輩刑事からはしょっちゅう「もっとテキパキやれねえのか」「調べたものを早く出せ、のろま」と口を極めて叱責《しっせき》された。

先輩から叱られているうちはまだ良かった。事件を指揮する管理官の目にも香田の動きは鈍く、人が良過ぎて殺人係の刑事向きではないと判断されたようだ。

たった一年で、殺人係を外され、信楽という刑事の下に行くように命じられた。そこでの職務は行方不明者届――当時は捜索願と呼ばれていたが――が出た失踪《しっそう》者と、その人物と関わりのある人間との関連を割り出すこと。行方不明者が生きていれば救出、亡くなっていれば遺体を捜しだす捜査だった。

その捜査は当時、「強行犯二係」（現在の第二強行犯）の中にあったことから、庁内では「二係事件」「二係捜査」と別称がついていた。

そのような名称を聞いたこともなかった香田は、自分は閑職に飛ばされたのだと思った。

それはその捜査を一人で任されていた信楽京介巡査部長が、丁寧に自己紹介した香田に「よろしくな」と軽く返しただけだったからだ。その後、「とりあえず、これを調べてくれないか」と山ほどの資料を渡され、この資料をどう読んで、どう解読するのかも説明がない。聞いたところで「端緒を見つければいいんだよ」と言われるだけだった。

通常、警察官が使う端緒とは、通報や微罪など捜査のきっかけとなる事件を指すが、信楽の場合はなにも事件でなくてもいい。人間関係、同じ学校、職場、出身地など行方不明者とすでに別件で逮捕された被疑者をつなぐ取っ掛かりのこと。大きな意味での端緒だった。

難しい要求をしてくる割には、信楽は毎日なにも成果がないまま、必ず定時で帰ってしまう。

やり始めた時は正直、こんな神経衰弱のような不毛な調べを続けて、事件など解決できるのか。担当刑事が定時に帰るような部署が、エリート部隊と呼ばれる捜査一課に存在していいのか、それすら疑問を覚えた。

その疑問は、隣で文句ひとつ言わずに資料を読んでは、近々の逮捕者の捜査記録と照らし合わせていく信楽の姿を見て、やがて解消されていく。この捜査こそが、どれだけ鈍臭く見られようが小さな発見に執着してきた自分にできる職務だと、考えを改めた。

なによりも自分は、前任の町田署で女子高生の失踪を経験しているのだ。

こうやって調べていけば、いつの日か彼女の近辺にいた怪しい人間を見つけ出し、彼女を救い出せるかもしれない。

その時は町田署の少年係で、少女の行方を憂えている水谷早苗に真っ先に知らせよう、そう思っておびただしい数の資料を一つ一つチェックし、無関係なものはつぶし、大事なものだけを記憶に叩き込んだ。

信楽とともに、幼児、少年少女、若い女性、老人……「行方不明者」ではなく当時は「家出人」と呼ばれた者と、別件での被疑者を結び付けたことは何回かあった。ほとんどはシロで、四年間で解決した事件は一件しかなかった。

解決件数は少なくとも、警察にはこうした捜査は必要だ。いつしか信楽の姿勢を見習っていた香田は、この先も信楽の下で仕事をしたかった。

それが四年目、捜査一課に来て五年目に入ったところで、信楽から「警部補試験を受けた方がいいよ」と勧められた。

――嫌ですよ、警部補になったら部屋長と仕事ができなくなるじゃないですか。

香田の階級は信楽と同じ巡査部長。並列でも本来は認められないが、仕事の指示を受ける者が、信楽より階級が上ということは、警察のヒエラルキーではありえない。

――警視庁には五年ルールがあるんだぞ。捜査一課に来て五年経てば、香田には異動が出る。どうせ動くなら、少しでも偉くなった方が次の仕事がしやすくなるだろ？

巡査部長止まりで、昇任試験を受けないくせに、信楽はそう言った。

警視庁には同じ課に五年以上は勤務させないという不文律がある。

長く同じ部署で仕事をしていると捜査対象と馴《な》れ合いになったり、不正が起きたりするというのが、異動の理由である。

それが信楽だけは、今日まで換算すれば二十年以上、捜査一課で一つの捜査に従事している。

その理由はこんな地味な捜査は誰もやりたがらないから。あるいは予算縮小を求められる中、検挙率の低い捜査に優秀な人材を取られるわけにはいかないから……信楽を揶《や》揄《ゆ》する声は捜査一課内でよく聞いた。

そうした批判は信楽へのやっかみだ、一緒に仕事をしているうちにそう思うようになった。

警察内では「殺し三年、アカ八年」、そして「遺体も出ていない事件の掘り起こしをできるようになるには十年かかる」と言われている。

信楽でなければ、遺体も見つかっていない行方不明事案を、殺人事件に結び付けることはできない――。

信楽のもとから離れて十年経つ今も、その思いは何一つ変わっていない。

信楽と過ごした四年間を振り返りながら、香田はアイスコーヒーを飲んだ。慌ててトールグラスの中を見ずにストローで啜《すす》ったので、空気を吸い上げる音がした。慌てて口を離す。

「失礼しました」

そう謝った。きれい好きで机の上はいつもきちんと片付けてから帰宅する信楽は、こうした行儀の悪さも好きではない。

しかしソーダ水をとっくに飲み終えていた信楽は、気にすることなく、椅子の背を片手で抱くようにして外を眺めていた。

「部屋長は水谷さんとはどこかで一緒だったんですか」

水谷早苗の葬儀に信楽がなぜ来ていたのか、気になっていたことを遠回しに尋ねた。

「ないよ」

返事は短かったが、なにか言いたそうだったので香田は黙って待った。

口を開くことはなかったが、右手を喪服の内ポケットに入れて四つ折りにした資料を広げた。

パソコンからプリントアウトした行方不明者届。

清里千尋《きよさとひひろ》――氏名欄にそう書かれてある。

「部屋長、どうしてそれを……」

あまりの驚きに言葉を失う。

「気にしてたじゃないか。一度も俺に相談してこなかったけど」

「私がこの少女の行方を気に掛けていること、どうして分かったのですか」

この清里千尋こそが、香田が町田署にいた時に行方をくらました少女、水谷早苗が捜していた高校三年生の女子生徒である。

信楽が言った通り、ともに仕事をした四年間で、信楽に相談したことはない。

行方不明者の数は日々、増える一方で、日々の仕事に追われていた香田は、たまに清里千尋の捜索願を見ては、書かれている内容を忘れないように頭に叩き込むくらいしかできなかった。

相談することは何度か考えたが、そのたびに躊躇《ちゅうちょ》した。信楽が捜査に着手するには、被疑者と結び付ける端緒がいる。清里千尋に関しては、小さな端緒すら当時の香田には見出《みいだ》せなかった。

「よくこのファイルを眺めてたよな。あの頃は今みたいにパソコンにデータ化されてもなく、手書きの捜索願だったから、横から覗《のぞ》けばすぐ見えた」

「すみません。勤務中なのに部屋長の目を盗んで余計な仕事をしていました」

与えられた仕事をこなし、昼休みや信楽が帰った後に調べていたつもりだったが、時々不意に気になり、ファイルを取り出した。何度も触るから清里千尋の資料だけは紙がふやけ、皺《しわ》が入った。

「この事件って、香田が町田の刑事課にいた頃だもんな」

「はい、その通りです」

「町田駅というのは特殊なんだよな。彼女は自宅こそ都内、町田署管内だけど、行方不明になったのは相模原南署管内なんだろ。警察というのはいまだに縦割り社会だ。よその管轄で起きた事件には口出すなと、すぐ文句言ってくる。そんなことやってるから助かる命も助からないんだよ」

信楽の言葉は、彼女はすでに死んでいると決めつけているように聞こえた。

水谷早苗が草葉の陰で泣いてるなと思いながらも、信楽の言葉に異論を挟むつもりはない。香田だって死亡の線が濃厚だと思っている。あれから十五年が経過しているのだ。生きているとしたら奇跡に等しい。

一方で信楽の言葉には優しさも含まれていた。

それは町田駅の特殊事情を出すことで、彼女を見つけられなかったことを、警視庁と神奈川県警の縄張り争いという、組織の問題にすり替えたことだ。

だが香田に甘える気はなかった。

「いいえ、部屋長、そのことは言い訳にはできません。私は町田署の刑事課にいたんです。縦割りだろうがなんだろうが、密に神奈川県警に連絡を取るべきでした。そうすれば捜査で出遅れることはなかったはずです」

「香田は刑事課だったんだろ。少女は未成年だったじゃないか」

未成年だから少年係の水谷巡査が担当していた。それも言い訳にはできない。

「いいえ、水谷さんは成人による凶悪事件を案じていました。私が水谷巡査の相談にもっと真剣に乗ってあげれば良かったんです」

実際、刑事課長に捜査着手の打診をした。しかし刑事課長の返答は「しばらく様子を見よう」だった。

水谷は足を棒にして捜し回っていたが、結局、少女は発見できず、行方不明になってから一週間経って、公開捜査となった。

間近にいた同じ署の仲間が誘拐、拉致《らち》、監禁の可能性を感じていたのだ。香田がもっとしつこく刑事課長を説得し、相模原南署とともに、大ローラー作戦をかけていれば、少女を救い出せたかもしれない。

悔悟を噛《か》み締めながら、心に浮かんだことを口にした。

「部屋長、もし私がこの少女の端緒を摑《つか》んだ時は、部屋長は手伝ってくれますか」

信楽はすぐに返事はせず、溶けた氷しか入っていないグラスに口をつけてから香田を見た。

「当たり前のことを言わせるなよ」

短い言葉だったが、香田にとっては神の声に等しかった。

水谷の訃報《ふほう》が届いて以来押しつぶされていた胸が、少しだけ楽になった。

2

――二〇〇三年七月二十四日（十五年前）

出先から捜査車両で戻ってきた町田署刑事課の香田繁樹の視界の先に、西の空が広がっていた。

夏の長い日が沈みかけ、黄金色に輝く残照で、丹沢山系の頂に茜富士《あかねふじ》が浮かび上がっていた。

管内から富士山を眺められる警察署に勤務できるとは、福島出身で、最初の派出所から都内でも隅田川《すみだがわ》より東側の署ばかりだった香田は思いもしなかった。

車を署の指定駐車場に駐め、エンジンを切る。冷房の効いた捜査車両を降りると、もやっとした空気が押し寄せてくるようで思わず顔を背けた。

間もなく午後五時半になるというのに、昼間にアスファルトに照り付けた熱は引くことがなかった。

このまま当直当番に入る。こうした鬱陶《うっとう》しい夜に限って、酔っ払いの喧嘩《けんか》や交通事故といった通報が入る。今夜も慌ただしい一夜になりそうだ。

当直の準備をしようと歩き出すと、正門から髪を下ろした女性が自転車を立ち漕《こ》ぎして入ってきた。

水谷早苗巡査だった。

相模原市役所に勤める男性と結婚してからの彼女は、JR横浜線を挟んだ向こう側、神奈川県相模原市から自転車で十五分かけて通勤している。こんな時間に一人で行動しているということは、今日は休みだったのではないか。

駐輪場に停めると、風を巻くように通用口へと走っていく彼女を、大きな声で呼び止めた。

「おい、水谷くん、どうしたんだよ。そんな慌てて」

「あっ、香田さん」

足を止めて振り返った水谷は、鼻の上に玉の汗をかき、息が切れている。自転車で飛ばしてきたようだ。

「お願いしたいことがありまして」

香田は刑事課、彼女は生活安全課少年係なので仕事上の接点はあまりないが、約二十名で一チームになる当直番で何度か一緒になった。どんな時でも疲れを見せず、彼女は電話や無線番などを一生懸命にこなす。頑張り屋の警察官だと署内の評価も高かった。

眉《まゆ》を寄せた物憂げな表情から、彼女がなにを案じているのかすぐに分かった。前々日の七月二十二日の夜から姿を消している一人の女子高生のことだ。

横浜市緑《みどり》区の友人宅に遊びに行くと家を出たきり、少女はその晩、友人宅に来なかった。心配になった友人が翌日、少女の母親に電話、その日の午後、つまり昨日、友人と母親が町田署に相談に来た。

対応に当たったのが水谷早苗で、水谷はその場で捜索願を作成した。

その行方不明になった十七歳の女子高生、清里千尋は署内ではちょっとした有名人だった。

ヤンキー、素行の悪い女子グループのリーダーで、中学の頃から喫煙や深夜徘徊《はいかい》、喧嘩などでの補導歴があった。付き合う男もいわくつきで、一時は家出をしたまま、二週間近く家に帰らなかったこともあったらしい。

評判だったのは非行だけでなく、少女の容貌《ようぼう》も関係していた。

警察官の立場にある者が、未成年少女をそう言うのはいささか不謹慎ではあるが、美少女というのは彼女のようなタイプを言うのだろうと思ったことはある。

パーマをかけた髪を金髪に染め、細くした眉を鼻根に向かって切り込ませる威圧感のあるメイクをしているのに、なぜか品が悪く見えない。

はっきりした二重瞼《ふたえまぶた》で整った目鼻立ちのせいなのか、それとも色白できれいな肌のせいなのか、町田市内の高校だけでなく、隣の神奈川県の学校まで彼女の名は知れ渡っていて、駅にはタレント事務所のスカウトマンが少女目当てにやって来て、勧誘しているとの噂は絶えなかった。

ヤンキーと言っても、行方不明になった時点の清里千尋は、いわゆる不良少女とは一線を画していた。

かつては親や学校の教諭でも手に負えず、町田署の少年係でも悪い評判が絶えなかった千尋を、水谷早苗は補導するたびに二人きりで話をして、将来をちゃんと考えるよう諭した。

水谷が言うには、最初のうちは反抗してまともな会話もできなかったが、根気よく続けていると、夏休みに入る一ヵ月前、六月中旬あたりに変化が見られた。「分かったよ。早苗ちゃん、これからは他人に迷惑をかけないで生きていくよ」彼女は約束した。数日後には「やりたいことが見つかったよ」とわざわざ町田署に来たという。

「彼女、依然として見つかっていないんだな？」

そう尋ねると水谷は唇を噛み締めて首肯した。

昼間は空き巣事件に追われて様子を聞きに行けなかった香田は憂鬱《ゆううつ》な気分になった。今の時刻で、彼女が消息を絶って四十八時間が経過したことになる。事件に巻き込まれていたとしたらこれくらいの時間が、人の生死を左右する。

「はい、今日一日、彼女の友人などに当たってみましたが、居場所はわかりませんでした」

休日返上で、少女を捜していたようだ。

「お願いってことは、刑事課にも協力してほしいってことだよな」

「はい。ですけど刑事課といっても香田さんへの個人的なお願いです」

「個人的とは。遠慮しないで言ってくれよ」

「千尋ちゃんの自転車についてです」

「自転車は見つかったのか」

「はい、うちの捜査員が今朝の十時過ぎ、駅の駐輪場で発見しました」

「そうか、見つかったのか」

つまり一昨日の夕方に家を出た清里千尋の町田駅までの足取りは、確認できたということだ。

「はい、ただし南口の駐輪場だったので、うちの係長が相模原南署に連絡しました」

ＪＲ横浜線と小田急《おだきゅう》線が走る町田駅は南口側の一部が神奈川県相模原市になる。すなわち相模原南署の管内だ。

「南署は了解したんだろ」

清里千尋の失踪《しっそう》は、昨日のうちに相模原南署にも連絡している。

「こちらで調べますと言ったそうなんです。それが今さっき、私が駐輪場を見てきたら、まだ自転車が置いてあってびっくりしました。普通は動かして調べると思うのですけど」

彼女が言っていることは至極まっとうだった。ひと通りの多い駅前の駐輪場で指紋を検出するわけにはいかない。とりあえず署に持ち帰るのが基本だ。

「違う自転車を持っていったんじゃないのか」

「そんなことはありません。自転車には名前を書いたステッカーが貼ってあります。そのこともうちの捜査員が伝えました」

そうだった。心を入れ替えた清里千尋は、それまで乗っていた黒とゴールドに塗装した原チャリをやめて、母親が十年以上前に使っていたお古の自転車に乗り始めた。その自転車で走っていたのを見かけた水谷が「レトロでカッコいい」と褒め、「名前が書いてないと盗まれるわよ」とＣＨＩＨＩＲＯとプリントしたステッカーを作成したのだった。

偶然にも、水谷がステッカーをプレゼントした場を目撃したのだが、自転車のどこに貼るのかで二人は揉《も》めていた。車体と前輪をつなぐスポークがいいと言った水谷に「それって目立ちすぎだろ」と千尋が言う。「目立つところに貼るから防犯効果があるんだよ」「こんな古いチャリ、誰も盗まないって」……結局、サドル下のフレームに貼ったが、二人のやりとりは警察官と元不良少女には見えず、どこか微笑ましかった。

「ステッカーが貼ってあるなら、間違えるってことはありえないよな」

「今回の件、私は絶対に大崎猛《おおさきたける》が関わっていると思うんです。今日も以前、大崎のグループにいた男子から、大崎が千尋ちゃんを自分の女にするって吹聴していたと聞きました」

大崎猛も町田では有名な不良だ。傷害、恐喝、改造バイクでの暴走行為等での逮捕歴がある。短期間だが少年院にも入っている。

ただし清里千尋が率いていたグループとは無関係だ。千尋がやっていたのは学校の校則に反するレベル。他方、大崎がしていることは一見、昔ながらの暴走族だが、内容はチーマーやカラーギャングと呼ばれる新しいグループ同様に犯罪集団化している。最近は特殊詐欺グループを結成しているという噂を耳にした。

大崎は清里千尋より三歳上、成人しているため、大崎が千尋の失踪に関わっているとしたら香田のいる刑事課の事案になる。

ただこれも捜査の先行きに不安を及ぼす一因で、大崎は最近になって町田署管内の実家を出て、相模原南署管内のそこそこ立派なマンションに転居していた。仕事もせずに無収入でありながら。

「今のところ、自転車が千尋ちゃんの足取りを調べる唯一の手掛かりなんです。もし自転車が誰かに乗っていかれたら、その手掛かりさえ失ってしまいます」

疑問が浮かんだ。

「彼女の自転車の鍵《かぎ》はどうだった？」

「かかってましたよ」

即答だった。「私が今、確認してきたから間違いありません。鍵といっても、古い自転車なので鍵を抜くだけの簡易式ですけど」

ダイヤル式のワイヤー錠やU字ロックでもなく、前輪の間にバーを押して鍵を取るプレスキーだということだ。

「鍵をかけたのなら、どこかで遊んでるってことはないのかな？」

それが相模原南署が放置している理由なのだろうと考えた。戻ってきた時に自転車がなくなっていたら、少女が自転車を捜し回らなくてはならない。

気掛かりだろうけど、じきになんでもない顔をして帰ってくるよ――正直、香田もそれまで張り詰めていた不安が安堵《あんど》へと変わりつつあった。

そう宥《なだ》めようとしたところで、彼女の顔が険しさを増していたことに気づく。

「遊んでいるなんてことは絶対にありえません。彼女、もう昔の仲間と付き合わないって私と約束したんです。ちゃんと高校を卒業して、専門学校に行くって。金髪でパーマをかけていた髪の毛だって、こんな傷んだ髪で美容学校に行ったら笑われるねと、元に戻しましたし」

「私は別に悪いヤツらと言っていないよ。ほら、懐かしい友達と再会して、話が弾んで時間を忘れてしまった。彼女くらいの年齢だったらあるじゃないか。もとより彼女は交友関係が広いんだから」

「だとしても泊まりに行く予定だった友達の家に電話を入れるはずです。彼女は心配している友人をほっとくような、非常識な子ではありません」

水谷は顔を強張《こわば》らせたまま引かなかった。

言っては悪いがつい最近まで家出の常習犯だった少女だ。いくら心を改めたといっても、無断外泊くらい気にも留めないだろうし、何かの拍子でまた気変わりして、悪い連中のもとに戻ったことはありうる。だが、これ以上言い張るのは休日返上で捜し回った水谷に申し訳ない気持ちになった。

「分かったよ。水谷くん、私から南署に電話してみるよ。どうして自転車を持ち帰らなかったのかの理由は謎だけど、私が言えば動いてくれるだろうから」

「香田さんにそう言ってもらえると助かります。早く引き取るよう、よろしくお願いします」

彼女はしっかりと頭を下げた。

警察社会では、警視庁の一捜査員が神奈川県警に直接連絡することはありえない。依頼するなら町田署の生活安全課の少年係長を通じて相模原南署の生活安全課の少年係長に連絡する。少年係の捜査員が自転車を発見した午前中もその順番で連絡したはずだ。

それで動いてくれなかったとなると、警視庁本部の生活安全部長から、神奈川県警本部の生活安全部長を通して連絡を入れてもらう方法がより良い。

だが今からその方法を採ると明日になる。香田ならそんな煩わしい方法を採らなくてもいい。電話で済むことを水谷が署に伝えに来たのは、香田が相模原南署に特別な伝手《つて》があることを知っているからだ。

我に返って時間を確認した。

五時三十七分。当直開始は五時四十五分。当直が始まれば事件、事故で出動要請がない限り、署を出ることはできない。

一旦《いったん》当直席に向かう。準備に入っていた当直員を見つけた。

「少しの間、離席しますが。当直隊長の訓示までには戻ってきますので」

そう伝えてから、携帯電話を持って通用口から外に出た。

正面玄関方面とは反対側の、署の裏側へと歩く。停車しているパトカーの陰に入り携帯電話のアドレス帳を開いた。目当ての名前をプッシュすると、相模原南署の菊池《きくち》和雄《かずお》署長はすぐに出た。

喉元《のどもと》まで出かかった「署長」ではなく、「お義父《とう》さんですか、繁樹です」と名乗った。

「今、大丈夫ですか」

〈カイシャを出たところだ〉

この春に入籍してからずっと同じ、娘が妊娠したからといって俺は結婚を許したわけではないと怒鳴られた時と変わらないよそよそしい口調だ。

「うちの署に捜索願を出した清里千尋という女子高生のことです。今朝、そちらの管内で自転車が見つかったこと、うちから連絡が行っているはずですが、お義父さんのところまで報告は届いていますか」

事件化していない少年事案で、しかも東京の女子高生だ。署長まで伝わっていないのかと考えたが、義父は〈聞いてる〉と答えた。

「どうして南署は自転車を放置したままなのですか。そちらが動いてくれないのなら我々が持ち帰って調べますが」

清里千尋は東京都民なのだから、町田署が対応してもなんら問題はない。最初からそうしていれば良かったが、管轄にこだわる少年係長が相模原南署に連絡したため、町田署は身動きが取れなくなった。

「その自転車の持ち主の少女が失踪《しっそう》していること、南署にはきちんと伝わっているのでしょうか。女子高生の名は清里千尋と言いまして……」

〈少女のことなら知っている〉

遮るように言われた。更生したとはいえ、不良少女だった。南署の少年係でもいろいろ面倒をかけたのかと思ったが、義父からは思いがけないことを言われた。

〈本部がセンターに、少女の身分照会をかけた〉

集中していないと聞き漏らしそうな小声だった。本部とは神奈川県警という意味だ。

「身分照会って、何号ですか」

余りの驚きに声を上ずらせて訊《き》いた。

身分照会には犯罪歴、指名手配、免許証、事故歴などでA号、B号、L1号、L2号などコードがついている。他にも非行（S1）、未帰宅者（M）などがある。

〈総合だ〉

まとめて照会をかけたという意味だ。だとしてもなぜ身分照会をかけなくてはならない。町田署でもそこまでしていないのに。

「神奈川県警は、清里千尋の失踪に事件性があると感じているんですね。それで照会センターに確認したのですね」

そうとしか考えられない。

「疑っているのは大崎猛って男じゃないですか。特殊詐欺グループに関わっているという」

矢継ぎ早に聞く。

〈そこまでは聞いていない〉

「聞いていないって……」

だったらすぐに確認してくださいよ、あまりに無慈悲に感じたが、義父の立場を考えて嚥下《えんか》した。

大崎が特殊詐欺に手を染めていることが事実なら、詐欺や汚職など知能犯捜査を担う県警の捜査二課だ。署長といえども、本部が内密に動いていることに口出しはできない。

それでも並の署長なら、身分照会を掛けた情報すら入ってこない。

義父は、若い頃は神奈川では名の知れた麻薬刑事《デカ》で、旧防犯部から名称が変わった生活安全部の保安課のエースだった。

県警本部での勤務が長く、刑事部にも顔が広い。義父だからこそ知り得た情報だ。

あとは義父に任せることにした。いつまでたっても他人行儀だが、同じ警察官としての有無相通じ合っていると思っている。新しい情報が入ればホットラインで連絡をくれるはずだ。

「自転車の件、うちの少年係が心配しているので即座にお願いします」

電話を切る前にもう一度念を押した。

〈分かった。刑事課に連絡しておく〉

義父は少年係ではなく刑事課と言った。やはり大崎猛を追いかけている、改めてそう思った。

もしや捜査二課ではなく、照会をかけたのは捜査一課かも。だとしたら彼女は……新たな不安が押し寄せてきたが、今は義父を信じるしかないと、自分に言い聞かせるように打ち消した。

翌日には、駐輪場から自転車はなくなっていたから、義父の指示通り、相模原南署員が持ち帰ったようだ。

大崎の指紋は犯歴から登録されているため、指紋が出れば捜査に入れる。しかし検出はされず、大崎の関与も不明のままだった。

その後も水谷をはじめとした町田署の少年係が手を尽くして清里千尋を捜したが、行方は分からずじまいだった。

少年係は相模原市内の大崎のマンションにも行った。管理人によると大崎はしばらく帰ってきておらず、管理会社に頼んで特別に開けてもらったが、室内はとくに変化はなく、少女が監禁された跡は見受けられなかった。

失踪から一週間後に公開捜査に踏み切ると様々な情報が寄せられた。「声をかけてきた芸能事務所のスカウトは軒並み断っていたけど、一社だけ話を聞いてもいいと思うスカウトがいたと、千尋は話していた」「元カレのバンドマンと復活したのではないか」

「修学旅行で沖縄のダンサーに気に入られたから沖縄に行った可能性があるのでは」……。

香田も水谷巡査に会うたびに状況を確認した。水谷は悲し気に眉《まゆ》を折り曲げて、それらすべての情報を否定した。

「もう昔の彼女とは違います。わざわざ町田署に来て、高校を卒業して、ヘアメイクアーティストになるって教えてくれたんです。その話をした時の彼女の目、それまで見たことないほど輝いていました。そんないい加減な理由で姿を消したりはしません」

その口ぶりは、警察官というよりは、千尋の素顔を知る姉のように感じた。

3

——二〇一八年十二月（現在）

月が替わった途端、強い寒気が流れ込んできたのか、師走《しわす》らしい本格的な寒さが到来した。

今朝も気温は五度を割り込み、朝から木枯らしが窓を叩《たた》いていた。今日はこのまま日中も気温が上がらないらしい。

水谷早苗の告別式から六日後の土曜日、香田繁樹は冬支度をして、立川《たちかわ》の自宅から電車で一時間かけて、神奈川県海老名《えびな》市の病院に向かった。

駅から病院まで、風を避けようと両手でコートの衿《えり》を立てて歩いたが、院内は外との気温差で暑く感じるほどで、エレベーターを待っている間にコートを脱いだ。

いつもの階で降りる。入院病棟内のワンフロアだが、この階は一般以外の特別な患者もいると聞く。

ナースステーションで馴染《なじ》みの看護師に挨拶《あいさつ》してから、廊下を進む。エレベーターに乗ってから漂っていた強いアルコール臭が、最奥の部屋では消えていた。

「お義父さん、繁樹です。入りますね」

返事がないのはいつものことなので、勝手に引き戸を引いた。

個室のベッドの上で、義父菊池和雄は上半身を起こして窓の外を眺めていた。

すでに体の深部まで癌細胞に蝕《むしば》まれているというのに、義父は背筋が伸びて矍鑠《かくしゃく》としていて、とても重篤者には見えない。

「どうしたんですか、外なんか見て」

「空気が冷たそうだなと思ってな」

「風がヒューヒュー鳴って寒いですよ。テレビでも今年一番と言っていました」

「そうか」

義父は風の音に耳を澄ましているかのように、顔も向けずに短く答えた。

香田が見舞いに来ても礼を言うどころか愛想もない。

これでも少しはマシになった方だ。

家族になって十五年八ヵ月。大学を卒業したばかりの一人娘を、ひと回りも年上の、しかも隣の警視庁の刑事に取られたことが気に食わなかったのか、結婚直後は話しかけても返事すらまともに返してくれなかった。

「看護師さんに聞きましたけど、食欲戻ったそうじゃないですか」

「戻ったもなにも、食えるものが出たから食った。味がないものばかり出されたら、食う気もなくなる」

味がないと文句を言うが、食事制限はされていないはずだから、メニューは変わっていない。本当に体調がすぐれなかったのだろう。

二年前に癌が見つかって胃を全摘出した。

退院してからは、義母を亡くした海老名市内の一戸建てで、一人で暮らしていた。

それが香田が東村山署刑事課長に異動したおよそ三ヵ月前、たまたま実家に立ち寄った妻の景子《けいこ》が肺炎を起こし苦しんでいる義父を見つけ、大学病院に緊急搬送した。その時の検査で肺への転移が発覚した。

その時点で、半年持てばいい方だと言われた。それでも医師からは抗がん剤治療をしてみましょうと勧められた。

少しでも長く生きられるのならばと景子と二人掛かりで説得したが、義父はどうにもこうにも首を縦に振らず、最後は義父の好きにさせてあげようという結論になった。

痛みは終日続くようで、さすがに自宅で一人で過ごさせるわけにはいかない。ホスピスを勧めたが、義父は嫌がる。そうこうしているうちにまた高熱が出て、神奈川県警の監察医が院長を務めるこの海老名市内の病院に入院することを、ようやく納得したのだった。

　もっとも入院してからも厄介ごとは続いた。

　院長はこの特別フロアの個室を用意してくれた。院長にしてみれば、警察関係者が見舞いに訪れた時、他の患者が驚かないように配慮してくれたのだが、義父は「相部屋でいい」と可愛げのないことを言った。

　そこで香田が「お金なら気にしないでください。景子がこれくらい出させてくれと言っているので」と無理やり勧めた。

　実際は「お父さんがそう言ってるなら相部屋でいいんじゃないの」とつれないことを言った景子を、香田が「お義父《とう》さんは家でもリビングより自分の部屋にいる方が好きだったんだから、個室で過ごさせてあげようよ」と説得した。

　香田がこれまで気を張って刑事の仕事に専心してこられたのは、つねに自分を律し、組織に尽くしてきた菊池和雄という立派な警察官の娘婿になったからだ。義父の名を汚してはならないと思い続けてきたことが大きい。

　義父には痛みに苦しむことなく安らかに眠ってほしい。そうすることが婿であり、警察官の後輩としての自分の使命だと思っている。

「景子の腰痛は少しよくなりましたので、来週くらいからは見舞いに来られると思います」

衣服の洗濯などがあるため、週一回、東京・立川の自宅から夫婦で交互に来ていたが、景子が習っていたジャズダンスでぎっくり腰になり、ここ三週間は香田が連続して来ている。

「子供たちも来月の冬休みには連れてきます。理沙《りさ》は高校受験に向け頑張っています。志望校はお嬢さん学校なので、甘く見てたんですけど、偏差値が上がってるようで、大変みたいです。慎太郎《しんたろう》は少年野球チームでセカンドのレギュラーになりました。本人はピッチャーをやりたいみたいですけど。三奈《みな》は女子サッカーを始めました。女の子でサッカーって思いましたが、今、サッカーやる女の子、増えてるみたいですね。そう言えばテレビでも女子リーグを中継してますものね。この前、三奈が見ていたのを横で眺めていたら、男子顔負けのテクニックで、最後まで夢中で見入ってしまいました」

中二、小五、小二の子供たちの近況を一方的に話す。義父は相槌《あいづち》を打つこともない。

義父に話をしていると、信楽の下で仕事をしていた時と重なる。

信楽も香田の話をどこまで聞いてくれているのか読めなかった。途中で、信楽が今なにを考えているかに興味が行き、自分でもなにを話しているのか要領を得なくなったことが幾度もあった。

それでも信楽の体には同じ刑事の血が流れていると感じた。

他方、近親者であるのに、義父とは気脈が通じていると感じないのは、同じ警察官であっても東京と神奈川と本部が違うからか。それとも所詮《しょせん》は婿だからか。つねに気持ちは一方通行。義父との会話は、若かりし頃に経験した片思いの切なさとどこか似ている。

「俺のことはいいから、みんなには好きなことをやらせてあげてくれ。せっかくの冬休みなんだ。理沙たちだってやりたいことはいっぱいあるだろう」

珍しく長めの言葉が返ってきた。

これも義父の強がりだ。現に義父とまともに会話ができるようになったのは、長女の理沙が誕生してから。俺はいいよ、俺だって忙しいんだ、そんな可愛げのないことを言われたことは山ほどあるが、子供たちを家に連れていったり、食事に誘ったりして断られたことは一度もない。

お義父さん、無味乾燥に振舞ったところで心の中は丸見えですよ。私だって刑事の端くれです。相手の心を見続けて捜査しているんです。もっと素直になってください――。

再び窓の外に目を向けた義父の眼窩《がんか》のくぼんだ横顔に、メッセージを送った。

再発した時が余命六カ月であったなら、それから三カ月が経過したから、命のろうそくは半分になった。いくら強がりの義父であろうとも、他人である香田より、血のつながった肉親に会いたいに決まっている。

「葬式には行ったのか？」

前触れもなしに言われたことに、義父が誰のことを指しているのか分からなかった。

最近、参列した葬儀といえば、六日前の水谷早苗しか考えられない。

「水谷巡査が亡くなったこと、お義父さんはご存じだったんですか」

「小学生の息子がいるそうだな。気の毒にな」

警視庁と神奈川県警の関係は険悪と言っていいほどだが、麻薬刑事としての義父の名は警視庁にも轟《とどろ》いている。合同捜査などで協力し合った刑事もいるだろうから、その伝手で聞いたのかもしれない。

香田は水谷の告別式について話した。

夫が、彼女の正義感の強さを語り、警察官をしていた時の妻が、自分にとっても息子にとっても一番の誇りだったと話したこと、そして出棺前に十歳の息子が参列者に向かって敬礼したこと……。

話しながら、水谷の息子の力強い敬礼が、病室の白い壁に映写されるように浮かび上がってきて、声が震えた。

深いくぼみの奥にある、義父のやや白く濁《にご》っている瞳《ひとみ》も滲《にじ》んだように見えた。

「彼女にはすまないことをした……」

義父が独り言のように呟《つぶや》いた。今度は気の毒ではなく、すまないことをした、だ。

「少女の行方不明事件のことですか」

「それしかないだろう」

「どうして今、すまないなんて言うんですか」

「おまえに話しただろ。少女の名前はこちらも把握していた」

「身分照会の件ですね」

神奈川県警本部が清里千尋を身分照会にかけていたと聞いた時は瞠目《どうもく》した。同時に神奈川県警が協力してくれるなら少女は助かるのではないか、そう人心地ついた。

「結局、あの身分照会はなにが理由だったんですか」

沈黙。そこまでは分からないと読み取った。

義父のことだから、身分照会の理由を本部に訊《き》くよう部下に命じたはずだ。その問い合わせに本部は答えなかった。所轄が訊いたところで「本部の事案だ。所轄は余計な首は突っ込まないでくれ」と撥《は》ねつけられることは、警視庁でも珍しいことではない。

それなら話してくれなかったと話せばいいのだが、こうした言い訳じみた説明は一切しないことも、義父の生真面目な性格を表している。

こんな言葉足らずで、よく被疑者を落とせたものだと毎回感心するが、普段にも増して今日が無口なのは、清里千尋が発見されないまま、水谷早苗が亡くなったのを知ったからだろう。

有能な警察官には、同じように汗をかいて仕事をしてきた警察官の悔しさが分かる。気の利いた声をかけようとしても、無念が先立ち、発声を遮る。

香田にしても同様だ。言い訳なんかするな。本当に彼女の死を悼んでいるのなら清里千尋を発見してから墓前に報告しろ、そう自分を責め立てている。

「お義父さん、神奈川県警はあの時、大崎をマークしていたんじゃないですか」

十五年前に水谷が、千尋の失踪《しっそう》に関与していると疑った男の名前を出す。

「なぜそう思う」

逆に質問された。

「それこそ身分照会があったと聞いたからですよ。大崎を追っていた神奈川県警は、清里千尋に行き着いた。でなきゃ彼女が身分照会される理由は思い当たりません」

「追っていたとは、どういった容疑だ」

「特殊詐欺、今でいう振り込め詐欺事件です。あの時期がそうした特殊詐欺の走りでした」

「特殊詐欺と疑う根拠は？」

嫌らしい質問が続く。警察官同士ならまだしも、定年退官して六年、義理の息子相手にそんな突き放した聞き方をしなくてもいい。だが義父が問う時は、刑事としての香田の仕事ぶりを試している時でもある。

「当時、町田署の知能犯係にそのような情報が入ったんです。警視庁の捜査二課にマークされているから、大崎はアジトを町田から相模原に変えたんだと。ですが本庁の二課に確認しましたが確認できませんでした。ただその後、大崎は新宿《しんじゅく》の篠高《しのたか》組に入り、三十五の若さで幹部になりました。十代からデカいシノギに手を染めていてもなんら不思議はありません」

義父はそのことを知らないのではないか。そう思って現状を説明する。

「大崎は三年前に逮捕され、今は刑務所に入っているのをお義父さんは知っていますか」

「地下カジノだろ。歌舞伎町《かぶきちょう》なんかで堂々とやればすぐに捕まるというのに、馬鹿な男だよ」

「そこまでご存じでしたか」そう言ってから「知ってて当然ですね」と保安課のエースだった義父を立てた。

もっともすぐに捕まったわけではない。五年前、三十歳の若さで篠高組の傘下に「雲《うん》竜《りゅう》会」という自分の組を作った大崎は、歌舞伎町に会員専用の地下カジノを開いた。暴力団排除条例の法の網をかいくぐるかのように、従業員に組関係は入れず、半グレと呼ばれる若者を利用した。

二年で六億円を売り上げ、逮捕される前には篠高組でも若頭補佐に昇進した。ただ花やおしぼりさえ、篠高組の息のかかった店からは仕入れず、本家の古参組員には一切の利権を回さなかった。

「恥ずかしながら、私は大崎がヤクザになっていたことすら知りませんでした。逮捕されてから調べたのですが、篠高組に入ったのはヤツが二十二の時で、清里千尋がいなくなってから二年間は消息不明なのです。私はその頃、本庁に異動して、一課の仕事をこなすことに手一杯で、他のことを追える余裕はありませんでした」

殺人係をクビになり、信楽の下に回された時期と重なる。

大崎の名前を忘れたことはなかったが、本庁にいた五年間、そして所轄を回ったその後の十年間で大崎が捜査一課の捜査線上に浮かんだことはなかった。篠高組本体の跡目争いをするほど大物になったというのに、三年前に賭博場開張等図利容疑で逮捕されたのが、成人して初めての逮捕だった。

「二十歳からの二年間、消息が消えているのは、大崎が篠高、もしくは他の組で身を隠していたからではないでしょうか。なぜ身を隠す必要があったか、考えられるのはあの時の特殊詐欺の容疑です。神奈川県警は大崎を泳がしていたのではないですか」

言いながらも会話が再び一方通行に戻ったことに気づく。だが今度は片思いではなく、香田の顔をはっきり見て義父は返答をした。

「残念ながら俺はその情報は聞いてない」

「本当ですか」

「いろいろ調べたけど、特殊詐欺の捜査線上には大崎は浮かんでこなかった」

「だったらなぜ清里千尋の身分照会をかけたんですか」

再び、無機質な病室の空気を重くするほどの沈黙が訪れる。泳がしたが捕まえることはできなかった？　それを言うことは神奈川県警の敗北を認めることになる。

敗北なら香田も同じだった。十五年間、本庁、所轄の強行犯捜査に身を置きながら彼女を捜し出せなかった。敗北は屈辱と化し、胸の奥底に汚泥となって沈んでいる。

「お義父《とう》さん、警視庁の信楽京介巡査部長ってご存じですか」

「二係捜査の信楽さんだろ。知ってるもなにもおまえの上司じゃないか」

「驚きました、そんなことまでご存じなんですね」

義父の前で信楽の名前を出したのは初めてだ。捜査内容はもちろん、上司の名前も言ったことはない。東京と神奈川という水源の異なる大きな川の流れに身を預ける一員として、香田も自分なりに最低限の壁を作って義父と接していた。

それでも有能な刑事というものはなんでも知っている。それは刑事同士が結託して情報交換しているからだという人もいるが、香田は違うと思っている。

信楽にしても義父にしても大事な情報はひとつまみも逃さず、いつかどこかで動きが生じないかとアンテナを張り巡らせる。疑問を抱けばすぐさま調べる。そうした生真面目な刑事のもとに情報という生き物は寄ってくる。

「その信楽さんが十五年前の清里千尋の事件、手伝ってもいいと言ってくれているんです。お義父さん、ご協力をお願いできませんか」

正確には香田から「端緒を摑《つか》んだ時は」と言って頼んだ。その端緒となる情報を義父は持っているかもしれない。

義父は口を結んでいた。神奈川県警の一員として知った情報を、警視庁の刑事に話せないと思っているのか。それとももう退官した自分は余計な話をすべきではないと考えているのか。

そうした疑念はすべて杞憂《きゆう》に終わった。

「いくらでも協力するから、いつでも来てくれと信楽さんに言ってくれ」

「本当ですか」

「ただしこの体だ。本来ならこちらから警視庁に出向くのが礼儀だが、病院を出るのは医師が許可してくれないだろう」

「もちろん、ここに来てもらいます。ありがとうございます」

立ち上がって頭を下げた。

顔を上げた時には義父はまた外を向いていた。

その視線を追いかける。

雨が降り始めていて、通行人は傘を差している。ひんやりするほど冷たい雨なのは窓を通しても伝わってくる。

風はいっそう強くなり、街路樹は嵐のように横揺れしていた。

義父も出来れば家に帰りたいのではないか、孤独な男の寂しい声が、雨音に重なって聞こえた。

4

午前七時三十分、朝駆け取材から戻ってきた藤瀬《ふじせ》祐里《ゆり》は、警視庁記者クラブ内にある中央《ちゅうおう》新聞のブースに入った。

「あっ、おはようございます、藤瀬さん」

瞼《まぶた》を擦《こす》ってNHKニュースを見ていた泊まり番の後輩記者が、挨拶《あいさつ》してきた。

まさか今頃起きたんじゃないでしょうね――。

泊まり番は夜中三時に全国紙各社が互いの朝刊を慣例として渡し合う「交換紙」に目を通してから眠り、七時には起きてNHKニュースをチェックするのが、どこの社でも決まりになっている。

それでも祐里は「おはよう、なにかあった、中野《なかの》くん」と明るい声で、他社に特ダネを抜かれていないかを尋ねた。

「はい、港《みなと》区で起きた傷害事件の犯人が毎朝新聞に出ていました。被害者女性とは同じマンションに住む男性だと」

三十四歳の祐里より六歳下の中野は、しれっと答える。

「それだったら、私に連絡してくれれば良かったのに」

連絡があれば、早朝から取材していた捜査一課の庶務担当に事実確認することができた。

夕刊で追いかけるには警察発表を待つか、もしくは午前十時からの捜査一課長会見で聞くしかない。警察は発表せず、一課長は捜査に支障をきたすと回答を拒否するかもしれない。そうこうしているうちに抜いた社は夕刊で続報を打ってくる。

殴られた被害者の命に別状はなく、単なる傷害事件だが、容疑者が有名人だったり、あるいは動機や原因にストーカーやDV、ネグレクトといった社会問題化している内容が入ってきたりすると、紙面での扱いは途端に大きくなる。ニュースは生モノ。突然消えることもあれば、日本中が騒ぎ立てる大報道になることだってありうる。

「その記事、さっき気づいたんですよ。交換紙でも小さな記事だったので見落としてしまって」

中野は、十人近くいる警視庁担当の中でも祐里と同じ殺人・強行犯事件を捜査する一課担当なのに、ライバル紙に抜かれたという危機感は持っていないらしい。

祐里が二十代の頃、捜査一課担当の下っ端をしていた時なら、朝一番に電話で起こされ、「これまでの取材で刑事はなんて言っていたんだ」「おまえ、なにを取材してんだ」とネチネチと説教され、今すぐ聞いてこいと怒鳴られて取材に行かされた。

そうした時は化粧をする時間もないので、洗顔だけして、「全然似合っていない」と言われる家用の眼鏡をかけて取材現場に出掛けたものだ。

だが今は、捜査一課担当三人の「仕切り」と呼ばれるリーダー役を任されている祐里は、自分が嫌な思いをした指導はしないと心に決めている。

二番手の中野、今年の六月に三年の地方支局勤務から戻り警視庁担当になった三番手の小幡《こはた》に対して絶対に怒らない、ムッとした顔も見せない、後輩が理解していない時には理解するまで話し合う、そう決意したのだった。

「分かった。この件、私が一課長会見で質問するからいいよ」

彼は「はーい」と間延びした返事をしてから「朝飯買って来ますので、藤瀬さん留守番お願いします」と言って中央新聞のブースを出て行った。

朝飯だと……祐里が泊まりなら、前の晩のうちに用意しておく。

新聞記者の夜勤は朝が来て終わりではない。一晩中起きていることはなく、二〜三時間ほど仮眠は取れるのだが、前日の昼間も普段通りに働くし、夜勤を終えた翌日もそのまま通常勤務になる。

さらに夜中に事件が起きれば、仮眠中でも飛び起きて、現場に急行する。深夜の発生事件をいかに早く状況把握できるかどうかは、泊まり番にかかっているというのに、中野からはその重要さが伝わってこない。

これも仕切りである祐里の指導不足だ。

口で煩《うるさ》く言わない分、自分の行動で示そうと、日々やるべき仕事をこなしているつもりだが、伝わっていないということは、祐里自身が泊まり勤務の大切さの手本を示せていないのだ。

そもそも自分に、仕切りなんて重要な役目は向いていない。「藤瀬はたくさんの事件を経験してきたし特ダネも抜いてきた。その仕事ぶりを後輩記者に指導してくれ」「これからは男も女もない。藤瀬も頑張って事件記者のエースになってくれ」……上司から次々と調子のいいことを言われて、断るのが苦手な祐里は引き受けたが、要は祐里が向いていたわけではなく、ここ数年の中央新聞の社会部が弱体化していて、なり手がいなかっただけ。

祐里が仕切りになったタイミングで社会部長になった蛯原《えびはら》からも「藤瀬さんの力でかつての事件に強い中央新聞に戻してくれ」と励まされたが、今のところ他社に大きなスクープを抜かれそうなところをギリギリ同着にするのが精いっぱい。事件に強いかつての中央新聞に戻すことなど、とてもじゃないが自分では力不足だ。

他社にスクープされても、後輩を怒らない――祐里がそう決めたのは、そんな体育会系の上下関係みたいな指導をしていたせいか新聞記者のなり手が減っているという、自分が選んだ仕事の未来が心配だからだ。

スポーツの強豪校ですら、暴力やしごき、懲罰は時代に合わないと、コーチは選手とのアプローチを改善している。練習時間も短縮され、真夏の炎天下での練習や悪天候での猛特訓も、非合理的で無意味だとやらなくなったと聞く。

誰だって叱られるより褒められる方が嬉《うれ》しい。大学駅伝の特集番組を見て改めてそう思った。祐里の母校でもある青学の原《はら》監督が、合宿最終日の練習前、冗談を言いながらも選手たちのこの合宿での成果を褒めたてた。その結果、最終日の練習で選手の記録は軒並み伸び、全員が満足感いっぱいの笑みを湛《たた》えて合宿を打ち上げた。これだ。人はちょっとした言葉で、活躍している自分の未来が見え、隠れていた才能を引っ張りだすことができるのだ。早速、この考えをデスクに話した。

――褒めて伸ばすって今の時代、大切なことだと思うんです。だから私、原監督を目指して、楽しんで仕事を頑張れる職場にしたいんです。

──そっかぁ、藤瀬が目指すのは原監督なのか。素晴らしいと思うぞ。自分のやり方を貫き通して、チームを優勝させて結果を出してるわけだし。

デスクも賛同してくれた。ところがデスクはにっこり笑って、両手でグータッチしてきたのだ。

──ちょっと、デスク。私が言ったのは駅伝の原監督なんですけど。

祐里は口をつぼめた。

──ごめん、てっきりタツノリかと思ったんだよ。藤瀬ってどこか野球臭がするから。

──それって、どんな匂いですか。

その時は気になって、シャツの匂いを嗅《か》いだくらいだ。

──違う、違う。いい意味で、おっさん刑事が話しやすい女性って意味だよ。ほら、どんな気難しい刑事でも、オータニとか二刀流とか、時代はパ・リーグですねとか言うと、話してくれるじゃないか。最近はそうした雑談すらできない記者が増えてるから。

──私には、全然いい意味に聞こえないんですけど。

祐里は臍《へそ》を曲げた。

野球臭──そりゃ三十四にもなって独身、彼氏なしでいるはずだ。自分としては、それなりにイケてるんじゃないかと思ったこともあるが、いい男から声がかからないのはそれが理由だったのか。今の時代、ファッションセンスが良くて、「ごめんなさい、私野球に興味なくて」などとプロ野球の話などしない女性記者だってたくさんいるのに。

記者ブースで一人になった祐里は、長いため息をつき、コンビニで買ってきたロイヤルミルクティーを出した。

すっかり温《ぬる》くなっていた。私には温かい紅茶を飲む権利もないのか。呪いながらもプルトップをあけ、棚に並べられている新聞の切り抜きのスクラップを取り出した。

そこには中央新聞の捜査一課関連の記事だけでなく、他紙に抜かれた記事も貼ってある。

ところが最新のスクラップを開くと、まだ貼っていない記事がパラパラと床に落ちた。

「ありゃりゃ」

椅子に座ったまま腰を曲げて拾う。痛みを感じてもう一方の手を腰に当てる。毎日歩き回っているのに体は不健康へまっしぐらだ。

スクラップ貼りは一番下の小幡の役目だが、物ぐさな彼は、まとまってから貼るつもりなのだろう。

床に落ちた記事は五枚、十枚のレベルではなかった。いったいいくらスクラップ記事を溜《た》め込んでいるのだ。

この仕事はスクラップ帳に貼るのが目的ではない。後々になって大事な資料になるが、今はインターネットで検索すれば過去記事も読めるし、会社の資料室に行けば古い新聞は残っている。

資料作りより、貼りながら抜かれた記事を読み返し、他紙が書いていない内容がないか、あるいは疑問点が出てこないかを確認する。もしあるならすぐに知り合いの刑事のもとに行って確かめる。そうしたマイナスを補完する意味の方が大きい。

横着しないでやりなさいよ――これくらいは注意した方がいいか。

いやいや、それよりきちんと貼り終えた時、小幡くんがスクラップをしてくれたおかげで助かったよ、そう声をかけた方が、彼の能力を引き出せるはず。

「怒っちゃダメ、私は原監督を目指すんだから」

そう呟《つぶや》き、再びスクラップに目をやる。数冊確認したが、祐里が入る前の捜査一課担当は、こんなに他社に負けていたのかと情けなくなるほど、抜かれた記事ばかりだった。とくにひどいのは、「穴掘り事件」と呼ぶ行方不明者が遺体となって発見された殺人事件だった。

警視庁管内だけで、この十二ヵ月間に二件あった。

一つ目は昨年十二月、三年前に新宿でコンパ帰りに行方不明になった二十六歳の女性で、彼女は茨城県の山中から遺体となって発見された。二件目は二年前、秋田から東京に来て一人暮らしをしていた二十歳のアルバイト女性が忽然《こつぜん》と行方不明になった一件で、女性の遺体は、祐里が担当替えを言い渡される直前の今年九月、埼玉県北部の雑木林で発見された。

容疑者は前者が三十九歳の妻子のいる会社員、後者は二十八歳の内装会社に勤める職人。いずれも被害者の周辺に住んでいたわけでも、容疑者と交遊があったわけでもない、俗に言う行きずりの犯行だった。

事件性は疑われたが、女性は二人とも成人して一人暮らしだったため、家出、失踪《しっそう》の可能性もあると見られた。

祐里が二十代で初めて一課担当の記者になった時、先輩記者からこう言われた。

――藤瀬、事件記者にとって「穴掘り」でやられるのが一番恥だぞ。

どうして恥なのか。それは穴掘り事件で一発抜かれると、その後、三発連続して抜かれるからだ。

この二件で言うなら、昨年の十二月の容疑者は終電を乗り過ごしてベンチで寝ていた女性にいたずらしようとしたところを女性が声をあげて、近くにいた数人に取り押さえられて逮捕に至った。今年九月の事件の容疑者は、酔った女性を無理やりワンボックスカーに連れ込もうとしたが、女性は間一髪逃げた。女性が車のナンバーを覚えていたことで逮捕につながった。

そこまでは警察が発表したので、二件とも中央新聞は報じている。

問題はその先だ。

一件目は東都新聞が朝刊で《逮捕男性が三年前の女性失踪に関与》とスクープ。

東都新聞の特ダネを読んで、中央新聞の記者は取材を確認したが、事実確認をするのが精いっぱいで、その時には東都新聞の夕刊に《女性の遺体を発見》と二発目のスクープが載った。

中央新聞は、今度は遺体についての事実確認を始める。だが警察はすべて内密に捜査しているため、ありとあらゆる関係者に当たっても、行方不明女性の遺体なのか裏取りが追いつかない。そうこうしているうちに、翌朝の東都新聞に《殺人と死体遺棄で男に逮捕状請求》と出て、中央新聞は三発目のパンチを食らったのだ。

二つめの二十歳女性の事件を書いたのは毎朝新聞で、そこでも《関与》→《遺体発見》→《逮捕状請求》と中央新聞は三連敗を喫した。

自分だったら、三連発を二回も食らったら、あまりの不甲斐《ふがい》なさに、仕切りを代えてくださいと願い出ている。

いや祐里が今警戒しなくてはならないのは、二度あることは三度ある、だ。東都も毎朝も穴掘り事件に強い刑事との人脈を持っている。まずはその人間関係から追いつかないことには、いつまで立っても中央新聞はアンダードッグのままだ。

やるしかない――。

事件に強い中央新聞へのリスタートを、祐里はこの穴掘り担当刑事との人脈作りに当てることに決めた。

中野と小幡を呼び出して、穴掘り担当している刑事を捕まえるよう指示することも考えたが、それだと抜かれた責任を二人に押し付けているようで気が引けた。

まずは自分がすべき。

祐里の今晩からの夜回り先が決まった。

5

モニター画面が歪《ゆが》んで見えた。

二・〇だった視力は、この三ヵ月で相当下がったのではないか。データベースに入っている「行方不明者届」はほとんど改行されることもなければ、句読点もほとんどない単調な文章が、箇条書きで綴《つづ》られているだけだ。

森内洸《もりうちひかる》はポケットから目薬を出し、顎《あご》をあげて数滴落とす。清涼感の強い目薬に思わず閉じた瞼《まぶた》を、無理やり瞬《まばた》きした。毎日何度も点眼するせいで、先週買った目薬が、早くも半分に減った。

目薬が激減するのも当然だ。朝八時半から夕方六時までひたすらデータベースを眺めている。まだ朝の八時五十分、本来は始業時間前だが、警察には独特な時間感覚があって新人はだいたい三十分前には来て、先に仕事を始める。

しかし目を皿のようにして見続けたところで、事件につながる大きな発見があるわけではない。砂漠から砂金を探すような作業があと九時間も続くかと思うと、それだけうんざりした気持ちになる。

洸は二ヵ月前の九月、二十八歳で初めて警視庁にあがり、捜査一課の一員になった。だが与えられた仕事は、憧《あこが》れていた「捜一刑事《デカ》」の姿とはまるで違った。

毎日、机に座り「行方不明者届」をチェックする地味な仕事。

「行方不明者届」には、不明者の写真、氏名、住居、職業、本籍、生年月日、身長体重、面型、顔色、傷や黒子《ほくろ》の位置など身体的な特徴、不明時の着衣、所持品、さらには本人がよく行く場所、交遊関係、失踪の原因と思われること、薬物の使用歴及び精神科の往来歴などが詳細に書かれている。

行方不明者届が出たからといって警察はすぐには動かない。

家族は「どうして捜査してくれないのか」と警察署に何度も来ては相談係に苦情をぶつけるが、実際に刑事が動くとしたら、誘拐が疑われるもの、もしくは周囲に怪しい人間がいたり、目撃談があったりして拉致《らち》、監禁の可能性が考えられるものなど、事件になりそうな事案に絞られる。

たまに幼児が姿を消したケースなどで、警察や消防隊、ボランティアなどが出動して大きなニュースになるが、それは「捜索」であって「捜査」ではない。

そうした手付かずの届けが、眺めているデータベースに溢《あふ》れるほど入っている。

さらに隣にはもう一台パソコンが置いてあって、最近逮捕された被疑者の前歴、経歴、出身地、出身校、職歴などが記録されたページを開きっぱなしにしている。

この中から逮捕で身柄を拘束されている被疑者が、行方不明者に関わっていないか、そうした繋《つな》がりを探るのが洸の仕事だ。

性犯罪や未成年犯罪での逮捕者は念入りにチェックして、それが警視庁管内ではない他県の事件であっても、道府県の所轄に連絡して捜査資料をもらう。

ただし唯一いる上司からは、そうした類似犯罪に限らず、詐欺でも喧嘩《けんか》でも窃盗でも、すべてのケースで照らし合わせろと命じられている。

行方不明者と酷似した人間が身元不明の遺体となってあがっているケースもあるため、官報もチェックする。

身元不明の遺体は行き倒れと同様に「行旅死亡人」として扱われる。屋外で発見される遺体のおよそ五十パーセント以上は行旅死亡人、その数は都内だけでも年間二百〜三百人に及ぶ。それらをリストから排除するだけでも大変な作業である。

気分を変えようと、両手を頭の上に伸ばし、背伸びをした。そこで背の高い男が入ってきた。

「おはようございます、部屋長」

周りの刑事たちが挨拶《あいさつ》する。

ズボンはグレーや茶だったこともあるが、洸が配属になったこの二カ月余、上は半袖《はんそで》が長袖《ながそで》になっただけでいつも黒シャツを着ている。

部屋長という呼び名も、本庁に配属になるまで知らなかった。

教えてくれたのは、前職の野方《のがた》署の刑事課長だった。

——巡査部長の中でもベテランになると、呼び名に困るじゃないか。なにせ刑事部屋には年下の警部補どころか、警部もいるんだから。だから巡査には巡査長と呼ぶように、ベテランの巡査部長には長く刑事部屋にいるボスという意味で部屋長になったんだよ。

その呼び名は歳を取っても昇任しないベテランを揶揄《やゆ》しているように聞こえた。

かくいう洸も出世には興味がなく、今も巡査のままだ。

元より勉強は不得手であるが、警察学校に合格した時から捜査一課の刑事になるのが夢で、それを支えにして日々の勤務をこなしてきた。

派出所勤務の頃から通報が入れば、それが夫婦の痴話喧嘩《げんか》でも、後々傷害事件にならないように対処したし、所轄に行くたびに刑事たちに顔を覚えてもらおうと刑事課に顔を出した。

刑事になるには講習の受講が必須《ひっす》だが、上からの推薦がないと刑事課には異動できない。希望者は結構いるので、アピールしないことにはなかなか回って来ない。

そんな激戦の競争率をかいくぐって、同期ではほぼトップで、大森《おおもり》署で刑事になり、その後野方署の刑事課に移った。

両署ともに殺人事件に触ることはなかったが、窃盗や傷害などいくつもの事件を解決し、表彰も受けた。

本来なら去年のうちに捜査一課に昇格する予定だった。

――森内、捜査一課から声がかかったぞ。

――本当ですか。

だがそう伝えてきた野方署の刑事課長は翌日、申し訳なさそうな苦笑いを浮かべて近づいてきた。

――悪いが昨日の話は一旦《いったん》忘れてくれ。

――どうしてですか。

――おまえが新婚で子供が生まれたばかりだというのを、一課長が気にしだしたらしいんだ。小さい子供がいる者を運転手としてこき使うのは気が引けると。

――大丈夫ですよ。うちは妻も元警察官で、仕事に理解がありますから。

妻の菜摘《なつみ》は元交通課の警察官だ。交際一年、妊娠したことをきっかけに入籍した。

――おまえがそうでも一課長に言われると、どうしようもない。悔しいだろうけど諦《あきら》めてくれ。

肩を叩《たた》かれ、慰められた。

それでもめげずに仕事を続けたおかげで、二度目の本庁あがりを伝えられた。

だが連れていかれたところには、この愛想がない刑事が一人いるだけ。データベースから行方不明に関するデータを眺め、それを記憶した上で、最近の事件の容疑者と照らし合わせるというアナログな作業だった。

その上、上司の信楽は薄い唇を一文字に結んだまま、まったくと言っていいほど会話がない。たまに口を利くとしたら、「端緒は見つけたか」と同じことばかり言う。

そう簡単に見つかるわけではない。それでも無理やり見つけて伝えたことがある。

それだって相当、たくさんの資料を見て探し出したものだった。そんな苦労を信楽はねぎらってくれることもなく、「この程度の端緒では取調べは無理だよ」と一刀両断されておしまいだった。

それ以外で話しかけられるとしたら「森内、部屋を出るならついでに買ってきてくれないか」と買い出しを頼まれるくらいだ。

買うのは決まっていて、炭酸水のみ。コーヒーやウーロン茶だったことは一度もない。朝から夕方の定時まで信楽は炭酸水を二本、朝も登庁時に手にしていることがあるから、軽く一リットルは飲んでいる。

また欠伸《あくび》をしかけた洸は、隣に信楽がいることを思い出し、手で口を押さえて嚙《か》み殺した。

音がしたわけではないのに、隣でパソコンを弄《いじ》っていた信楽の瞳《ひとみ》が動いた。この人を認めるとしたら、どこに目がついてんだと思うほど、小さな動作をも見逃さないことだ。

昨日は「ちゃんと見てるか、さぼってんじゃないだろうな」と嫌味を言われた。同じことは聞きたくないと、先に「トイレ行ってきていいですか」と口にした。

「トイレくらい勝手に行けばいいじゃないか」

それなら次からは黙ったまま、しょっちゅう席を外しますよ、と心の中で悪態をつく。

そこで反省した。自分がこんな閑職に回されたのはなんらかの理由で一課に空きがなくなったからであり、辛抱していれば半年、長くても一年で、あこがれの殺人係に回れる。ここで態度を悪くして、信楽から森内洸という新入りは使えないと悪評を流されたら、また所轄の刑事に逆戻りになる。

「部屋長、帰りにコンビニ寄って、買ってきましょうか」

機嫌を取るつもりでそう言った。

いつもならすぐに頼んでくる信楽がなかなか返事をしない。

そうか。トイレに行った帰りというのが気に食わないのだろう。

信楽はたぐいまれな潔癖性だ。この三カ月間で何度かトイレで一緒になった。洸の方が後だったのに、洸が手を洗い終わってもなにがそんなに気になるんだと言いたくなるほど、石鹸《せっけん》を使って丁寧に洗っていた。

トイレに行っても手くらい洗いますからご心配なく——そう言おうかと思ったが、自分が汚いもの扱いされたようで言うのをやめた。

席を立って歩き始めたところで後ろから響くような低い音が聞こえた。

「炭酸水を買って来てくれるか。金はあとで渡すよ」

「はい、わかりました」

それまでの間はなんだったのか？　考え事でもしていたのか。所轄の捜査でも二十歳以上離れた年上とコンビを組んだことは少なかっただけに、なかなかリズムが摑《つか》めない。

むかつきを覚えながら廊下に出ると、警察学校の同期で、殺人五係にいる田口哲《たぐちてつ》と会った。今は待機番で、五係の刑事は休みか非番になっている中、田口は当番で登庁していた。

「おっ、一課のスター、次なる遺体なき殺人事件を見つけたか」

洸より十センチ長身、一八八センチある田口がからかってきた。

「おちょくるのも大概にしろよ。言いたきゃ俺より部屋長に言えよ」

「あんな偉大な人に言えるわけないだろ。目が合っただけで蛇に睨《にら》まれた蛙みたいになっちまうよ。洸だから言えるんだ」

田口とは卒配後の派出所勤務も、大森署の地域課でも一緒で、お互い競い合ってきた。田口も優秀だったが、洸の方が成績は良く、刑事になるための刑事講習を受講したのも、警視庁の捜査一課から声がかかったのも洸が先だ。

それなのに先に一課に来たのは小岩《こいわ》署で刑事になった田口だった。

田口に辞令が出たのは、洸に一課の内示が出て、それが新婚だという理由で取り消しになった翌月だから、田口は洸の代役だったのだろう。もっとも田口は一課長の運転手ではなく、いきなり五係に入ったが。

「スターは間違いではないだろ。入って早々、テレビであれほど大騒ぎされる事件なんて、なかなか解決できねえぞ」

「俺がなにもしてねえのを、知ってて言ってんだろ」

「あのクールな部屋長がホシを落とすのを指を咥《くわ》えて見てようが、表彰されるのは洸も一緒なんだからいいじゃねえか。正直、俺は洸に抜かれたと思ったよ」

「抜かれたって、俺が哲より下にいたみたいじゃねえか」

「悪い、悪い、でもそういう意味だ」

「冗談でも許さねえぞ」

今でこそ腐っているが、捜査一課への異動が言い渡され、平刑事では口がきけない捜査一課のナンバー2、江柄子《えがらし》理事官から、「第一強行犯に入ってくれ」と伝えられた時は、心が躍った。

第一には庶務のほか、現場資料班もあって、各係が捜査している事件について鑑識と協力しながらアドバイスしたり、捜査の手助けをしたりする、まさに一課の要《かなめ》であり、エースが揃う部署だ。

ところが第一強行犯でも与えられた仕事は庶務でも現場資料班でもなかった。

——きみには掘り起こしをやってもらう。

——第一強行犯でも未解決事件を扱っているのでしょうか。

江柄子は、平刑事では口も利けない上官だ。失礼に当たらないように尋ねた。

——信楽さんのところは特別なんだよ。

そこで初めて信楽の名前が出た。

——きみがやるのは二係捜査だ。

言われてさらに混乱した。第一と言われたのに、今度は二係？

——二係捜査というのは「遺体なき殺人事件」のことだ。森内は聞いたことはないか？

――初めて聞きました。

知らなかったので素直に答えた。

証拠や目撃証言のない行方不明者の事件は、遺体が発見されない限り、殺人事件として立件されない。そのため怪しい人物が出たとしても任意でしか取調べができず、それでは否認されて終わりになる。

そこで怪しい人物が別件で逮捕された時に、取調べに入って犯行を自白させ逮捕状を取るのが仕事だと江柄子からは説明を受けた。

行方不明者届は今でも全国で年間約九万件にのぼる。そのうち九十七パーセントは届出が出た年内に見つかっているが、残り三パーセント、およそ二千人以上は行方不明のままだ。

その中から事件性のある事案を絞り込む。全国の警察署で、行方不明者が被害者となっている殺人事件を立件するのは年に数件あるかどうからしい。

そんな誰もやりたがらない仕事に信楽は専従し、過去にいくつもの事件を解決してきたという。

――細かい仕事については信楽さんが教えてくれるから大丈夫だ、勇将の下に弱卒なしと言うだろ。

――はい。

返事はしたが、頭には漢字が浮かばず、言葉の意味も解らなかった。

待していいるから。

——信楽さん一人では手に負えないから人が必要なんだ。頼んだぞ。即戦力として期待しているから。

そして時計の針が九時になったのを確認してから刑事部屋の奥の席へと連れていかれ、黒シャツを着た男に、「部屋長、彼が今度から部屋長につく森内です」と紹介されたのだった。

捜査一課の他の課員とはほとんど口を利くことがない信楽だが、江柄子はたびたび近くにやってきては話しかけている。警視正の江柄子に対して、信楽は巡査部長。それなのに信楽は年上だからか、敬語は一切使わない。

なにをやっていいのか訳が分からないまま着任して二週間目、二年前に行方不明になった、アルバイトをしながら一人暮らしをしていた秋田出身の二十歳女性の行方不明事案を、殺人死体遺棄事件として解決した。

江柄子からも「森内、よくやったぞ」と褒められた。

だが実際の洸は、田口に言ったように信楽の横についていていただけ。端緒を見つけたのも自供を引き出したのもすべて信楽だ。

しかもその取調べは、今の時代の捜査とは思えない前時代的なものだった。信楽は何度も同じことを繰り返して尋ね、無言の圧力を与えることで、被疑者は完全に精神が参っていた。

端緒といっても、黒っぽいワンボックスカーが女性が住むアパート付近を徐行していたのを見かけたという目撃談だけで、女性を乗せたかどうかも分からなかった。ただ男は女性が失踪《しっそう》した以前から黒のハイエースに乗り、仕事では会社の車を使用しているのに走行距離は年間二万キロを上回り、それもETCの記録から高速はほとんど使っていない。そのことを信楽は、酔った女性を探索していたと筋を立てた。

その程度の根拠しかない捜査を続けて、弁護士が乗り込んできたり、裁判で問題になったりしないのか、気が気でなかった。それが五日目に男は自供した。そして供述通り、埼玉の雑木林から女性の遺体は発見された。

遺体が発見されて以降、捜査の主体は所轄の刑事課に移った。署長、刑事課長からも感謝されたが、洸は胸を張って応《こた》える気持ちにはなれなかった。果たしてこんな捜査でいいのか。遺体が出たから良かったものの、自供の強要は、まかり間違えれば冤罪《えんざい》を生む。

事件解決後、どうしても言わずにはいられなくなった。

——部屋長の捜査って、いつもこんな感じなのでしょうか。

——こんなって、なんだよ。

——ですから証拠もなしに、自供に頼る捜査です。

洸にしてはこの発言で捜査一課から追い出されることも覚悟した。だが信楽は気を悪くすることなく、話題を変えた。

——なぁ森内、きみが部屋に閉じ込められたとする。そこには四桁《けた》のロックがかかっていた。きみはどうやって部屋を脱出する。

――どうやってって、ヒントもないんですよね。

――ない。

――じゃあ、鍵師《かぎし》の才能でもない限り、途方に暮れるしかありません。

――それでは野垂れ死ぬだろ。一つずつロックを合わせていく。「〇〇〇〇」から「九九九九」まであるわけだから一万通りやればどこかで開くじゃないか。

――そんな一万通りやるなんて。

信楽は、一万個の情報があれば、その一つずつを照らし合わせていくしかないと言いたいのだろう。それくらいは分かっているつもりだ。実際に信楽がやったことは四つの数字が揃うより前に、一つでも当たりを感じたら、そのままチェーンを引きちぎる、それほどの強引で無謀さを覚えた。

田口と喋《しゃべ》っていて時間を食ったため、トイレには寄らず、コンビニで炭酸水と自分のお茶だけ買って戻った。

刑事部屋に入るとまた田口が話しかけてきた。

「洸、大丈夫か。会うたびに病人みたいな顔になっていくぞ」

「そう言いながら面白がってんだろ。哲だってあの人と仕事してみろ。とっくに出社拒否になってるさ」

本当なら俺が先に一課にきて、おまえがあの偏屈男の下でチェックをしてたかもしれないんだぞ——口には出さなかったが、言葉に恨みを込めた。

「俺は本当に洸を心配してんだよ。俺には信楽焼と一緒になんか仕事はできないと思うから」

「なんだよ、信楽焼って」

「信楽さんは陰でそう呼ばれてんだよ。滋賀の信楽という土地で作られる有名な陶器で、粘りのある土を求めて、陶芸家たちは土を掘るらしいな」

「それくらいは知ってるけど、名前が同じだけじゃねえか」

知っているといっても高価な焼き物であること以外、どんな陶器なのかも知識はない。両親が住む三鷹《みたか》の実家にもおそらく一枚もないはずだ。

「信楽さんの粘りのある捜査と、粘り気のある土とに掛けているとか。だけど本当は、最後は穴を掘って、遺体を発見するからみたいだな。言い得て妙だろ？」

「なにか言い得て妙だよ。それなら俺はその穴掘り要員ってことかよ」

九月の事件では、新宿署の捜査員と一緒にスコップで雑木林を掘った。

「むくれるなよ。希望者がいても信楽さんの下では簡単に仕事はできないとも聞いたぞ。信楽焼の下にはいろんなところから推薦があって、その中から信楽焼が選ぶって。その選別理由がまたすげえんだけど」

「所轄で活躍した若くて有能な刑事ってことだろ」

冗談ぽく言ったが、本気でそう思っている。もう一つ言うなら、自分で事件を解決してやろうという気骨のある刑事だ。そうでなければ江柄子理事官だって、即戦力として期待しているぞとは言わないはずだ。

「家族持ちってことだ。しかも女房だけでなく、子供がいるのが条件とか」

「なんじゃ、それ」

どうでもいい理由に落胆した。

「支える家族がいる方が、しんどい仕事をやらせてもカイシャを簡単にやめないってことじゃないか。そういうことなんで独身の俺は、残念ながらどうあがいても選ばれなかったってわけだ」

毎日データベースを見るだけの単調な仕事だ。そりゃ嫌になってやめる者も出る。家族持ちなら逃げ出さないと思っているとしたら、悔しいが当たっている。

これ以上、油を売っていると本当に信楽に怒られそうなので、「俺は気が立ってんだ。今後余計なことは言うなよ。約束だぞ」と念を押して自席のある刑事部屋の奥へと戻った。

モニターから目線を外した信楽が、首を長くして待っていた。まずい、怒られる——。

「遅くなってすみません」

走りながらポリ袋から炭酸水を取り出したが、渡すより先に信楽から指示が出た。

「森内、明日海老名に行ってきてくれないか」

「海老名って海老名署ですか」

「病院だ。そこに相模原南署の元署長、菊池和雄氏が入院している。その人に清里千尋について聞いてきてほしい」

「清里千尋って、十五年前、町田駅で行方不明になった女子高生ですね」

「よく知ってるじゃないか」

無表情で冷たく感じる信楽に、初めて温《ぬく》もりを感じたような気がした。ただ、それは気のせいだと感じたくらい、瞬《まばた》きを終えた時には、信楽の精悍《せいかん》な顔から温かみは消えていた。

「はい。気になったので覚えています。いろんな男たちに目をつけられていたようですね。それこそチンピラから芸能界のスカウトにまで」

写真も何枚か見た。元は素行が悪くて、その当時の写真もあったが、失踪当時のそれは大人びた雰囲気だった。髪は肩までのストレートで、若手女優のような魅惑的な顔をしていた。

「部屋長はなにか端緒を見つけたのですか」

洸がコンビニに行っている間に発見したのかと思った。信楽は首を左右に振る。

「端緒はないこともない。だけどもし森内がそれを言ったら、俺はそんなのは端緒でもなんでもないと言って撥ねつけてるよ」

端緒がなくとも着手するのか。端緒を探せと言われ続けてきただけに、意外だった。

「今回に関しては特別なんだ。俺の知り合いが菊池元署長の身内で、署長自身から当時の状況を話してもらえることになった。それが端緒に繫《つな》がるかもしれない」

「資料によると、彼女の最終確認時点が、相模原南署管内でしたね。相模原南署の捜査状況はどれくらい警視庁に入ってきたんですか」

「情報はほとんど入ってこなかったみたいだな。町田署が頼んでも、すぐに動いてくれなかったと聞いてるよ」

「少女が一人いなくなったのにですか？　それも警視庁と神奈川県警と本部が違うという理由ですか」

「いまだにここはうちのシマだ、おまえらは手を出すななんて言ってるから、解決できる事件も解決できないんだよ」

隣接する自治体の警察同士が功名心で主導権争いをしているのはどこも同じだ。その中でも警視庁と神奈川県警はとりわけ犬猿の仲だと言われている。

「分かりました。協力を得られるということはなにか手がかりになることが聞けるかもしれません。そうでなくともあの時、相模原南署がなにを捜査したか、詳しく訊《き》いてきます。だけど部屋長はどうして行かないんですか」

行くのが億劫《おっくう》なのか、それともまだ自分が出る幕ではないと思っているのか。相手は定年退官したとはいえ、警察署長だ。階級を考えれば洸が行くより、捜査主任の信楽が出ていった方が釣り合いはとれる。

「それこそ神奈川の上の顔色を窺《うかが》っている。元署長とはいえ俺が行ったら、向こうが殺気立つ、そのことをうちの親玉が心配してるんだ」

親玉と聞いて最初に浮かんだのは江柄子理事官だが、江柄子は数少ない信楽の理解者だから、その上の捜査一課長か。

「分かりました。一人で行ってきます」

今までの警察官生活で学んだ正しい捜査手法で証拠《ブツ》を集めてきます――そう意気込んだ。

6

その夜、藤瀬祐里は午後五時半に警視庁の記者クラブを出て、捜査一課で穴掘りを専門にしている刑事、信楽京介の自宅に向かった。

旧知の捜一刑事によると、信楽は毎日、六時には退庁するらしい。

年齢は四十九歳、長く捜査一課にいるが、出世欲がなく、階級は巡査部長のまま。一課では「部屋長」と呼ばれている。

――警察組織って一人を長く同じ部署にいさせないじゃないですか。その人はどうして何年も捜査一課にいられるんですか。

――信楽さんがやってるのは専門家でないとできない事件だからな。立件できる数も少ないから、普通の刑事はやりたがらないんだよ。

――ということは幹部からの評価も高いんですか。

――高いさ。だけど過去に問題を起こしたこともあるけどな。

――どんな問題ですか。

――俺がまだ本庁に来る前のことだから詳しくは知らないけど。暴力を振るったことが問題になった。

――被疑者にってことですね。

――被疑者だったら手を出したところでなんとでも言い逃れできるよ。

――言い逃れって、暴力でしょ？

――向こうが先に暴れたとか、向かってきたとか言い訳が利くだろ。あっ、祐里ちゃん、俺はそんな乱暴な調べはしないよ。

その刑事は祐里のことをちゃん付けするほど、親近感を持ってくれている。会社の男性社員は全員が苗字《みょうじ》、上司や先輩は「藤瀬」と呼び捨てなので、新鮮で悪い気持ちはしない。

――じゃあ、誰に暴力を振るったんですか？

――弁護士だよ。

――弁護士ですって？

声が裏返った。弁護士に暴力なんてとんでもない。

――それでよく無事生き残ってますね。

——警視庁総出で手を回したんじゃないのかな。

——弁護士相手にそんな手は通用しないでしょう。

——カイシャに居られてるってことは何とかなったんだろう。

その刑事も信楽の優秀さを認めながらも深く知る気はないようだ。面倒なことには巻き込まれたくない、仲間からそう思われる刑事は、これまでの取材経験で言うなら良い刑事とは言えない。イメージしたのは短気で野放図、いかにも厳《いか》つい昭和顔でおっさん刑事……とはいえ仕事相手としてはそういうタイプ、祐里は苦手ではない。

——あっ、取調べを可視化すべきだと騒がれている時に、現役刑事が、被疑者への暴力なんぞいくらでもごまかせると言ったなんて表に出たら、俺は処分されるから、今俺が言ったことは忘れてくれな。

その刑事は余計なことを言ってしまったと後悔したらしく懇願してきた。

——えっ、川島《かわしま》さん、そんなことを言いましたっけ？　私、他のことを考えていて聞いていませんでしたけど。

首を傾げて空惚《そらとぼ》けると、不安そうな川島の目が緩んだ。

——祐里ちゃんが俺たちを貶《おとし》めるようなことはしないわな。

——だからなんのことですか？

——いずれにしても黒シャツを着てるから、会えばすぐにわかるよ。

——黒めのシャツですね？　いつもじゃないですよね。

——いつもだよ。というかそれ以外、俺は見たことがないな。それに黒めじゃない。真っ黒だから。

ヤクザならまだしも刑事でそんな服装の者がいるのか。それが事実なら探しやすいと、川島に感謝した。

自宅も一課担当の仕切りになった時に手に入れたヤサ帳（刑事の住所録）で確認済みだ。

今は新聞社でも、住所は個人情報だと社員に公開していないが、警察内では公安刑事を除き、昔さながらの住所録が出回っている。

記者は、大概先輩記者から引き継ぎの一つとしてヤサ帳をもらうが、結婚したり、自宅を購入したりして官舎を出るものもいるし、異動が多いのが警察官だ。

捜査一課担当に戻った祐里は、真っ先に旧知の刑事から最新版を入手した。その刑事にも信楽についてすでにリサーチ済みだ。川島ほど知らなかったが、「無口でとっつきにくい人なので、若手とはまず接点がないんだ」と話していた。

信楽の自宅は、中央《ちゆうおう》線の武蔵境《むさしさかい》駅から、東京では珍しい単線の西武《せいぶ》多摩川《たまがわ》線に乗り替え、終点の是政《これまさ》駅で下車、多摩川沿いを歩いて十分ほどの距離にある。

住所録に載っていた地名をスマートフォンの地図アプリに入れる。

新入社員の頃はスマホはまだ発売されておらず、地図アプリもなかった。そのため書店で売っている都内版と東京近郊版の二冊の地図帳を必ずバッグに入れ、歩きながら途中で地図を開いては、家の表札や電信柱に貼られている番地を探った。

おかげでこのまま歩いてもその番地には辿《たど》り着かないとか、一丁目の隣が三丁目なら、二丁目はどの辺にあるかなど、〝地理勘〟が身についた。今は「ながら歩き」をしなくとも、だいたいの感覚で到着できる。

そのことを自分の得意技のように社内で話すと、先輩からは「新聞がこの世からなくなったら藤瀬はタクシー運転手だな」と言われた。すぐさま「ウーバーの配達員と言ってくださいよ」と返したが。
七、八分は歩いた。念のためにスマホを確認したが、事前に頭に入れた方向で合っている。間もなく近づいていることをアプリが示していた。
前方から人の声がした。角を曲がらずに顔だけ出して覗《のぞ》くと、右に曲がった奥側二軒目の一戸建ての前に、ハイヤーが三台停車し、東都新聞、毎朝新聞、合同《ごうどう》通信の捜査一課担当の記者たちが雑談していた。

それほど大きな声で喋《しゃべ》っているわけではなかったが、夜の住宅街とあって声が反響している。

昨年暮れ、今年九月と穴掘り事件が二つ連続して解決したことで、記者たちは担当刑事である信楽宅を夜回り先に入れたようだ。

他社と一緒に信楽に挨拶《あいさつ》したところで、なんの成果も得られない。踵《きびす》を返して来た道を戻った。

夕方六時に退庁しているのならどこかで寄り道しているかもしれない。信楽の顔を知らない祐里には、仮に飲んでいた店を探し当てたとしても、それが信楽本人かは分からないのだが、念のため、駅近くを探った。

駅前に飲食店は点々としか存在しなかったが、たまたま入った一軒目の焼鳥屋、カウンターに座っていた黒いウインドブレーカーを着た長身の中年男に、これが信楽ではないかと直感した。

ウインドブレーカーはファスナーが半分ほど開いていて、中のシャツは刑事が言っていた黒。

ただし顔は厳つい昭和顔ではなかった。歳はいっているが、渋い役者のよう。それでも信楽だと思ったのは、男はグラスに口をつけたまま、いい感じで皺《しわ》が刻まれた目許《めもと》を祐里に向けてきたからだ。祐里より先に、その男が、祐里を新聞記者だと見破ったように感じた。

見られたのはほんの一瞬で、視線を外した男は顎《あご》を上げてサワーらしきものを飲み干す。

「大将、お代わり頼むよ」

男はグラスを上げる。

「お〜い、信楽さんにお代わりね」

名前を呼んだ。勘は当たっていた。

このまま入って行くべきか、それとも外で待つべきか。立ち止まって熟考する。

事件記者の夜討ち朝駆けはほとんどが不意打ちだ。夜に呼び鈴を押すこともあれば、出勤前の通り道で待ち伏せしたり、同じ電車に乗って話しかけたりする。

その手の厚かましい取材は極力避けてきた祐里は、普段なら初めて会う刑事が気分よく飲んでいる店には入っていかない。

ただ、信楽は無口だと聞いた。とっつきにくくて、一課でも若手はまず接点がないと……。

外で待ったところで話しかけにくいのは同じだ。なるようになれと近づいていき、「お隣、よろしいですか」と声をかけた。

「お酒を飲みに来たんでしょ?」

顔を向けることなく信楽が訊《き》いてきた。ダミ声どころか、低音でいい声をしていた。ここでも調子が狂う。

「えっ、あっ、はい」

「だったらいいも悪いも、空いているのだから座ればいいじゃない。俺に許しを得ることもないでしょう」

あっさり許可が出て、拍子抜けする。

信楽はまだ飲み始めたばかりなのか、顔も赤くなっていなかった。

「中央新聞の藤瀬祐里と言います」

立ったまま名刺を出した。

「新聞記者というのは飲み屋で他の客に名刺を渡すんですか？　それならまず他のお客さんに配るべきじゃないの」

「そうですね。失礼しました」

ポケットにしまい、止まり木に腰かける。

「信楽さん、これ、白レバーが一つだけ余ったのでどうぞ」

大将が串《くし》に刺さったレバーを置く。

「悪いね。たいした上客でもないのに」

「なに言ってるんですか。毎日来てもらってるのに」

そこで大将は「あっ」と口を押さえて、祐里を見た。

さっきの自己紹介で新聞記者だと知った大将は、「毎日来てもらって」と言ったのをまずいと感じたのだろう。

固まっている大将に「えっ、なにか言いましたか？」と祐里は空惚けた。

馴染《なじ》みの刑事には通用しても、初対面の大将にはわざとらしかったようだ。大将はバツが悪そうに焼き台へと戻った。

女性店員に注文を訊かれた。

「ウーロン茶」と言いかけ、「ビールください」と言い替える。

「生でいいですか？」

「はい。あと串焼きを三本適当に。ポテサラもお願いします」

女性店員は威勢よく大将に伝えた。

「家の前に記者はいたかな？」

お代わりしたサワーに口をつけながら、信楽が声を発した。

「はい、三人いました」

「家の前で待っていても、俺はなにも話さないのにな」

刑事の中には家族や近所に迷惑がかかるからと自宅取材を拒否する者がいる。その一方、飲み屋など外でなら機嫌よく話してくれる者もいる。信楽もそういうタイプなのか。だとしたら今日はツイている。

「いつ頃から記者の夜回りが始まってるんですか？」

「二カ月ちょっと前かな」

「女性の遺体が発見された後ですね」

「俺がなにも喋んないから、いっとき消えたのに、また最近来始めたんだよ」

一度信楽の熱を冷まし、再び夜回りを始めたのだろう。毎日来ていた記者が来なくなったことを寂しく思う刑事もいる。いわゆる「パブロフの犬」の心理を逆利用したような取材手法で、祐里も過去に使った。

「この店で飲まれていること、記者は知らないんですよね」

「それは彼らに訊く話でしょ」

「そうですね、失礼しました」

知らないはずだ。知っていたらこの店の前で待つ。

祐里にしても、駅前を回ったのは、時間つぶしして様子を見ようとしたためで、数軒しか店のない駅前で、目当ての刑事が毎日のように飲んでいるとは、考えもしなかった。

「この店でなら、信楽さんは取材に応じてくれるってことですか」

「おかしなことを言わないでよ。せっかく気持ちよく飲んでんのに。取材に来たら俺は河岸《かし》を変えるよ」

「でしたら今日はなぜ？」

横顔を見て尋ねた。やっぱりイメージと違う。背が高くスタイルがいいせいか。酒の飲み方一つも様になっている。

「せっかく来た新規の客に、俺が勝手に帰れと言ったら、営業妨害になるでしょ。だから俺は酒を飲みに来たのかと聞いたんだよ。そうしたらあなたは『はい』と答えた。だから隣でいいと言っただけだよ」

丁寧な言葉遣いだが、圧は感じる。会話をしているだけなのに汗が出てきて、おしぼりを首筋に当てた。

名刺を出したのだから、記者が偶然入ってきたのではないことは分かっているはずだ……もしや自分はからかわれているのか。

「大将、もう一杯、サワーを頼むよ」

信楽が言うと、大将がグラスを引き取って、祐里を見た。

「お客さん、次、どうしましょう」

「じゃあ、私もレモンサワーをください」

酒は強いので一杯、二杯で仕事に支障をきたすことはない。

こうした酒場も、たまの休みに大学時代の女友達と出かけたりするが、この場でどうにか取材できないものか、そのことに気が行って、気持ちよく酔えそうになかった。

考えながら飲んでいたせいか、あっという間にレモンサワーはなくなった。

信楽が三杯目のサワーを飲み終えるまでに、祐里はお代わりを頼んだ。

これでは隣で飲んでいるだけでなにも収穫はないと、世間話を持ちかけたが、信楽はほとんど生返事で会話は続かない。

「大将、お勘定頼むよ」

祐里が来て四十分ほどで信楽がズボンの尻《しり》ポケットから黒い財布を出した。

「こっちもお会計をお願いします」

祐里も床の収納ボックスに入れたバッグの取っ手を摑《つか》み、財布を取り出す。

「信楽さんは二千円。お姉さんも二千円でいいや」

別々に支払いを済ませ、信楽と一緒に店を出る。

まだ十一月末だというのに、冬将軍が訪れたと思うほど気温は低く身震いした。

いつもならたいしたことのないアルコール量だが、ハイピッチで飲んだせいか、それとも緊張していたせいか、酔いが回った。

ただし体が温まることもなければ心地よさもない。体の節々が痛く、首筋が脈を打つ。体調がよくない時に出る悪い酔いだ。たったビール一杯、サワー二杯で酔っているようでは、「中央新聞のおんな酒場放浪記」の看板を返上しなければいけないが。

「途中までご一緒していいですか」

断られるのを承知で訊いてみた。

「いちいち訊くなって。同じ方角なんでしょ？」

「いえ、まぁ、そうです」

適当に答える。駅とは反対方向に歩いているのだから同じ方角なわけがない。この刑事の言っていることは、ちんぷんかんぷんだ。

ウインドブレーカー一枚と厚着をしているわけでもないのに、信楽は寒がることなくゆっくりと歩を進める。

会話をするにはいいペースだ。それなのに全身からはなにも訊くなという強い拒絶感を醸し出していて、仕事の話を切り出せない。

「信楽さんの事件って、長年行方不明者を捜す特殊な捜査だそうですね」

ようやく切り口を見つけて話しかけるが見事に無視された。

祐里は常日頃から無視こそ究極のパワハラだと思っている。怒鳴るのは論外だが、

「叱る」には時として、気持ちを入れ直して頑張れとピリッとさせられ、相手を思う愛がこもる。だが無視に愛はない。相手を混乱させ、寂しく惨めな思いをさせるだけだ。

これではただ焼鳥屋で隣同士になっただけになる。両手を自分の頬に当て、気合を入れてから質問した。

「さっき記者がまた来始めたと言ってましたが、それって新たな事件の捜査に着手してるからじゃないですか」

「そんなにすぐに次の事件が分かったら、俺たちの仕事はもっと脚光を浴びてるよ」

質問には答えてくれたが、ゼロ回答に等しかった。

両手をウインドブレーカーのポケットに突っ込んだ信楽は、夜風に口笛を乗せるように口をつぼめる。

もっと脚光を浴びてるというのは、その通りだろう。信楽が担当している事件は、滅多に解決することはない、ただし遺体発見まで繫《つな》がった時は大きなニュースになり、必ず表彰される。

「そうですね。捜査に着手していたら、こんな時間にお帰りにならないですよね」

祐里の情報網にもかかってくるだろう。当てにはならないけど、中野、小幡の後輩二人の耳にも。

「俺が帰る時間は関係ないよ。どんな時でも定時だから」

それは煙幕だと思った。事件があるのに定時に帰る警察官をいまだかつて見たことがない。

「すごいですよね、日本全国見渡しても一年に一つ解決できればいいと言われる穴掘り事件を、信楽さんはこの十二ヵ月間に二件も解決したんですから」

「穴掘り？　なんだ、それ？」

　ポケットに両手を入れたまま信楽が鼻白んだ。

「警察は穴掘りって言わないんですか？　信楽さんがやってる、埋まっている遺体を穴を掘って発見するから穴掘りじゃないんですか」

　自供→穴掘り→逮捕状。この三つが連動して行われるから、穴掘りで抜かれる記者は三連敗と屈辱を味わう、調子が出て舌がよく回るようになったせいか、そんな説明までした。連続無視のパワハラ攻撃を覚悟していたが、思いのほか信楽が相槌《あいづち》を打ち、会話が成立するおかげで、店を出た時に覚えた悪い酔いも解消された。

「そのせいで中央新聞は穴掘り事件で目下六連敗中なんです」

　自社の恥になることまで伝える。へへっと頭を掻《か》きながら自虐ポーズのおまけをつけた。残念ながら信楽は見ていなかった。

「そんな言い方、聞いたことがないな」

「本当ですか」

「記者用語じゃないのか。俺たちはそんな呼び方はしないよ」

「じゃあなんて言うんですか」

「二係」信楽はそう言いかけたが、「遺体なき殺人事件かな」と言い直した。

「推理小説のタイトルみたいですね」

てっきり信楽が冗談を言ったのだと思い、祐里は笑った。

「しょうがないだろ、仏も出ていないのに殺しだと決めつけて捜査をするわけだから」

「決めつける？」

耳の途中で引っかかった。それより二係と言ったことを聞き直したかった。言い直したということは教えない方がいいと判断したのだろう。このことは他の刑事に聞くことにしよう。

「ところで十二ヶ月の間に解決した二つのその遺体なき殺人事件、東都新聞と毎朝新聞の記者は、どうやって摑んだんですかね」

「どうとは？」

「いえ、二つとも別件での逮捕者ですよね。刑事が頑張っている記者への思いやりというか、警察に記者へのサービス精神がないと知り得ない情報だなと思いまして」

その情報を流したのが信楽だと思っている。だが胸の中を射貫《いぬ》かれるように否定された。

「俺のところにも記者が来たけど、俺は分からないとしか答えてない。それなのに彼らは書いた。たまたま遺体が出てきただけだ」

「たまたまって、取調べをしていたら、被疑者が嘘をついているかどうかくらい分かるんじゃないですか」

「まさか、超能力者じゃあるまいし」

ずいぶん他人事《ひとごと》のように聞こえた。こんな男が本当に穴掘り事件の専門家なのか。

「分からないって言ったのに、二紙とも書いたのですか？」

「そうだよ。だから両社とも遺体が出た場所までは書いてなかったろ。俺のところに来た時点では現場がどこなのかも知らなかったはずだ」

信楽から教えてもらったが、記者は気を遣って書かなかったのかと思ったが、そうではなかったようだ。

「じゃあ、どうして現場が分かったんですかね」

「一社は朝から俺の家に来て、車で後をついてきた。もう一社は死体の遺棄現場が埼玉だったから、埼玉県警が話したんじゃないか」

それでも捜査に当たっている信楽から「分からない」と言われれば、「事件関与」も「遺体発見」も記事にするには勇気がいる。

「ということは他から遺体発見の事実が漏れたんですかね。一課長、理事官、管理官あたりから」

一課のピラミッドを、天辺《てっぺん》から順番にあげていく。

一課長は仕切りの祐里、四人いる理事官は二番手の中野、捜査本部で指揮を執る十五人いる管理官は三番手の小幡が当たっている。

そこからはなにも漏れてこなかったから、一般の刑事か鑑識か。だが遺体が発見される前に鑑識が記者に伝えるとは思えない。

　また沈黙が訪れた。こわごわと流し目で見る。怒っていると思ったら、信楽は呆《あき》れたような顔をしていた。

「面白いことを言うな。鑑定もしていないのに、遺体が行方不明者本人のものかなんて、誰にも分からないじゃないか」

「そこは長年の勘で」

「その勘がもし違ってたらどうする？　骨は出てきました。だけど鑑定した結果、別の人の骨でした……そんなことを家族が聞いたら、どう思うかな」

「天国から地獄へ落とされたような気分でしょうね」

「いいや、地獄から地獄だよ」

「そ、そうですね」

「家族は何年間も必ず生きているはずだと希望を持ってきた。望むことすら辛《つら》くなって、もう死んでいるんだろうなと思い始めた。そんな時に遺体が出たと新聞に出た。悲しいけど、これであの子はやっと成仏できる……そこまで覚悟を決めた家族をまた悩ますわけにはいかないじゃないか」

　信楽の熱弁にその通りだと得心した。

　そうなると東都も毎朝も容疑者が関与していると供述し始めたところまで摑《つか》んだ。明確に「殺した」と自白したと聞いたのかもしれない。だがその供述には嘘の可能性もあった。嘘であれば、行方不明者の家族をさらに悲しませることになるにもかかわらず、二紙ともギャンブルをした。

ギャンブルといえば聞こえはいいが、間違った時は刑事から聞いたことだから、自分たちは関係ないという無責任な報道だ。

「つまり信楽さんのところに来ても、分からないよとしか聞けないってことですね」

「俺のところに来ても無駄ってことだ」

「それは理解しました。ですが、せっかくこうしてお近づきになれたので、また来てもいいですか」

返事はなかった。これは無視のパワハラではない。祐里のミスティクだ。この会話で来いと言う刑事はいない。アルコールのせいで湖のボートのように心地よく揺れている脳を、激しく動かして考える。

「さっきの焼鳥屋さん、美味《おい》しかったなぁ。ああいう店、私、好きなんですよね。あれだけ食べて飲んで二千円だったし、また来ようっと」

東京郊外の冬の澄んだ夜空に向かって独り言《ご》ちた。

それなら文句はないでしょ。そう思って再び流し目で窺《うかが》う。

残念ながらスルーされたので、今度は信楽に向かって言う。

「新聞記者って休みが不定期なうえ、この歳になると友達も、夫やら子供やらの世話で忙しくて、付き合ってくれる人がめっきり減るんです。だから休みの時は大抵一人飲みです。家飲みは毎晩ですけど、休みの日は赤羽《あかばね》にも行くし蒲田《かまた》にも行くし、この前なんて横浜の野毛《のげ》にまで遠征しました。私は社内で『中央新聞のおんな酒場放浪記』の通り名があるくらいですから」

「あなた、独身なんだ」

「あっ、今、刑事の勘で、独りだと分かってそう言ったでしょ？　そこまで行くとセクハラですよ」

弱い立場であるのを前提にしているみたいで、自分のことでハラスメントという言葉は極力使わないようにしているが、今日はいいだろう。少しはやりこめたい。

「刑事の勘でそんなことが分かるわけないだろ」

微《かす》かに動揺していた。気のせいと感じた程度だが。

「ということは刑事の勘はあるんですね。けれどまたこうしてお会いしたとしても、けっして勘頼りの情報など記事にしませんけど」

信楽は怒ってはいなかった。だがしつこい記者だと呆れていただろう。

「好きにしろよ」

一応、また来ていいという信楽の許可はもらえたようだ。

来たとしても店では仕事の話はしません。せっかく気持ちよく飲んでいるところは邪魔しないので安心してください——そう伝えようとしたところ、信楽が先に喋《しゃべ》った。

「俺と捜査の話をしたかったら、情報を持ってきてくれよ。俺たちは情報に飢えてるんだ」

「情報交換してくれるんですか?」

予期せぬ言葉だった。情報交換は他の取材でも求められる。なにも調べずに教えてくださいだけの「くれくれ記者」を、刑事は煙たがる。だが自分の足で稼いだ情報を確認にいくと、刑事は認めてくれるし、時には警察も摑んでいなかった情報だったと感謝もされる。

そこで大事なことを思いついた。

「どんな情報を持っていけばいいんですか。信楽さんが今、どんな事件を探っているのかを教えてくれなきゃ、調べようがないですよ」

夜気に混じって行ったり来たりしていた会話がそこで再び滞った。いろいろ話せたおかげで、信楽が言いたいことは察した。

「分かりました。それも信楽さんからは話せないってことですね。信楽さんが調べているからといって、必ず殺人事件、もとい、遺体なき殺人事件だとは限らないわけですし」

「あなた、理解が早いな」

褒めてくれたようだ。だが信楽がこれからどんな事件を調べようとしているかなど、どうやって調べる? 他の刑事に聞いたところで誰も知るはずがない。

順調に運んでいた取材が、最後の最後になって大きな宿題を突きつけられた。それでも初対面としては上等だ。

自宅が近づいてきた。この角を曲がるとハイヤーが停まり、記者が待ち構えている。喋り声は聞こえなかったが、まだ九時半なので、この時間で次の夜回り先に移動することはないだろう。

信楽が軽く手をあげた。

ここで終わりという意味だ。「ありがとうございました。おやすみなさい」と潜めた声で頭を下げた。

信楽が曲がってから、角から顔を出して覗《のぞ》いた。

一軒家の門の前に立つ記者たちの間を、信楽はひょうひょうとすり抜けていく。記者たちは質問したようだが、声が重なってよく聞こえなかった。

耳に届いたのは「分からないよ」という低音ボイスだけだった。

7

森内洸は神奈川県海老名市にある総合病院に早朝八時前に到着した。

開院前だったが、駐車場には車が駐《と》まっていたし、すでに診察の受付待ちの人がちらほらと見えた。

正面口から受付とは逆方向の通路を進み、途中の事務室で名乗る。職員に付き添われて入院棟のエレベーターに乗った。

こうした時間に面会できるのも、この病院の院長が監察医をしていた関係があるらしい。

「こちらです。菊池さんは起きていると思いますので、あとはどうぞ」

「ありがとうございます」

ノックする。警察官と知られると他の病室の迷惑になるだろうと、「森内と申します。入ってよろしいでしょうか」と名乗った。どうぞという声がしたので扉を開いた。中には二人の男性がいた。

ベッドで寝間着のまま寝ているのが菊池和雄氏であるのは一目瞭然《りょうぜん》だった。艶《つや》がなく土色の顔をしていて、寝間着から出た手首もずいぶん細く映った。

もう一人のベッドの横で立っている、ふっくらした顔のジャケット姿の中年男性は、付き添いの息子だと思った。

話を聞く際は部屋を出てもらわないといけないと考えながら、まずは洸が自己紹介した。

菊池氏は上半身を起き上がらせたものの、具合がよくないのか、それとも人見知りなのか、洸の顔を見ることもなければ相槌《あいづち》を打つこともない。

それよりも付き添いの男性が、「警察何年目ですか」「以前はどちらの署で」と訊《き》いてきたことが気になった。

気の進まないまま答えていると、男はジャケットの胸ポケットからカードケースを出した。

東村山署刑事課長
警部　香田繁樹

「これは大変失礼しました」

慌てて頭を深く下げる。

素っ気なく答えてしまったが、香田という警部は気を悪くしている様子はなかった。

「なにも謝ることはないよ。きみに伝えていなかったんだから、私を知るはずがないし。こんな時間に来てもらったのは私に事情があるんだ。普段は義父の見舞いは休みの日に来てるんだけど、昨日信楽さんから突然、うちの若いのを行かせるけどいいかと電話をもらってね」

「信楽をご存じなんですか」

「一課にいたことがあるからね。一課であの人を知らなかったら、潜りだろ」

「そ、そうですね」

無礼をした後悔が先に立って、滑舌までが悪くなった。昨日、洸が席を外した時、信楽が連絡して、洸が行くことが決まったのか。信楽は知り合いと言ったが、それを言うなら菊池和雄の婿は元一課の刑事で、今は東村山署の刑事課長だと言ってくれればいいのに。そうした親切心が信楽には足りない。だから二人しかいない部署なのに、コミュニケーションを取るのに苦労するのだ。

「私は職務外だから、直接捜査に加わるわけではないけど、きみ一人だと苦労するだろうと思って同席することにしたんだ。署を丸一日空けるわけにはいかなくて、こんな早い時間になってしまい申し訳なかったね」

「いえ、同席していただいて助かります」

「それに私も今回の捜査をお願いした清里千尋さんとはからきし無関係ではないんだよ。彼女が行方不明になった時、私は町田署の刑事課にいたんで」

「菊池和雄元警視の隣の署にいたんですね」

「そんなかしこまった呼び方をしなくていい」

菊池和雄が初めて口を利いた、きつい言い方だが、声に張りがなく弱々しい。

かしこまったと言われても、たとえ退官した他県の警察本部だろうと、警視をどう呼べばいいのか悩んでしまう。

「まさに町田駅を挟んで隣の署だよ。また清里千尋さんの自宅は町田市だけど、行方不明になった日に彼女が自転車を置いたのは駅の南口側、神奈川県側の駐輪場だったんだ」

困惑していると香田が口を出してくれた。

「彼女はいつもその駐輪場に停めていたんですか。それともたまたまだったんですか」

「いつもみたいだな。うちの署員からはそう聞いた。だから自転車を見つけることができたんだと」

「基本情報ばかりで申し訳ないのですが、彼女が行方不明になるとしたら、どこの地域が有力だというのが両署の見解なのでしょうか」

　それがはっきりすれば警視庁と神奈川県警の縄張り争いも関係ない。いなくなった場所を担当する警察署の事案になる。

　香田が菊池氏の顔を見た。先に話しますかと譲ったように感じた。

　菊池和雄氏は険しい顔のままわずかに首を横に振った。引き取るように香田が説明する。

「残念ながらそれがさっぱり。相模原南署が南口側を洗ったけど、彼女は映っていなかった。駅のそのほかのカメラはうちの少年係が調べたけど、同様だった」

「清里千尋さんは十七歳だったので少年事案なんですね」

　今頃になって捜査を信楽に頼むくらいだから、香田が捜査に加わり、手落ちがあったのかと思ったが、管外ならそうではないだろう。

　香田の表情からいつとはなしに温和さが消え、思いつめたような顔つきになっていた。

「捜したのは少年係だけど、私も無関係とは言えないんだ。なにせ私には義父というホットラインがあったんだから」

奥歯を噛《か》み締めた香田から菊池氏へと、視線を移す。菊池氏も唇を噛んでいた。

「本当なら義父から話した方がいいんだけど、今朝は微熱があって、調子がよくないんだ。なのではじめにまず私が当時の事情を話していいかな。清里千尋さんのことだけでなく、捜査に当たった少年係の水谷早苗巡査についても。その方が森内くんも当時の状況の全体を把握できるだろうから」

菊池氏の具合はよくないようだ。呼吸が苦しいのか何度か喉《のど》のあたりを押さえる。

「はい、お願いします」

「いいですね、お義父《とう》さん」

香田は菊池氏に確認を取った。

「ああ、話してくれ」

声が小さい。こんな体調なのに聴取をしていいのか。

「まずは私が町田署に異動になったのは……」

香田が切り出したので、急いで手帳を開いた。

8

香田が町田署の刑事課に移ったのは二〇〇〇年になってからだ。

管内は一九八〇年代から校内暴力や暴走族などで荒れていることで有名だった。少年事件で収まらない凶悪犯罪も発生するので、少年係と連携しておくようにと刑事課の先輩から指導を受けた。

それに東京と神奈川の都県境であることも問題を複雑化していた。東名《とうめい》高速を走っていても東京都だったのが神奈川県に入り、また東京都に戻る、一般道でもそうしたケースがいくつもあった。

少年係の捜査員は来たがらない署だったが、熱心な捜査員はいた、それが水谷香苗巡査だった。

当時の刑事課長と生活安全課の課長同士の仲が良く、「水谷くんをうちにくれよ」と言った刑事課長に、生活安全課長も「彼女がいなくなったら町田は不良の無法地帯に逆戻りしちまうよ」と返したとか。それくらい働き者でガッツがあった。

時間があれば町中や繁華街をパトロールしていた水谷だが、夜分にアルコールを提供する店やゲームセンターにいた子供を片っ端から補導するような強引な捜査はしなかった。

荒れた子でも対話をして、家に帰るように促す。時には夜間のベンチに並んで座って親身になって不満を聞き、彼らの家庭事情や胸の内を理解しようとした。

当直で一緒になったある夜、水谷とこんな会話を交わした。

――子供って警察は自分たちには手を出してこないからって、挑発してくるじゃないか。それなのに水谷くんはカッとせずに話を聞いてあげるんだからたいしたものだよな。

水谷は少し照れてからこう述べた。

——生意気な口で挑発してくるのも単に構ってほしいだけなんです。未成年だから警察は強気に出ないという小賢《こざか》しさはありますけど、みんな将来が不安で、自分の存在を認めてほしいんですよ。

——それなら私が扱う成人事件だって同じだよ。犯罪者を庇《かば》ってはいけないけど、同情の余地はある。

——成人と子供には大きな違いがあります。

——未来があると言いたいんだろ。成人だって同じだよ。三十代だって四十代だって、本人の気持ち次第ではやり直しが利く。

——過去は消えないじゃないですか。ですが少年事件は何度も補導されても、少年院に入っても前科になりませんし、犯罪履歴はいずれ抹消されます。なにもすぐに優等生になることはないんです。自分が打ち込めること、夢中になれることを見つけて、夢を目指して明日が来るのを待つ。明日の自分は今日より成長しているかもしれないと思うだけで、前向きになれます。

——すごいな。そんな話を水谷くんはしてるのか。

——どんなに荒れた子供でも夢を語る時って、とてもいい顔をします。なかなか照れくさくて話してくれないんですけどね。

いつしか水谷の話に聞き入っていた。

一人でも多く更生させようと昼夜、町中を熱心に歩き回っていた水谷が、とりわけ気にかけていたのが清里千尋だった。

その頃の女子高生の間では、肌を日焼けさせたり、褐色の化粧を施し、「黒ギャル」「ヤマンバ」と呼ばれるスタイルが流行する一方、援助交際が社会問題になっていた。

だが清里千尋はその手の少女とは少し趣向が違った。男に媚《こ》びる服装を嫌い、スカートはいつも長め、夏場も肌はあまり露出せず、ひと昔前に流《は》行《や》ったレディースといった雰囲気だった。

喧嘩《けんか》も強く、彼女に憧《あこが》れてくっつく女子がたくさんいた。そうしたグループは市内に他にもあって、彼女が高三の春には女子グループ同士で決闘することになった。

その決闘は、事前に知った水谷たち町田署少年係に寸前で止められた。先輩捜査員は学校や親に連絡しようとした。それを水谷は「彼女たちは私たちの説得に従って喧嘩をやめたんです。これで連絡したら彼女たちは二度と警察を信用しなくなります」と大勢の喧嘩では珍しく、注意だけで少女たちを帰した。

それをきっかけに清里千尋は水谷を信頼し始めた。

清里千尋の自宅は町田駅から三キロほどいった場所にあり、両親は千尋の幼少期に離婚し、自宅の一階でスナックを開く母親に育てられていた。

スナックはそこそこ客の入りがよく、生活はそれほど困窮していなかったが、母親は男にだらしなく、それが彼女を非行に走らせた一因でもあった。

清里千尋が中学一年生の時、母親が客の一人とくっついた。その男が、スナックの営業時間中に千尋の部屋に侵入して、暴行を企てた。抵抗した千尋は灰皿で男の頭を殴り、間一髪逃れることができた。

男の頭からは大量に出血、男の叫び声で母親が気付き、救急車を呼んだ。男は頭を五針縫ったため、傷害事件の可能性があると病院が警察に通報した。

本来は成人男性が同居する中学生に暴行しようとしたのだから、未遂に終わっても犯罪は成立する。

男が逮捕されなかったのは、千尋が一切事情を話さずに、母親が男の言うままに、転んで頭をぶつけたと擁護したからだ。

その事件は、水谷が町田署に着任する前のことだったが、水谷曰《いわ》く、あの時、警察官がショックに打ちのめされた千尋の表情に気づいて話を聞いてあげていれば、その後に彼女が悪い仲間とつるむことはなかった、水谷は警察の責任だと痛感していた。

娘に手を出したというのに母親は男と別れなかった。男のためにアパートを借り、アパートとスナックとの二重生活で、千尋を置いて男と暮らすようになった。

そのせいで千尋の部屋は不良少女たちのたまり場になるのだが、高三春の決闘未遂以降、水谷は「千尋ちゃん」と名前で呼び、彼女が一人になるスナックの休日に、自宅にマンガやお菓子を持って遊びに行ったそうだ。

最初は「また来たのかよ」と迷惑がられたが、説教めいたことは言わずに彼女の側に立って話を聞いた。相見互いに千尋も「早苗ちゃん」と呼ぶようになり、少しずつ心を開き、将来の夢を語るようになった。

彼女の夢は髪も化粧も両方できるヘアメイクアーティストだった。

そのためには高校卒業後には美容学校に行き、その後は有名なアーティストの下で修業をして、ドラマや映画に出る女優さんを眩《まぶ》しいほど美しく見えるように変身させたい、と。

――それなら千尋ちゃんが女優になった方がいいんじゃないの。駅でスカウトによく声かけられていると言うじゃない。千尋ちゃんなら大人気間違いなしだよ。

水谷がそう言った時、千尋は少し悩んでから話し始めたそうだ。

――これはダチにしか話してないことだけど、あたし、小学生の時、ドラマに出たことがあんだよ。

――えっ、そうなの？

――母が勝手に子役プロダクションに応募して、オーディションに行っただけなのに監督に気に入られて、そのままドラマの撮影現場につれていかれたんだよ。それがすごい嫌で駄々こねたんだよね。

――どうして嫌だったのよ。普通はテレビに出られると言われたら喜ぶでしょ。

――嫌だよ、なんの演技の練習もしてないのに、みんなの笑い者になるだけじゃんか。あたし人に笑われるのが大嫌いなんだよ。

彼女は人から弄《いじ》られるのが嫌いだった。母子家庭やスナック経営、母親の男関係などを噂されているのが耳に入っていたのかもしれない。

――あたしは帰るつもりだったんだけど、その時、ヘアメイクしてくれた人が、別人みたいに綺麗《きれい》にしてくれて、それでこう言ったんだよ。「千尋ちゃんと違う人になったから、あとは千尋ちゃん次第よ。失敗しても誰にも気づかれない。それより頑張っていい演技をして、みんなをびっくりさせようよ」って

水谷は写真を見せてもらった。目を奪われるほどの、子役のスターでもなかなかいないレベルだったらしい。だが千尋は「全部、そのメイクさんの腕だよ」と謙遜《けんそん》した。将来の夢の話をして以来、彼女はくるくるしたパーマもとって、髪の色も戻した。

――ヘアメイクアーティストになるのに、あんなパッパラパーな髪型してたらダメだろ。

照れ臭そうにそう言ったという。

以後、水谷と清里千尋の親交はさらに深まっていく。

ただ水谷はそれまでのように、休みのたびに千尋の自宅に行くのは控えた。信用していないように思われるのも嫌だったし、彼女はこれから社会で独り立ちする。新しい友達も作っているようだし、一人で考える時間も必要だ。社会に出ると楽しいことばかりではなく、うまくいかないことの方が多い。そのたびに挫折《ざせつ》し孤独を感じる。孤独に強くなってほしい、そこまで水谷は願っていた。

――だけどカッコつけたことなどしないで、それまでと同じように遊びに行って、近況を聞いておけば良かったんです。そうすれば誰から声をかけられているとか、怪しい男につけられているとか情報を聞けたかもしれないじゃないですか。なんで私は千尋ちゃんを一人にしちゃったんだろう。私に相談したいことがあったかもしれないのに……。

公開捜査の一週間後、水谷は悔しそうに唇を固く嚙《か》み締めた。

香田の目には丸みがあった水谷の顔が、げっそりと痩せたように映った。

9

香田繁樹警部の話を、洸は手帳に書き留めた。

香田からはさらに捜索願を受理した翌日、水谷は休日だったのに一日中、彼女の知り合いなどを回ったこと。その日の午前中に町田署の捜査員が神奈川県側にある駐輪場で自転車を発見、それを夕方、香田が菊池氏に電話をして、引き取ってもらったことを聞いた。

百パーセント事件だと断定するには証拠も目撃談もないが、要点はおおよそ把握した。

話には大崎猛という現在静岡刑務所に服役している篠高組傘下の組長も出てきた。

大崎は暴走族グループのリーダーで、集団暴走するだけではなく、今でいう半グレのような悪事を働き、警察もずいぶん手を焼いた。水谷はその男の仕業ではないかと疑っていたらしい。

「質問してよろしいですか」

香田に断りを入れる。

「何でも聞いてくれ、そのために私も来たんだから」

「町田署の署員が相模原南署管内の駐輪場で自転車を見つけたのが午前十時、ですが相模原南署が引き取ったのは夕方だというのはどうしてでしょうか」

手帳を見ながら、書き取った時に疑問点としてクエスチョンマークを付けた箇所を菊池氏に向かって尋ねる。

「それは……うちと南署の連絡ミスで、引き取りが遅くなったんだよ」

「連絡ミスとは？」

「まぁ駅の駐輪場に停めてあったことも大きかった。自転車には鍵《かぎ》がかかっていたからね」

菊池氏に聞いたことなのに、香田が代弁した。

その間、菊池氏の顔を見たが、苦々しい表情をしていた。

明らかな相模原南署のミスだ。もし自転車が盗まれていたら、非難されるだけでは済まなかった。義父の所轄の怠慢を、婿である香田が庇《かば》ったのだ。

「町田駅となると結構大きなターミナルですよね。そこに自転車を置いたのが間違いないとなると、せめて似た少女を見たくらいの目撃証言は出なかったのですか。彼女は有名人だったんですよね？」

「徹底的に調べたが現れなかった。人は多いけど夕方の帰宅時だからな。暗くなってい たし、その時間の通行人は家路を急いだり、飲み屋に向かったりで、案外、周りを気に しないことが多いんだ。私も長く刑事課にいるけど、新宿や池袋《いけぶくろ》といった大きな駅の方 が目撃者探しは難しい」

「相模原南署はどうでしたか？」

どうしても菊池氏の意見を聞きたくて尋ねる。

「うちの方でもなかった」

最低限の回答だった。

「もし駅の駐輪場から駅ビルまでの間に拉致《らち》されたとなると、さすがに一人、二人は気 づくでしょうね」

「結構な人が目撃するだろう。その場で通報者が出てもおかしくない」

「当日、彼女の服装は？　確か？」

そう言って行方不明者届から書き取った服装をチェックする。先に香田が答えた。

「黒のロングスリーブのカットソーに、下はジーンズ。足もとはビーチサンダルだよ」

「サングラスはかけてなかったんですね」

「それは分からない。母親も娘がサングラスをしていたかは確認していないから。ちな みに今言った服装も母親の証言だから、正直アテにはならない」

娘を暴行しようとした男を庇った母親だ。出かける娘の服装など関心はなかったかもしれない。

「彼女が自転車を置いたのは何時ですか」

「無人駐輪場なので正確な時間は不明だ。彼女が自転車で家を出たのは母親が確認していて、午後六時過ぎだったというから、駅到着は六時十五分から六時半の間だろう。途中で誰かに会って時間をつぶしたとしたら、それはそれで捜査線上に浮上してくるだろうし。だけどあの日、駅に向かった清里千尋を見た友人、知人は一人もいないんだ」

「そうなると自転車を置いて電車に乗ったんですかね。そしてその先で事件に遭った？」

ただし、これはあくまでも拉致された場合だ。まだ二係捜査に関わって三ヵ月だが、過去の捜査経歴を調べると「コンビニに行く」と言って出かけたきり行方をくらまし、数年後に別の都市で男性と普通に暮らしていたケースや、結婚相手や子供を置いて別の家族を持っていたり、あるいは路上で身を隠すように生活していたりなど、行方不明者届には家出で落ち着くことがいくつもある。

「それはもちろん我々も考えたよ」

「駅にはたくさんの防犯カメラがありますよね。カメラに映らないでホームまで行く方法なんて可能なんですか」

「水谷巡査は駅の協力を得て、カメラに一度も映らないでホームまで行けるかを試した。とくに避けるように歩かなくてもカメラに映らない経路はあったらしい」

「それはJRですか小田急ですか」

「両方だよ」

そうなると余計に捜査は困難になる。

「確認ですが、自転車からは指紋は検出されなかったんですか」

「出なかった」

菊池氏が答えた。

そこで見逃している点が頭に浮かんだ。

「駅に来るまでに拉致されて、その男が自転車を駐輪場に置いた可能性はありませんか」

「それは私も考えた。その場合は二人組で、一人が清里千尋を拉致し、もう一人が置きに来たことになるけど、その可能性は低いというのが我々の見解だ」香田が話す。

「どうしてですか」

「それはさっきも言ったけど、自転車の鍵が抜かれていたからだ」

「鍵がどう関係してくるんですか」

「鍵を持っていれば、警察に職質された時、それが拉致した証拠になるじゃないか」

「すぐにゴミ箱に捨てれば？」

「それを見られるリスクを考える」

「確かに」

さすが捜査一課で経験のある警部だ。犯人心理をよく弁《わきま》えている。

　ただ香田は「もし本当に大崎の犯行なら、あの男は悪知恵が働くから、我々の裏をつくつもりで鍵を抜いたかもしれないけど」と補足した。

「大崎って頭のいい男なんですか」

「頭がいいと言うより狡賢《ずるがしこ》いだな。特殊詐欺グループの中心人物だという噂もあって、町田署でも警戒していたくらいだから」

「町田署では大崎の名前が出ましたが、相模原南署ではどうだったんですか。大崎の仕業を疑う声はあったんですか」

「それはもちろんだよ。お義父《とう》さん、あの話をしてもいいですか」

「あの話とは？」

　洸が尋ねると菊池が返事をする前に香田が説明をしだした。

「県警本部がセンターに、身分照会をかけていたというんだ。総合だそうだ」

「身分照会って大崎のですか」

「いや、清里千尋のだ」

「彼女の、なぜ」

　なぜ行方不明になった人間の身分照会をかけるのか。だがこの質問にも香田が答えた。

「神奈川県警が別の犯罪で、大崎を追いかけていたからだよ。警視庁でも大崎には特殊詐欺グループの元締めではないかという噂が出ていた。それは警視庁の捜査二課には否定されたが、神奈川県警はそれを追いかけていたのでは……」

そこで言葉を切って、香田は瞳《ひとみ》を菊池氏へと動かす。

「俺はそこまでは聞いていない」

菊池氏は認めなかった。

「それは南署には言わなかっただけで、神奈川の捜査二課が極秘で大崎を捜していた可能性はあるでしょう。そうじゃなきゃ清里千尋の身分照会をするはずがないですよ」

初めて香田が菊池氏に食ってかかるような言い方をした。だが菊池氏が言い返さないので、議論にならなかった。

「いずれにせよ、大崎が清里千尋を狙っていることを相模原南署も知っていたってことですか」

「それは少し違う」

否定した菊池氏が咳《せき》をした。

「大丈夫ですか、お義父さん」

香田が水を渡そうとしたが、菊池氏は手で制して話し続ける。

「七月二十三日に町田署に清里千尋の捜索願が出た後で、うちの署にも水谷巡査から連絡が入った。その連絡の中で大崎の名前も出た。大崎も清里千尋もうちの署員は知ってたから、そんなことがあるのかと話題になった。うちの誰かしらを通じて本部に伝わったのだろう」

「なぜ本部に伝わったんですか」と洸。

「追いかけていたからだ」

「やっぱり大崎を捜していたんじゃないですか」

香田が菊池氏を問い詰める。

「俺は特殊詐欺とは聞いていないと言ってるだけだ」

「じゃあなんだったんですか」

「そこまではうちには届いていない」

今度こそ義理の親子での言い合いになった。

「聞けば聞くほど事件性は強いですよね。誘拐事件の可能性があるということで捜査に乗り出しても良かったのではないですか」

洸が引き取るように言った。

「その点は町田署のミスでもある」

香田が唇を嚙《か》んで視線を落とした。

「どうしてですか」

「義父に身分照会の話を聞いた日、私は当直だったんだけど、翌朝すぐに刑事課長に言い、公開捜査にすべきだと進言した。だが刑事課長は防犯の少年係長と相談して時期尚早だと私の要請を却下した。いくら更生したとはいえ、彼女は以前、家出を繰り返していた。公開捜査にしたところでひょっこり現れたら大恥になると」

「大恥くらいいいじゃないですか、無事に帰って来られたのなら」

「上しか見ていない警察官なんてそんなものだよ。なんとか失踪から一週間後に公開捜査にはしたけど、それだって母親は協力的ではなかった」

「親なのにどうしてですか」

「それはさっきの複雑な事情が絡んでいる。母親は一緒に住む男が、昔犯した事件が再び表面化するのを嫌がったんじゃないか。マスコミが来たらなぜアパートを借りて二重生活をしているのかも訊《き》かれるだろうし」

なるほど、週刊誌やワイドショーがやってくるのを嫌がった。彼女は町田では不良の美少女として有名人だったのだから。

「公開捜査後に取材は来たんですか」

「来たみたいだけど、署に来たのは週刊誌が一社だけで、たぶん記事にはならなかったと思う。警察署が一社だから、自宅も同じじゃないかな」

それでホッとしたとしたら、ひどい親だ。

「公開捜査の成果もなかったんですね」

「なくはなかったよ。芸能事務所のスカウトに無理やり口説かれて、お茶だけならと話を聞いたことはあるとか、以前、大阪に家出をした時に知り合ったＤＪと意気投合してまた大阪に行きたいと話していたとか。沖縄への修学旅行中にナンパしてきたダンサーがいて、清里千尋もまんざらでもないようなことを言っていたなんて話もあったな」

「それを一つ一つ調べたんですか」

「さすがに捜査員は派遣できないけど、水谷巡査は生安課長を通じて大阪や沖縄の警察本部にも連絡して、確認した。ただし向こうも家出と聞いたらそんなに真剣に調べてくれないよな」

「沖縄や大阪となると、たとえ騙《だま》されて行ったとしても家出扱いになるでしょうね」

そこで事件が発生しない限り、警察は動かない。

「確認しながらも、水谷くんはその手の情報はすべて否定していたよ。彼女はそんな自分勝手な子じゃない。なにか事情ができて私との約束を果たせなくなったとしたら、必ず私に連絡があるはずだって」

「そうですか」

「ほかにも以前付き合っていたバンドマンがいて、その男に会いに行ったって噂が出たな」

そこでベッドから声が届いた。

「桧山努《ひやまつとむ》だろ」

「お義父さんもご存じでしたか」

「俺じゃない。うちの捜査員の調べで出てきただけだ」

「そちらでも調べてくれていたんですね」

香田は嬉《うれ》しそうだった。いくら義父を慕っていても、心の中では洸と同じように、神奈川県警は協力的ではなかったと疑心暗鬼になっていたのだろう。

「清里千尋が高二の時に一年間、付き合っていた四つ上のバンドマンだ、森内くんは桧山努って知ってるかね」

「いいえ」

「アングロマニアというバンドは」

「名前くらいは聞いたことがあります」

何年か前にヒット曲を出した。あまりロックは聞かないが、売れた当時はテレビにも出演していた。

「うちの署では、いろんな男と噂があった清里千尋がもっとも長く交際したのが桧山努だと水谷巡査が言っていましたが、南署はどこで知ったんですか」

「桧山努は清里千尋が行方不明になった前日から相模原市内の実家に戻っていた」

「えっ、そうなんですか？」

「目撃されているんですか」

香田に続いて洸も声を大きくする。

「清里千尋がいなくなった二十二日は夜、昔の仲間と町田駅界隈《かいわい》の居酒屋で朝方まで飲んでいた。そのことは店や飲んだ仲間から裏は取れている」

「その場に清里千尋はいなかったということですよね」と香田。

「当たり前だ、いたら話している」

親子なのに冷たい会話に聞こえた。だが娘を取られた父親と婿なんてこんなものだ。

菜摘の父は、交通課に勤務していた娘が同じ警察官と一緒になってくれたことを喜んでくれ、菜摘の実家で何回か二人で酒を飲んだ。とはいえ気を遣われ過ぎている感じで、背中がむず痒《がゆ》いほど居心地は悪かった。

「南署の調べで、桧山努のことはどこまで分かっているんですか」洸が尋ねる。

「たいしたことはない。桧山は実のところは所属事務所も決まっていなかったが、仲間内にはデビューは決まり、事務所が大々的にプロモーションかけるから売れるのは間違いないとか吹聴していた。それなら友人がここに千尋を呼んで知らせてあげればいいとかいう話になったが、桧山は電話しなかった。仲間の話では桧山は呼びたがってたけど、自分からはかけたくない。仲間に呼んでほしがっていたみたいだ、という話だ」

菊池氏にしては長く話した。

「その桧山って男は清里千尋に未練があったんですね」

洸が確認すると、菊池氏は顎《あご》を引いた。

そこから先、洸は頭を整理するのに時間を要した。桧山という男には二十二日の夜から朝まで酒を飲んでいたという証人がいるのだ。清里千尋は二十二日の夕方に家を出ている。桧山が清里千尋の行方不明に関わっているとしたら、清里千尋は朝までどこで過ごしていたのか。

「桧山についてはうちも調べたよ」香田が沈黙を破った。「アングロマニアが売れたのは五年前で、結成は十年前。だがその前の五年間は、桧山は韓国で音楽活動をやっていたとか、世界を放浪していたとか言われているだけで、なにが事実なのか謎だ。事務所も、十五年前の少女の行方不明くらいでは捜査に応じないだろう。そのことは水谷くんと一緒に捜査に携わった捜査員に最近になって聞いたんだ。といってもほとんど水谷くんが一人で調べたので、その捜査員も実りのある情報は持ってないんだけど」

　捜索願が出て、公開捜査にもなったのに、実質動いたのは少年係の一捜査員だけ。冷たい気がするが、洸が所轄にいた時、過去に家出歴のある女子高生が行方不明だと少年係員が騒いでも、即座に刑事課が乗り出しはしなかっただろう。町田署の刑事課長同様、じきに帰ってくるという楽観論の方が最悪の事態の予測を上回る。

「それが出来ないから、二係捜査は難しいんだよ。私も端緒を摑《つか》めずにずいぶん苦労した」

　香田がしみじみと言ったことに驚いた。

「もしかして香田警部って……」

　香田が発した端緒と言う言葉に、声が上ずった。

「そのことも森内くんに説明していなかったね。私も部屋長の下に四年いたんだよ」

「四年も、ですか」

「残念ながらきみが一ヵ月で解決した事件を、私は四年やってやっと一つやり遂げただけだけど」

「僕なんかなにもしていません。全部部屋長一人でやりましたから」

そうだったのか。それで信楽が香田に連絡したことも腑《ふ》に落ちた。今回、端緒もないのにこうして調べ始めていることも。

「そうなると桧山努というミュージシャンも調べてみる必要はありますね。今、どれくらい売れてるかは分かりませんが、水谷さんがおっしゃっていたように、大手事務所がいるのにどうやって話を聞くか、そこが難関でしょうが」

「そうだな。私がもう少し早く聞いていれば良かったんだけど」

香田は少し恨めし気に菊池氏に目をやった。自分が二係捜査をしていた時にどうして桧山が実家に戻ってきていたことを話してくれなかったのか、そう言いたいのだろう。

とはいえこれで大崎と桧山、二人の容疑者が炙《あぶ》り出された。

桧山に関しては、本当に関わっているなら聞いても嘘をつくだろうし、この程度で任意で呼ぶわけにはいかない。二係捜査の基本は、よほどの証拠が出てこない限り、調べるのは勾留《こうりゅう》されている被疑者、もしくは別件でこれから逮捕するかのどちらかだ。そこで再び疑問が押し寄せてきた。

「すみません、今度は香田警部に質問です」

「なんだよ、そんなにかしこまって」

「今までの話を聞くと、大崎だけでも充分端緒はありますよね。逮捕者を取調べるのが二係捜査の基本なのに、三年前に大崎が地下カジノで逮捕された時、どうして部屋長に伝えなかったんですか」

非難した口調になった。香田も悔やんでいるのか言葉が返ってくるまでしばらく時間がかかった。

「大崎が逮捕された時、私は武蔵野《むさしの》署で課長代理をしていて、放火殺人の捜査に追われていた。逮捕された暴力団員が、あの時の大崎猛だと知ったのは、すでにあと数日で起訴とタイムリミットが迫った時期だった。だけど早く気づいたとしても部屋長には連絡していないかもしれない」

「どうしてですか」

「端緒としては薄いと思ったからだよ。なにせ大崎が清里千尋を狙っていると言っていたというのは、水谷巡査が聞いた一人だけだ。その一人も大崎のグループを抜けた時にリンチを受けた、大崎に恨みを持つ少年だ。そもそも私たちは、清里千尋がいなくなってから、およそ二年間、大崎の行方を摑めていない」

「大崎の経歴も調べられたんですか」

「調べたといっても、新宿署の組対（組織犯罪対策課）に聞いたり、取調べにあたった捜査員に聞いたりしただけだよ。清里千尋が行方不明だった当時、二十歳だった大崎が次に表に現れるのが、二十二歳で新宿の篠高組で盃《さかずき》をもらってからだ」

「篠高で下働きをしていたのでは？」

「していない。ある日組にやってきて、兄貴分に気に入られ、日ならずして構成員になれたって話だ」

香田からはさらに、雲竜会という自分の組を作った大崎の篠高組での立ち位置について聞いた。

高齢で親分のリタイアが近い。順番的には若頭だが、その若頭も六十近くで、面倒も見ずに上納金ばかり要求すると若手からの不満は絶えない。その急先鋒《きゅうせんぽう》となっているのが、地下カジノを始めた大崎だと。

次の組長候補と若手に慕われるほど大崎の力が増していることに危機感を覚えた執行部は、大崎が懲役に行っている間に、秘密裡《ひみつり》に若頭に組長を襲名させようとしたが、大崎の息のかかった組員が猛反対した。組が割れることを恐れた幹部は、襲名を御破算にした。煮え湯を飲まされただけでなく、若頭ら古参は、来春の大崎の出所を憂慮している……。

「今までの話を聞いた限りでは端緒と言えるほどではないですし、大崎がヤクザとなると、いくら部屋長でも簡単に口を割らせるのは難しいでしょうね」

「ただでさえ、二係捜査は時間が過ぎれば過ぎるほど難しくなるからな」

もう十五年も経過しているのだ。殺人事件にもかつては二十五年（二〇〇四年までは十五年）の公訴時効があった。刑法が二〇〇四年のままなら、今年七月で時効は成立している。拉致《らち》、誘拐、監禁、暴行だけならすでに時効だ。

香田が時計を見た。そろそろ戻らないといけないのだろう。

「ありがとうございます。今日はお体の調子が悪い中、お話しいただき大変参考になりました。香田警部にも来ていただき助かりました。本庁に戻ってさっそく信楽に報告し、どのような捜査方法が採れるか検討いたします」

礼を言ったが、菊池氏の仏頂面は来た時と変わらなかった。

10

祐里はフラストレーションが溜《た》まっていた。

信楽の捜査内容までは分からなくとも、信楽が言いかけた遺体なき殺人事件の捜査が捜査一課内でいつから始まったのか、そうした基本情報から取材をしようと、今朝、捜査一課長の庁舎である都内の一軒家に向かった。

代々、捜査一課長は各社の仕切りからだけは個別な取材を受けるが、今の一課長は毎日会見をする代わりに、それ以外の取材は一切受けないと、就任した際に記者クラブに通達を出した。

来るなと言われても行くのが記者だ。毎日は行かなくても、他紙にしたってスクープの裏取りでは顔を出しているはず。そうしないと「なぜ裏取りもせずに書いた」と警察は文句を言ってくるからだ。

ところが今朝、家を出てきた一課長は、祐里の顔を見るなり顔を歪《ゆが》め、その後は挨拶《あいさつ》しても返さない。まるで存在すら見えないかのように、完全無視で迎えの車に乗って去った。

せめて挨拶くらいはしろよ。憤慨して官舎から大通りに歩き始めると、五分後に庶務担当の寺井《てらい》という管理官から電話がかかってきた。

〈藤瀬さん、どうしたんだよ、一課長の家には行かないって記者クラブと約束したんだろ？　課長が中央新聞の女性記者が約束を破ったってお冠だったぞ〉

「ちょっと待ってくださいよ。一課長が寺井さんにチクったんですか」

呆《あき》れて物も言えなかった。取材禁止だと通告するならその場で直接言えばいいではないか。

一課長は月から金まで毎日、午前十時に記者会見をする。逮捕事案があればレクチャーの場になるし、歴代の一課長は各社の朝刊を論評したり、時事問題やプロ野球の話題などで雑談してくれたりしたが、今の一課長はなにを聞いても「とくにありません」と不毛のやりとりが続く。

過去には家内の体が弱いので自宅取材は勘弁してほしいと言った一課長がいたが、その人は毎日午後三時から一課長室で各社三〜五分、個別取材に応じた。現一課長にはそうした配慮もなく、捜査を邪魔するだけのマスコミとは口も利きたくないという思いがありありと感じ取れる。

「うちに限らず、他の社だって最後の裏取りでは当てに行っているはずですよ。記者から確認もされていない記事が新聞に出てびっくりする。そうなって困るのはむしろ一課長の方ではないですか」

脅しのような嫌な言い方が思わず口から出た。

〈中央新聞は夕刊でなにか大きなニュースを書こうとしているのか。だけどそんなネタは……〉

自分が知る限りにおいて進展している事件はない。それなのに中央新聞はなにを書くのか、寺井管理官は心配になったのだろう。

祐里は単に信楽の捜査について基本知識を聞いておこう、警視庁がそうした事件の専門家を置いて、最近一年間で二つも解決したことを称賛するつもりで行っただけだ。一課長から信楽の家だけは夜回りしないでくれと、警告される危険性もありながら。

〈なぁ、藤瀬さん、俺に話してくれないか。俺から一課長に確認してもいいから〉

さらに心が波立った。一課長に聞きたいことを管理官経由で取材するなんてありえない。相手の表情も読み取れなければ、警察はいくらでも情報操作できる。

「それならいいです。勝手にしますから」

その言い方がきつかったのか、寺井はますます狼狽《ろうばい》した。

〈気を悪くしたのなら俺が代わりに謝罪するよ。今の一課長は情報漏れに特にうるさいんだ。一課長の耳に入れておいた方がいいことなら俺がちゃんと確認して、一課長が言った通りに伝えるから。なっ、藤瀬さん、俺を信じてよ。俺とは古い仲じゃないか〉

これ以上突っ張ると寺井に迷惑がかかると、「大丈夫です、夕刊にはなにも出ません。

寺井さんも安心してください」と言って電話を切った。

一課長取材が空振りに終わったため、理事官、管理官を担当している後輩の中野、小幡の二人に昼食をご馳走《ちそう》して、警視庁にはどうやら行方不明者の死体遺棄事件を専門に捜査している部署があること。そこのボスは信楽という巡査部長で、彼の仕事は遺体なき殺人、おそらく二係捜査と呼ばれていること。その信楽が今、なにを追っているのか、それを調べてほしいと頼んだ。

三番手の小幡は今年九月、逮捕された容疑者が、二年前の二十歳女性の行方不明に関与しているというスクープが毎朝新聞に出た前夜、知り合いの刑事から噂を聞いて、信楽の家に行ったそうだ。

信楽からは「分からないよ」と言われた。彼はそれ以上取材せず、結果、毎朝新聞に《関与》→《遺体発見》→《逮捕状請求》と三連発を食らった。

夜十時、夜回り取材を終えた小幡から電話があった。

「どうだった、小幡くん、管理官はなにか言ってた」

〈残念ながら管理官、機嫌が悪くて今日はノーコメントでした〉

それだけならまだ許せた。小幡はこう続けた。

〈信楽さんのことなら聞けましたけどね。あの人、信楽焼ってあだ名があるそうですね〉

どうでもいいことから入ったが、「聞いたって誰に聞いたのよ」と情報源を確認した。

〈東都と毎朝の記者ですよ〉

「まさか記者取材したの？」

〈記者取材ってほどでもないですよ。向こうも気楽に話してくれたし〉

毎日他の会社の人間と一緒に行動することが多い新聞記者は食事をすることもあれば、飲みにも行く。だからと言って記者取材するとは、きみにはプライドがないのか？　どうにか言わずに我慢したが、あやうく後輩を怒らないで育てるという決心の山が、ひび割れを起こしかけた。

不満を抑えて電話を切ると、中野が夜回りから戻ってきた。

「どうだった、中野くん」

この男はもっと期待薄だ。小幡が捜査一課担当になったのは六月からだが、中野は去年から任されていて、昨年の十二月、今年九月と二度も穴掘り事件をやられているのに、信楽の名前すら知らなかった。

二番手は三人いる理事官、とくに強行犯係を担当する江柄子理事官のもとに取材に行く。新聞記者嫌いの捜査一課長の分を補うように、江柄子は事件の詳細をレクしてくれる。だが他社が江柄子からニュースを抜いても、中野が抜いたことは一度もない。

「信楽さんがなにを追っているのか確認しましたけど、それは話せないでした」

まぁそう言うだろう。話せるくらいなら祐里が信楽に聞いている。

「そこで終わったわけね」

「そうです。二係捜査は今年も一件解決したから、安泰ですねと言ったら満更でもない顔をしてましたけど」

「二係捜査って言ったの？」

「言っちゃダメでしたか」

信楽は二係捜査と言いかけて、遺体なき殺人事件に言い直したのだ。そこまで説明したのだから、普通は口にしてはいけないことだと察する。

それ以上は聞けなかったのかと思ったが、中野は面白いことを言った。

「いきなり江柄子理事官が、きみって東京出身だったけどどこだっけと訊いてきたんです。俺が世田谷《せたがや》ですって答えたら、そうか町田じゃなかったかって」

「町田って、なんで町田が出てくるの？」

「知りませんよ。俺、理事官に町田出身なんて言ったことないし。誰かと間違えたんじゃないですかね」

刑事はそう簡単には間違えない。まして江柄子のような頭脳派は。

「それなのに町田って聞かれたのね。他には？」

「きみは十五年前は何歳だったと言われたので、中学一年生と答えました」

「十五年前？」

そこまで聞いて、隣のブースに聞こえていないか確認するために席を離れた。隣の東洋新聞はアコーディオンカーテンが開けっ放しで、中には誰もいなかった。

戻ってきた祐里はつけっぱなしのテレビのボリュームを上げた。いかにも大事な話をしているとバレバレだが、普段からそう思わせるため、たいした打ち合わせでもないのにわざと音量を上げている社もある。心臓が早鐘を打ち始めた。

「それで中野くんはなんて答えたの？」

「理事官はなにをしていましたかと聞きました」

「理事官のことを聞いたの？」

あやうく前につんのめりそうになった。

「だって向こうは雑談の振りをしているわけですよね。そう言った方がいいじゃないですか」

中野の判断で正しい。なにげない雑談で情報を伝えてくれる時がある。そうした時は自然に対応するのが流儀だ。

どうやら十五年前に町田で起きた行方不明事件を追いかけているようだ。そこまで聞いたのなら中野にもう少し突っ込んでほしかったが、彼としては上々だ。

「ありがとう、中野くん、あとは私が調べるよ」

中野が帰宅した後、祐里はパソコンで《十五年前》《町田》《行方不明事件》で検索するが、なにも出てこなかった。

横着をしていたらダメだ。こういう取材はじっくり腰を据えて調べなければ。

翌日に会社に行き、資料室で当時の新聞を調べることにした。

11

香田は翌日も義父が入院する海老名の病院に行った。

昨日はどうして抜けられない会議があったが、今日は午後からの出勤で許される。事件未発生とはいえ、刑事課長が頻繁に署から出ていたら、次の人事で刑事課以外に異動させられる。

「おっちょこちょいの景子なら分からなくないが、おまえが忘れるなんて珍しいな」

二日続けてきた用件を伝えると、義父はそう言った。今朝は昨日よりも幾分、顔色が良い。ナースステーションで聞いたところ、微熱も下がったそうだ。少し安心した。

「昨日は後輩の刑事がいましたので帰りにいろいろお説教でもしてやろうと意気込んでいて。完全なうっかりでした」

洗濯物を持ち帰らなかった嘘の理由を話す。

「おまえはそんな男じゃないだろう」

「えっ」

香田はドキリとした。

「後輩に説教などしないってことだ。叱ったところで本人がひるんでしまうだけでなにも意味がないと考えるタイプだ。上司の仕事は部下が恐れることなくチャレンジし、経験を積ませることだ」

「警察って失敗を許してくれるようなそんな優しい組織でしたっけ？」

「失敗しないようにフォローするのが上司の役目じゃないのか。おまえはそうやってきた。だからカイシャも刑事課長に抜擢《ばってき》した」

苦笑いで返した。義父からそのような温《ぬく》もりのある言葉が聞けるとは。自分にも他人にも厳しい鬼刑事のイメージしかない。

「残念ながらいまだに警察社会では戦前の軍隊教育を引き継いでいる。おまえのように時代に合った指導方針を心掛けている者は少数派だろうけどな」

義父の言葉が胸に沁《し》みる。自分のスタイルを決めているわけではなく、人前で叱るのが苦手なだけだ。それでも後輩からいまだに信奉されている元刑事から言われると、自分の警察官人生は間違っていなかったのだという安心感につながる。

「ですが森内くんは私の部下ではありません。信楽さんの部下です」

「おまえもそこにいたのだから弟子みたいなものじゃないのか」

「職人みたいで悪くない言葉の響きですね。そうした目でこれから彼を見るようにしますよ」

珍しく気持ちのいいやりとりが続いたが、会話じたいがのっけから間違っている。

香田がどきりとしたのは、義父の洗濯物を忘れた理由についてだ。

うっかりと言ったが、昨日は最初から洗濯物を持ち帰るつもりはなかった。

いくらバッグに入れてあるとはいえ、汚れ物を、義父にとっては聖域である警察署に持っていってほしくはないだろう、そう考えて二度手間になるのを覚悟で、わざと持ち帰らなかった。

その実、義父は感づいているのではないか。研ぎ澄まされたような目は今も視線が合うたびにびくつく。香田の性格など、十五年前にお嬢さんをくださいと繰り返し頭を下げにいった時点で見抜いている。

「森内くんは律儀で、実直な男でしたね」

信楽のもとに配属になったのだから真面目な警察官なのは分かっていた。二係捜査を任される信楽の部下は必ず誰かの推薦がある。その推薦する者じたいが、信楽が信用している人間。その者のお眼鏡にかなった刑事なのだから、選考に間違いはない。

しかし送られてきた若い刑事は、優秀さゆえに、最初は信楽の捜査手法に馴染《なじ》めず、心がささくれ立つ。

「俺には昔のおまえと似て見えたけどな」

「よしてくださいよ、私は彼ほど熱くはなかったですよ」

「熱量なんてものはパフォーマンスで発揮するものじゃないだろ」

「おっしゃる通りです」

やる気を見せる若手は多い。そうした者ほどすぐに行き詰って弱音を吐く。それは自分のために仕事をしていない、周りの目を意識して仕事をしているからだ。他人の評価を気にした時点で、真剣に捜査と向き合えなくなる。

昨日より顔色が良く、滑舌もいい義父を前に、古い記憶が甦《よみがえ》った。

——刑事というのは人の命を預かっているんだ。上ばかり見て急ぐ特急列車より、少しくらい鈍くさくても、一駅ずつしっかり停まる各駅停車の方が向いている。

そんな話を理沙が生まれて間もない頃、初めて一緒に酒を飲んだ時に言われた。

香田は完全な鈍行だった。捜査一課の強行犯係の時には、快速感を披露できずに、周りを苛《いら》立《だ》たせた。それでも急ぐことなく、見逃している点がないか一つずつ停まって確かめ、時間はかかったが着実に終着駅に到着した。

一方の義父はどうだったのか。香田が聞く義父の姿は超特急で解決するスーパー刑事だ。実際はそんな刑事が存在するわけがない。香田と同じように一駅ずつ立ち止まって、次に進んだはずだ。

「森内くんは私とは違いますよ。てきぱきとした、花の強行でも将来エース級になれる逸材です」

「彼はどうして信楽さんの下に来たんだ。普通は最初は一課の殺人係で経験を積むものではないのか」

よほど期待されていたのかと思っていたが、海老名駅まで一緒に歩いた帰り道、森内から複雑な事情を聞いた。

「どうも一度、一課長から呼ばれたのに、キャンセルになったようです」

「どうして」

「彼が新婚で、奥さんのお腹に子供がいたからみたいです。一課長が求めていたのは運転手役だったようですね」

運転手を任されると、一課長の行く先々で捜査方法や捜査の進展を知ることができる。その分、いつ呼び出されて、いつ解放されるかも目処《めど》が立たない。運転手になると通常は一年間は休みがなく、毎日、馬車馬のように働き通しになる。

「今の一課長は少し身勝手なので彼も外されて良かったんじゃないですか」

検挙数と未解決事件の数ばかり気にして、捜査員をしょっちゅう叱責《しっせき》しているらしく、現場の評価は最悪だ。

「それならおまえと同じじゃないか」

「私とですか」

香田は一年間、殺人係にいた。

「おまえも子供ができたからと俺の反対を押し切って景子と結婚した、そして理沙が生まれてから信楽さんのところに異動になった」

「よくそんな古いことを覚えていますね」

「俺がよく似てるといったのは状況だけではない。あの頃のおまえも、こんな捜査が許されるのかと、いつも不同意な顔をして仕事をしてたよ」

おそるべき観察力だ。信楽と仕事をする最大の問題点は、こうした捜査が必要だと気づくまでに、相当な時間を要することだ。

海老名駅への帰り際に話した森内からも、信楽への不安は感じた。

――どうだね、部屋長の下は。

――はい、厳しいですけど、とても勉強になっています。

言葉に気持ちがこもっていなかった。香田が信楽と通じていることを聞いたばかりなのだ。他に言い様はなかったのだろう。

――どんなところが勉強になったんだ。

自分でも意地悪な質問だと思った。まるで信楽のようだ。いやこういう質問をするのは菊池和雄か。

――なにがなんでも事件を解決してやるという執念のようなものです。

香田はハハッと笑った。

――いいよ、私の前でそんな建前は。部屋長の下にいくと、誰もが最初は不満に思うんだ。かくいう私もそうだったんだから。

――香田課長も部屋長の捜査に納得いかなかったんですか？

――そりゃ、そうだよ。証拠もなしに自供だけで落とすんだから、こんなことして大丈夫かと思ったよ。

――そうですよね、今の時代にそぐわないですよね。

――だけどじきに、二係捜査にはこの方法しかないって気づくんだけどな。

——えっ。

急展開に森内は驚いていたが、初対面でそれ以上話すのは説教臭いだけだと、あえて伝えなかった。

信楽からは行方不明者届が束になったファイルを読まされた香田は、目がぼやけるほど目を通し、最近逮捕された被疑者と行方不明者との繋《つな》がりを見つけた。この刑事には負けたくない。自分の方法で目撃談や状況証拠を集め、自供に頼らない捜査を貫く。二係捜査の権限を奪ってやるくらいの気持ちで端緒を探したが、香田がいた四年間で、香田が信楽の納得する端緒を見つけたことは皆無だった。

信楽も苦戦していたが、それが四年目、信楽は「気になるな」と端緒を見出《みいだ》し、上層部に捜査を願い出た。

その被疑者は賃貸の戸建てをゴミ屋敷にして住んでいて、不満を言った管理会社の社員にゴミを投げつけ、廃棄物処理法違反で逮捕された中年女性だった。

軽微犯罪とあって起訴猶予処分で終わるはずだった。信楽はその女性と、二年前に行方不明になった同年代の女性との関連を見つけた。

気になると言ったが、聞いた限りではとても端緒といえるほどの接点ではなく、同時期に赤坂《あかさか》のクラブで働いていたこと、二人が一度温泉旅行に行ったことくらい、それも十年以上前の出来事だった。

こんな情報では上はまともに取りあわないだろうと思ったが、信楽は捜査一課長や所轄の署長にしつこく食い下がって、取調べの時間をもらった。

十年以上前のホステス仲間を一人一人当たっては二人に金銭トラブルがあったことを突き止めた信楽は、女性が否定してもまた同じ質問を繰り返した。次第に女性の言っていることとの平仄《ひょうそく》が合わなくなり、ついに殺人と死体遺棄を認めたのだった。

信楽の考えはこうだった。ゴミ屋敷が先ではない。二人の間に金銭的なトラブルがあり殺した。それを隠匿するために被疑者は部屋をゴミ屋敷にした。途中で香田も気づいたが、ゴミ屋敷なのにそれは外から集めてくる粗大ごみや紙パック類ばかりで、生ごみはなく、異臭はわずかしかしなかった――。

供述通り、ゴミで埋まった床下から白骨化した遺体が発見された。あと数時間で勾留《こうりゅう》期間は終わり、起訴猶予処分になるという、タイムリミット間近での逆転劇だった。

遺棄した部屋には畳すらなかったのだから、よくよく考えればゴミの下になにかあるかもしれないと疑問を抱いてもいい。それなのに逮捕した警察官は、山積みされたゴミに目を背け、退《ど》かすことすらしなかった。

せめてゴミを除去して、ルミノール試薬を用いていれば、汚れた床下素材から、退色したシミ程度のものでも血痕《けっこん》は判明した。血液鑑定をすればABO式血液型から、MN式血液型、ルイス式、P式。Rh式など詳細に判明し、被害者のそれと一致させることも可能だ。ルミノール試薬以外にも、今はロイコマラカイトグリーン法、フルオレセイン試薬法など目視できない血液を確認する方法が数多くある。

しかし容疑者がなにか仄《ほの》めかすか、現場から被害者の遺留品が見つかるなど殺人を疑う証拠品でも出てこない限り、警察がそうした検証をすることはない。

それ以降、それまで以上にまなじりを裂いて捜索願を読み、端緒になりそうな事実を探した。

朝から見続けると、夕方には目が霞《かす》み、文字が入らなくなる。信楽が毎日定時に帰る理由が分かってきた。

それ以上粘ったところで効率が悪く、せっかく端緒が出てきても見落としてしまうからだ。

四年間の戦いは信楽に完敗だった。敵《かな》わないばかりか、あれほど反発していた捜査手法も、小さくても気になる点は徹底的に調べて捜査の端緒にしていく、これこそが捜査の原点だといつしか信楽に傾倒していた——。

香田が黙っていたせいか、義父は横になったまま目を閉じていた。

眠ったのならそのまま帰ろうか、そう思ったところで目を開けた。まるで敵の動きを察した武士のような強い目つき、ただ長い療養生活で昔ほどの威力は失《う》せた。

「お義父《とう》さん、私は帰りますね」

洗濯物をまとめた袋を手にした。

「ああ」

なにか言おうとしている、咄嗟《とっさ》にそう感じ、声が聞こえるのを待った。

数分経ったが、義父は再び目を閉じていた。
香田は足音を消して病室を出た。

12

これだ――。
会社の資料室の新聞の縮刷版をめくっていた祐里は七月三十日の新聞で記事を見つけた。

町田市で行方不明の女子高生を公開捜査
29日警視庁町田署は、22日の夕方、横浜市緑区の友人宅に行くと言ったきり、行方不明になり、母親から捜索願が出ていた清里千尋さん⒄の公開捜査に踏み切った。
千尋さんは身長164センチ、髪を肩まで伸ばし、失踪《しっそう》当時は黒い長袖《ながそで》のシャツにジーンズ姿、足もとはビーチサンダル。町田駅に自転車を停めた以降の行方が分からなくなっている。
町田署では事件、事故の両面から捜査を開始、公開捜査に先だって千尋さんのポスターを作成し、駅で配るなどして情報提供を呼び掛けている。

この少女の失踪に事件性が出てきて、信楽は追いかけているのか。祐里は縮刷版を開いたままコピー機のある場所まで移動し、そのページを複写した。

慌ててはいけない。十五年前と言われて二〇〇三年の縮刷版を調べ始めてまだ七冊目、七月だ。この先にも同様の行方不明者が出ているかもしれない。

三十一日までを見終えると、音が立たないくらい丁寧に閉じて、もとあった場所にしまって八月分を出す。勢いよくパラパラとめくってチェックしていきたいが、雑に扱うと資料室の社員が飛んできて「もっと大事に扱ってください」と叱られる。

新聞の縮刷版は図書館にもあるが、社内には東京本社、大阪本社に一冊ずつしかない。資料室の職員に以前に言われたのは「これはあなたが見て終わりではないんですよ。五十年後、百年後の社員も見るかもしれないんです。だからもっと丁寧に触れてください」と。

その時は百年後に新聞社なんてないだろうと、心の中で毒づいた。冷静になればその社員の言う通りだ。これらはすべて過去の先輩たちが足を棒にして取材して作った貴重な記録の結集なのだから。

今は、記事はデータ化される。

ただし、すべての記事がパソコンで見られるわけではなく、大概の事件は勾留期間を終えれば消えるように、各デスクは入稿の際に設定する。

また紙面をそのまま複写したものも社内データにあるが、複写したものだと検索ができない。縮刷版は紙の厚みを手で感じることで、都内版や社会面がどのあたりか、あらかた想像はつくが、パソコンに入っている紙面は今どのページを読んでいるのか分からなくなる。

やはり新聞は紙の方が読みやすいようにできているのだ。少なくともスマホやタブレット端末で見るものではない、残念ながら……。

結局、十二月まで見たが、他に該当する行方不明者は出てこなかった。祐里は七月三十日の清里千尋という女子高生の記事のコピーを持って記者クラブのある警視庁に戻った。


警視庁まではタクシーを使ったが、車の中で考えたのは改めて、自分はなぜ取り憑《つ》かれたように事件を追いかけるのか、だった。

ジャーナリストや調査報道という言葉に憧《あこが》れて記者になったが、これほど野暮ったく、男社会である警察を取材したかったわけではない。

早朝、深夜の取材は事件記者のルーティン、疲れ果ててやっと家に帰った途端に殺人事件の発生が伝えられ、現場に急行したこともある。

行きながら毎回思うことは、着いた時には犯人は逮捕されてくれていないかという望み。事件が解決すれば抜き抜かれの戦いをしなくて済むし、早く家に帰れる。

残念ながらその儚《はかな》い願いが叶《かな》うことはほとんどない。

そこからは夜討ち朝駆け、昼間は刑事と同じように事件現場や周辺、関係者への聞き込みを続ける。

よくテレビで悲しみに暮れる被害者宅にマスコミが集まって、無理やり談話を獲《と》ろうとしているが、あれはワイドショーのレポーターやスポーツ新聞の記者が多く、事件記者は犯人が逮捕されるまでは刑事と同様の行動を取る。

これならいっそ刑事になった方が良かったと思うことすらある。それくらいハードワークだが、事件は魔物だ。そのうち記者までも引き込んでいき、疲れているのに頭も体もフル稼働させて働き通しになる。

それは日々の取材の中で目撃証言や刑事の言葉に行き当たり、もしかしたら大スクープになるかもしれないと気持ちが昂《たかぶ》っていくから。

誰もが思いもよらなかった真犯人に行きつくとしたら名探偵。それよりも自分がその事件を最初に世に知らせた報道者、大袈裟《おおげさ》に言うなら歴史の発見者にもなれるかもしれないのだ。そのためにはどの社よりも早く、真実に辿《たど》り着きたい。もし警察が都合の悪い事実を隠しているとしたら、そのことも暴きたい。

そうした夢を抱いたのは事件記者に成り立ての頃で、今、祐里が文句を言いながらもしんどい一課担当をするのは、事件には悲しむ家族がいるからだ。

遺族や、思い出を涙ながらに語る友人を取材して、彼らの悲しみに直面するたびに、早く事件が解決してほしいと切に願う。捜査の邪魔をするつもりはないが、自分も刑事と同じように足を棒にして動き回って、ネタを見つけて警察に情報提供したい、そうした使命感に駆られる。

先輩記者の教えがふと耳をかすめた。

――表に出ていない事件を調べて、世に出していく。それができて初めて報道記者と言えるんだぞ。

その人は以前は他の新聞社にいて、今は警察庁を担当している。祐里は足もとにも及ばない大ベテラン記者だ。

また前回の捜査一課担当の時の仕切りで、一緒に殺人事件を追いかけた比較的歳の近い先輩記者からはこう言われた。

――誰かが隠そうとしていることをひっぺがすことが俺たちの仕事だぞ。

穴掘り――信楽からは警察はそんな言い方はしない、遺体なき殺人事件だと訂正されたが、この事件で言うなら、隠そうとしているのは清里千尋の行方不明に関与した犯人である。

千尋が消えて十五年も経ち、家族は今どう思っているのか。もう帰ってこないと思いながら、ふいに戻ってくることに思いを馳《は》せているのではないか。十七歳なら恋人はいたかもしれないし、友人たちは今も彼女のことを忘れてはいないだろう。なにより彼女自身がどこかで生きていて、助けを待っているかもしれない。

記者の仕事は警察や検察の発表を報道するだけではない。なにもないところから事件を掘り起こす、それができて初めて、世の人からやっぱり記者って必要なんだと、感じ取ってもらえる。

警視庁についた時はすでに正午を過ぎていたため、昼食を取ることにした。

浮かんだのはイタリアンとかフレンチだが、洒落《しゃれ》た店に一人で行くのもどうかと思い直し、昔から通っていた蕎麦《そば》屋《や》にした。

新聞記者は健康診断では中性脂肪やコレステロール値が高めで要再検査だらけ。とくに社会部の記者は食事時間が定まらず、酒を飲んで無理やり短時間眠り、早朝から出かけていくという不摂生な生活が祟《たた》ってか、肥満体型がたくさんいる。

祐里は一応、健康診断でも正常の範囲内の数値を保ち、世の平均的な三十代女性の体型はなんとか保っている。

「お客さん、何名さまですか」

「一人です。相席でもいいですよ」

混んでいる蕎麦屋なのでそう伝える。

「今、空きましたので用意しますね」

店員が片付けに行く間、知り合いがいないか見渡した。

窓際の席に黒シャツが見えた。信楽だ。若い男と食事をしている。

近くの席なら嫌だなと思った。挨拶《あいさつ》すればもう一人に勘繰られるし、かといって無視するわけにはいかない。

目を逸《そ》らそうとしたが、信楽と同席していた若手と目が合った。

眉毛《まゆげ》のあたりで髪を整え、眉と目が吊《つ》り上がった気の強そうな顔をしたその若い男に見覚えがあった。

彼もあっと口を開けた。

もう五、六年前、祐里が警視庁の第二方面、大森署や蒲田署、品川《しながわ》署などをカバーしていた時に会った。その頃、彼は大森駅近くの派出所に勤務していた。名前は確か……森内。

記者の知り合いがいることを信楽に気づかれると、森内に迷惑がかかる。それ以上は彼の顔を見ず、自然と視線をずらして知らんぷりをした。

幸いにも信楽は斜めに向き合って座る森内とは反対側、右側の窓の外を眺めていた。

ちょうどそこに片付けを終えた店員がやってきた。

「奥の席が用意できましたからどうぞ」

信楽たちとは逆方向の、彼らには見えない席に案内された。

13

昼食から戻った洸は、午後から、昨日、海老名の病院で菊池和雄氏から聴いた話を信楽に報告した。

本来なら昨日のうちに話すべきことだが、信楽は昨日、そして今日の午前中と離席していた。

気になることがあって調べていたようだ。基本、刑事は二人で行動するが、たった二人しかいない二係捜査班では独自行動も認められていて、信楽からも「気になったことがあったら自分で調べていい。ただし必ず報告しろな」と伝えられている。

洸の説明を信楽は腕を組み、宙を睨《にら》むように聞いていた。

口を挿《さしはさ》むことがなかった信楽が言葉を発したのは、桧山努の話をした時だった。

「その男って、五年間近くも消息が知られていないのか」

「はい、アーティストの場合は経歴をミステリアスにすることでそれを売りにする場合もありますが、町田署や相模原南署も調べたようですから、本当に分かっていないのだと思います。大崎にしたって二年間、姿を消していますが」

二年と五年ではずいぶん違う。その差に信楽は興味を持ったのかと思った。

「ヤクザの大崎はいくらでも調べられるよ」

「暴力団の方が捜査は難しいいんじゃないですか」

「ムショにいるんだ。いざとなれば乗り込めばいいじゃないか」

「乗り込むって、そう簡単には……」

牢《ろう》の中だろうが、刑が確定した受刑者を取調べるには許可がいる。

警察官が被疑者とかかわるのは一般的には起訴までで、裁判で証言することはあるが、有期刑になった者がどの刑務所に送られたかもほぼ知らない。

「それに神奈川県警はなぜ少女を身分照会したんだろうな」

「それについては菊池氏も分からないようでした」

「署長が聞いても、内偵捜査なら本部は答えないだろうけど」

「菊池氏は本部勤務が長い腕利き刑事なので、大崎猛の名前まで出てきてピンときて、聞いたのかもしれませんね。大崎も清里千尋も相模原南署で有名だったそうですから」

「名前が出てきたって、その名前は誰から聞いたんだ」

「菊池警視は、署内で話題になっていたと言ってましたが」

「なにか怪しいな」

「怪しいって、菊池氏がですか？　どう怪しいんですか」

「話題になってたくらいでは、署長の耳には入らないだろう」

「確かにそうですね」

「いずれにしてもなにか表に出せない事情でもあるような気がしてならない。森内は聞いててそう感じなかったか」

「それは、まぁ」

感じたとしたらやはり、洸は警視庁の人間だからという理由だ。しかしあの場には香田もいたのだ。同じ警視庁とはいえ、入院中に世話になっている義理の息子の前で、嘘はつかないだろう。

「怪しいと思ったら、もっと突っ込んで聞いてこいよ」

「はい、すみません」

納得がいかないのなら、自分で行けば良かったじゃないか——心の中で恨み節を唱えながらも自《おの》ずと信楽を見ていた。信楽というより、毎日のように身につけている黒の開襟シャツだ。

ズボンの色はグレーだったり、カーキだったり、茶色だったりするが、シャツは毎日黒の開襟シャツ。通勤に使うブルゾンも黒だ。

「どうした、俺の服になにかついているか」

視線に気づかれた。

「いえ、別に」

「じっと見てるから昼食べたものの汁でも飛んだのかと思ったよ」

昼に行った蕎麦屋で、信楽の服にかつ煮の汁が飛んだ。飛んだところで黒だからシミは目立たないが、信楽はシミにならないように汁が飛んだ部分を何回もおしぼりで叩《たた》いていた。

「どうしますか。桧山に当たってみますか」

このままでは何の進展もなく、昨日海老名に行ったことも無駄に終わる。

「ヒット曲を出したミュージシャンなんだよな。直接話を聞くならそれなりに理由がいるだろうな」

「ヤサを見つけてこっそり待ち伏せしてみては」

「そんなことをすれば事務所の顧問弁護士が飛んでくるよ。芸能界というのは警察の捜査に敏感だ。麻薬の噂でも流れたら大変だから」

「我々は薬物とは無関係なわけですし」

「十五年前に失踪《しっそう》した少女の遺体なき殺人事件を追いかけていると話すのか？　万が一マスコミにまで知られたら、こっちの身動きが取れなくなるぞ」

強引な取調べをしておいて、案外慎重な点に洸は戸惑う。

「昼に行った蕎麦屋に来ていた中央新聞の女性記者は、森内の知り合いなのか」

聞かれて唖然《あぜん》とした。彼女はちょうど信楽の背後に立っていた。この刑事は後ろに目がついているのか。

「気づいていたんですか？」

「あんなポカンと口を開けたまぬけな顔を見せられたら誰だって気づくよ」

言い方に棘《とげ》がある。

「でも部屋長は後ろを振り向きませんでしたよね」

知り合いだと悟られる行動をとっていたとしたら、まずいと焦った。だが信楽が自分を見ていなかったことを思い出し、安堵《あんど》した。

「森内の顔を見て、すぐに反対側の窓ガラスを見たんだよ。ガラスに彼女が映ってた。

俺の家にも夜回りに来てたからすぐに分かった」

信楽が窓の外を見ていた記憶がある。あれは外ではなく窓ガラスを見ていたのか。

「部屋長にそんなすごい技があるとは思いもしませんでした」

「みんなが同じ方向を見てたら視点は一つになるじゃないか。左でなにかが起こったら一人くらいは右を見る。デカ講習で習わなかったか」

刑事講習では習わなかったが、交番巡査だった時に出入りしていた大森署のベテラン刑事からは似たようなことを言われた。

その刑事は刑事部屋の主と言われるほど皆から信頼されていたが、足を痛めて内勤だったため、刑事志望の交番巡査に刑事の基礎を伝授してくれた。

夜勤明けに刑事部屋に顔を出し、昼間くらいまで雑用を手伝ったりしていると、出前の親子丼かチャーハンをご馳走《ちそう》してくれ、「どんな非道な者だって生身の人間だ、本気でその者のことを考えて向き合っていれば、必ずどこかで心を開く。青臭いと言われるかもしれないけど、刑事ができることなんてそんなことくらいだ」と刑事の心得を話してくれた。

あれはいつもの夜勤明け、日本人メジャーリーガーが活躍していてBSのメジャー中継が刑事部屋のテレビで流れていた。快音が鳴って、ボールが高くあがった。

――いった！

刑事課の何人かが声を出して席を立った。洸もホームランだと思った。

——外野フライだよ。

そのベテラン刑事、末次義正《すえつぐよしまさ》巡査長だけはポツリと言った。

末次が言った通り、打球は外野の定位置までしか飛ばなかった。角度は良かったが、バットの先だったようだ。

——末さん、野球もやったことないのにどうして外野フライだと分かったんですか。

刑事の一人が尋ねた。

——野球なんて知らないよ。俺も入ったと思ったけど、外野手は一歩も動かなかったんだ。刑事だったらボールより外野手の動きを見なきゃ。

若い刑事に諭したが、その刑事は「テレビじゃ外野手の動きなんてちょびっとしか映らなかったじゃないですか」と言い、また別の刑事は「野球と捜査は違いますよ」と笑った。

洸もその時は、末次も外野フライだと思ったのではなく、天邪鬼《あまのじゃく》で言っているのだと感じた。

だが信楽の話を聞いて、末次の話が沁《し》みてくる。みんなが右を見るから自分は左を見る。それを常日頃から訓練しておけ、末次はそう言いたかったのかもしれない。

「森内はあの女性記者、信頼できると思うか」

「信頼って、僕は別になにも話していませんよ」

およそ五年振りに再会したのだ。向こうは容姿が変わっていなかったため洸は気づいたが、制服警官から私服刑事になり、体重も当時より三キロほど増えた洸を、彼女はよく気づいたと思う。

「別にそんなこと疑ってないよ。単純に信頼に値するかどうか聞いただけだよ。この前、俺のもとにも取材に来たし」

「それなら、信頼できると思います」

悩んだ末にそう答えたが、口にしてから余計なことを喋《しゃべ》ったと後悔する。大事な捜査情報を記者に話す口の軽い刑事なのか、試されたのかもしれない。

「その理由は、僕が警察官になる前の話ですが、刑事課のベテランが、彼女は書くなと言ったことを守ったと言っていましたので」

信楽はそんな蛇足には興味はなく「新聞記者を使うという手もあるな」と呟《つぶや》いた。

「使うってどういうことですか」

「向こうは俺たちがなにを探っているのか気にしている。どうも彼女の新聞は、うちの事件で二連敗食らったらしいんだ、いや一つで三連敗と言ってたから六連敗だな。なんとか挽回《ばんかい》したいと」

「なぜ部屋長はそんなことまで」

聞くほどのこともなかった。信楽のもとに彼女が取材に来たと聞いたばかりだ。

「利用するって、大崎についてですか」

「記者が調べられるマル暴ネタなど、こっちが先に知ってるよ」

「そうですよね。組対に聞けばいいだけですものね」

組織犯罪対策課がどこまで信楽に協力的なのかは分からないが、そう言っておく。

「それに篠高組は新宿署だしな」

「新宿署ならどうだと言うんですか」

「そんなことよりそこまで言えば分かっただろ？」

求めている情報は桧山のことだ。刑事がミュージシャンに聞くのは仰々しくなるが、新聞記者なら取材する理由はあるだろう。ただし新聞社でも、警察と芸能界では取材担当記者は違うのだろうが。

「けっして交換条件は作らないようにな」

「交換条件とは？」

「協力してもらう代わりに逮捕の時は必ず話すという約束だよ」

「それがないと……」

記者だって協力しない。だが洸が関わっているのは特別な捜査なのだ。信楽が課内で軽々しく話している姿は見たことがないし、捜査一課長でさえ現時点ではどこまで知っているかは分からない。

「いいから作るなよ」

目力で圧倒された。顔全体は穏やかなのに、目には力がある。

「分かりました。できるかどうかは分かりませんけど、頼んでみます」

「困ったら信楽さんに直接聞いてくれ、と言ってくれ」

本当に困った時は引き取ってくれるようだ。

そうはいっても清里千尋の名前を出していいのか、どこまで話していいのかが判断がつかない。

記者だって行方不明者が誰で、どのような疑いがあるかを知らなければ、協力しないだろう。

ただ藤瀬は自分のもとに来る、蕎麦屋《そばや》で目が合って何げなく視線を逸《そ》らした彼女に、また会う確信めいたものは感じていた。

14

東村山署の刑事部屋で仕事をしていると、庶務係の一般職員から「課長、お客様です」と呼ばれた。

顔を上げて見ると、黒シャツが視界に入り、おのずと背筋が伸びた。

「部屋長、どうしたんですか」

「ちょっと香田と直接話そうと思ったんだよ」

「言ってくれれば私が本庁に出向いたのに」

「うちからここまでそう遠くはないしな。それに刑事課長がしょっちゅう、署を離れるわけにはいかないだろう」

机に積み上げられた書類に目をやった。ここ数日、香田自身も清里千尋の当時の記録に目を通しているため、普段の仕事がずいぶん溜《た》まった。

警部まで出世したが、出世というのは悲しいかな現場を離れることに等しい。これが本庁なら係長として陣頭指揮を執れるが、所轄では部下を差配し、彼らが困った時は上と折衝する。いや仕事の大半を占めるのが検察に送る捜査書類や課員の捜査日誌などに目を通し、判をつくことだ。

遠くはないと言ったが、車でなら信楽の自宅がある是政から東村山署まで三十分程度でも、運転をしない信楽は電車で来たのだろう。そうなると西武多摩川線─中央線─西武国分寺《こくぶんじ》線を乗り継ぎ、徒歩も含めて一時間以上かかる。

部下に課長が東村山署とは無関係の事件に夢中になっていると悟られるわけにはいかず、別室で話をした。

「つまり部屋長は、義父がなにか隠し事をしているのではないかと疑っているんですね」

信楽は昨日、森内から義父の話を聞いたようだ。

「あまり喋ってくれなかったと森内も嘆いていたしな」

「口数が少なかったのは、一昨日《おととい》は義父も微熱があり体調が悪かったこともあります。ですが森内くんの勘で当たっていると思います。私も義父はすべてを話してくれていない、いいえ、なにかを隠していると怪しんでいます」

「それは神奈川県警だったからか」

「そうとしか考えられません。退官してもう六年が経つというのに」

ついため息が漏れる。守秘義務の意識が強いのかもしれない。だが同じ警察官ではないか。最近は義父と会うたびに私はあなたの家族ではないのですか？　痩せ衰えるほど終末期が近づいても、なお守るべき秘密があるのですか、と無言の問いかけをしている。

「これは私の勝手な憶測ですが、怪しむ一方で、義父は自身でもなにか手がかりを摑《つか》もうとしているような気がしてならないんです。話さないのはまだ明らかにするほど、整理がついていないからだと」

義父も清里千尋の件には責任を感じている。だから身分照会があったことも明かした。県警本部が内偵捜査をしていたなら、本来は他言してはならない。

「お義父《とう》さん、余命三ヵ月と言ったところだろ」

「はい、相当体調が悪いんだろ」

「そんなひどかったのか」

「はい、弱音は一切吐きませんし、憎まれっ子世に憚《はばか》るじゃないですけど、医者の診断など関係なく、まだまだ長生きするんじゃないかと思う時もありますが」

その一方で、三ヵ月を持たずに息絶えてしまうのではないかと思うほど、容態は一進一退だ。調子が良ければ食事はすべて平らげる。だが痰《たん》が出ずに気持ち悪そうにしているし、ぜえぜえと喘鳴《ぜんめい》が聞こえる時もある。

「そんな状態では調べようにもできないじゃないか」

「義父には今でも慕ってくれるたくさんの部下がいます」

「麻薬関係ではないのか？」

「今はどの都道府県本部でもスペシャリストを求めない風潮がありますからね。かつての防犯部保安課、今の組織犯罪対策課で名うての捜査員であっても、所轄に出たり、刑事課に移ったりと、雲集霧散するのが現代の警察ですから」

「不正が起きた時のマスコミの批判を気にして、システマティックに人を動かすから、現場の警察官は混乱するんだ。仲間にまで性悪説を適用してどうすんだよ」

捜査一課では唯一、五年ルールに縛られずに専従捜査を任される信楽も不満を抱いている。

捜査線上にいる全員が容疑者かもしれないと、仲間全員で一人ずつのアリバイを確認してつぶしていくのが捜査の基本である。信楽が言うように仲間まで信用できなかったら終わりだ。不正、癒着、使い込み、マンネリ……長く同じ部署を担当すればそうした問題も生じる。だがそうなる人間は遅かれ早かれ警察を追われる不適格者であって、五年ルールをはじめとした人事交流の活性化は、積み重ねた経験を事件解決に生かせないジレンマの方が大きい。

信楽からはこの二日間、大崎をどうやって取調べするか、端緒を調べたと聞いた。成果は出なかったようだ。

「少年院にも入っていたワルで、老舗《しにせ》の篠高組を乗っ取ろうと謀ってる男だ。端緒もなく調べたところで、しらばっくれられて終わりだしな」

「篠高組はどうして除名しないんですか」

「本当は懲役食らった時に破門まで考えたそうだが、そんなことをしたら若い衆が揃っていなくなるって、それで躊躇《ちゅうちょ》したらしい。泉《いずみ》が言ってたよ」

　泉というのは新宿署の刑事課長で、香田のあとに二係捜査を担当した。香田と同じく信楽に心服している一人だ。

「二十歳から二十二歳までの二年間に篠高組が関係していないことは、泉が新宿署の組対を通じて聞き出してきたことなんだ」

「本庁の組対はどういってるんですか」

　異動で人が入れ替わる所轄より継続して見ているのが本庁だ。

「当たってみたけど、組対はなかなか本音を言わない。こっちは大崎の二十歳から二年間を知りたいだけなのに」

「組対が部屋長に非協力的なのは私がいた時から同じなんですね」

　ある捜査で組織犯罪対策部に捜査協力を求めたが無下に断られた。庁内でさえ、よそに手柄を取られたくないという小さな器が捜査の邪魔をする。

「そういや、香田のお義父さんも組対だよな」

「義父が本部にいた頃はまだ防犯部の時代です。組対が警視庁にできたのは確か二〇〇三年四月ですので、神奈川は、その後だと思います」

　当時の薬物担当である保安課は生活安全部（旧防犯部）で、その中に少年課、風俗などを捜査する防犯課とともにあった。

　それが薬物は暴力団事案と密接に繋《つな》がっているからと、薬物担当と刑事部の捜査四課とをくっつける組織改編でできたのが組織犯罪対策部だ。神奈川など他県も警視庁に追随した。

「義父もその争いに巻き込まれたようなものですけどね」

「組対ができた時には、お義父さんは署長になってたんだろ」

「警視庁でもずっと前から噂に出てたじゃないですか。そうなると新しい部は刑事部が仕切るのか、それとも保安課が仕切るのか覇権争いが起きます。神奈川のことなので詳しくは知りませんが、義父はその争いに利用されたようです」

「偉くなると、いろいろ大変なんだな」

　信楽もその点には同情した。「香田もこれから大変じゃないか」

「私はここで頭打ちですよ。泉さんはまた本庁に戻るんじゃないですか。いずれ警視で」

「香田だってそうなるよ」

　自分は出世に興味を示さないくせに、部下には上を目指せと励ます。

　花形は現場の刑事だ。だがその刑事が成果をあげられるかは指揮官次第。上が的確な指示を出して、正しい方向へと導く。上が判断を誤ると、深いジャングルに迷い込んだ兵士同様、部下たちは路頭に迷う。

信楽自身、江柄子理事官をはじめ理解のある上司のおかげで、自分が二係捜査に専従できていることに感謝している。次の理解者を作っておかなければ、日々の捜査のほとんどが空振りで、たまにホームランが出るかどうかという二係捜査はやがて消滅する。

信楽はその後もいくつか質問をして帰っていった。香田も「なにか端緒になることを思い出したら伝えます」と言った。知っていることはすべて話している。それでも当時の町田署の署員に聞くなど、自分が手伝える仕事は残っている。

信楽が去ってから、香田は再び書類に向き合った。久々に警察署内で会ったことで懐かしさのようなものが甦《よみがえ》った。四年間、そばで感じ続けた不器用な刑事の匂い――それは見舞いに行く義父からも漂ってくる。

――香田巡査部長って菊池警視の婿さんなんですね？

数年前、所用で警視庁に出向いた時、かつて神奈川県警にいたというキャリア課長が話しかけてきた。

他の警察官の例に漏れず、香田も年下のキャリアと話すのは苦手だが、そのキャリア課長は義父のことをああいう人を生粋の刑事と言うのだと心酔していた。

――菊池警視ほど自分にも他人にも厳しい人はいませんでしたよ。私がいた時はまだ警部で、いつも叱っていたのに、部下からは一切の不満は出なかった。そこまで慕われていたのは、どんな時でも部下を守ったからです。間違っていますと上にも抗議する姿はしょっちゅう目にしましたが、上にへつらっているのは見たことがありませんから。

そのキャリアが言うには、生活安全部の薬物係長として数々の事件を解決していた義父に、上司は警視に昇任して、管理官となって薬物捜査をまとめてほしい、そう要求したらしい。

警部になるまでは試験勉強が必要だが、警視より上は面接と論文だ。昇任試験に対し、職が上がっていくため「昇職試験」と呼ばれる。

現場で陣頭指揮を執るのは県警本部にいる警部たちだが、そこまで行った多くが、組織の中枢に入り、大勢の部下を動かす警視を夢見る。だから警視の階級はつねに希望者で溢《あふ》れている。

上司から望まれたということは受かったも同然なのに、義父は最初のうちは頑《かたく》なに断ったという。

大きな帳場をまとめる指揮官である管理官に不満はなかったはずだ。が、懸念はあった。警視となれば管理官だけでは済まなくなることを。

結局、義父は根負けして警視の昇職試験を受け、もちろん一発で合格した。

ただ懸念は現実に起きた。来るべき「組織犯罪対策部」の設置に向け、保安課と捜査四課が統一されることを見越していた保安課の上司は、義父に現場をまとめるリーダー役を任せようとした。だがどこの警察本部も強いのは刑事部で、併合以前に親分の保安課長が覇権争いで敗退。新たに生まれる新部署は捜査四課が握ることになった。

そうなると保安課刑事から慕われ、なにかと上に牙《きば》を向く菊池和雄が邪魔になったのだろう。義父は副署長として所轄署へ異動した。本部を出た時も、捜査四課の主力級に頭を下げ、部下たちをよろしく頼みますと頭を下げて回ったそうだ。キャリア課長からその話を聞いた時には、義父の器の大きさに胸が熱くなった。

義父は今、なにを考えているか謎のままだが、義父がなにか言い出すまで待とうと心に決めた。

「香田課長、お客様です」

庶務係がまた課長席にやってきた。

信楽が忘れ物でもしたのかと思ったが、信楽はいつも手ぶらだ。

顔を上げると出口のところに見たことのある顔が立っていたが、誰だかすぐには思い出せない。

「あっ」

記憶がたくさんの警察官が集まった斎場へと巻き戻されていく。

水谷早苗の夫だ。

手に大きな書類袋を持っていた水谷の夫は、香田に向かって礼儀正しく頭を下げた。

15

住所録によると森内洸の自宅は都内の官舎の一つだった。

平刑事の自宅前で待つのは他の警察官に目撃されると迷惑がかかる。集合住宅の官舎の場合、祐里は駅からの通り道で待機するが、その官舎は私鉄と地下鉄のどちらも同じ距離で、森内がどちらの路線を利用しているのか判断がつかない。

そのため官舎から百メートルほど離れたコンビニの前で待機した。

上司の信楽が毎日六時に退庁しているので、他の刑事の夜回りよりは早めに来た。この時間帯なら官舎の警察官はほとんど帰ってこないはずだ。

師走《しわす》の冷たい風が身に染みる。家を出ようとした時、ダウンを手に取ったが、まだ早いと迷った末に、トレンチにした。視線を下げていくと靴が目に入る。コートは濃紺でズボンも黒に近いグレーなのに、ベージュのブーツを履いている。足もとだけが浮いているのではないか。ひどいセンスだ。

お茶でも買って体を温めようと目を離したすきに、革ジャンを着た森内がコンビニを通り過ぎていくところだった。

振り返って「あっ」と声をかけた。こんな場所で名前を呼べば、周りに警察関係者やその家族がいたら怪しく思われる。

それほど大きな声をあげたわけではなかったが、しばらく歩を進めていた森内は立ち止まって振り向いた。

さすがに官舎近くで話すわけにはいかず、タクシーで千円ほどの距離の、地下鉄の駅の反対側のファミレスに入った。森内家ではよく利用するらしく、ここで同じ庁舎に住む警察官ファミリーには会ったことがないという。

「ちゃんと刑事になったんだね」

細面で顔は小さめ、髪は眉毛《まゆげ》にかかるくらいと警察官としては長め。大学生と見まがうほど若く見える。だが眉《まゆ》と目は吊《つ》り上がっていて、交番巡査の頃から正義感の強い顔をしていた。刑事、それも一課の強行犯係に配属されて、勇ましさが増したように感じる。

「藤瀬さん、いつの話をしてるんですか、刑事部屋に通っていたのはもう五年も前ですよ」

気を利かしてドリンクバーから二人分取ってきてくれた森内は、コーヒーを飲みながら答えた。

「あの頃から熱心だったよね。夜勤の後で疲れているのに。わざわざ刑事部屋に来て、何か手伝わせてくださいと言ってたんだから」

四交替制が敷かれる派出所勤務は、次の警察官が来たら交替ではない。管轄の警察署に戻って拳銃《けんじゅう》を始めとする装備品を返却して初めて任務終了となる。

夜の繁華街での喧嘩《けんか》や事故などに駆り出されて一晩中、集中を切らすことのない交番巡査は、普通は疲れ切って帰宅する。刑事志望だった森内は勤務後に頻繁に刑事部屋に顔を出していた。

同じ警察官でも部外者を中に入れるのを嫌がる署はあるが、大森署の刑事課長は森内のような若手をやる気があるとみなし、雑用を手伝わせた。

課長というより大森署の主と言われた末次というベテラン刑事の面倒見が良かったことが大きい。

末次巡査長は、若い警察官だけでなく、熱心に警察署回りをしていた記者にも思いやりがあって、祐里が顔を出すと必ずリポビタンDを出し、話に付き合ってくれた。

さすがに捜査中の事件については触れなかったが、末次の話は昔話であっても取材するいいヒントになった。

例えば地回り捜査にしても、犯行時間に合わせて聞き込みをするが、末次は「夜勤だったり交替制の仕事をしている者だっているだろ」と目撃者が現れないと時間を変えて現場周辺を歩いた。すると三日に一度夜勤があるという看護師が、犯人らしき人間を目撃したと話したそうだ。

そうした末次の垂教を大森署では「末次塾」と呼んでいた。

新聞記者で刑事部屋に通ったのは祐里一人だったが、派出所巡査では森内のほかにもう一人いて、二人ともその時から刑事志望だとはっきりと宣言していた。末次は彼らのために実経験に生きる話をしていたのではないか。

「森内くんはあれからどこの刑事課に配属されたの」

「あのまま、大森署で刑事になりましたよ。その後は野方署に行って、今年警視庁にあがりました」

「あの時一緒にいた同期はどうしたの。たしか名前は」

下の名前は浮かんだが苗字《みょうじ》は思い出せない。

「田口哲ですか」

「そうそう、田口くん」

いつも洸、哲と呼び合っていたので失念していた。森内の苗字を覚えていたのは、祐里があの頃よく聴いていたロックバンドのボーカルと同じ苗字だったからだ。

「やつは一足先に捜査一課に来ています。今は強行犯の五係にいます。あっ、田口の家には行かないでくださいね。あそこの係長、メチャ厳しいので」

「大丈夫だよ、基本、私たちは現場で親しくでもならない限り、一般の刑事は取材しないようにしているから」

言いながらやっていることと矛盾しているなと、「そんなことを言ったら森内くんのところに来たらいけなくなるんだけど」と反省をこめる。

「別に僕は構わないですよ」

のっけから捜査状況を話すのも、がっついていると思われそうなので、末次というベテラン刑事が今はどうしているのかを尋ねた。

「末さんなら大学生ですよ。定年後、一年間勉強して東和《とうわ》国際《こくさい》大学に入ったので、今は三年生です」

「定年してから大学にいったんだ。すごいね」

「元々、大学に行きたかったけど、家庭の事情で高卒で就職するしかなかったみたいです。合格したのがよほど嬉《うれ》しかったのか、僕と哲を家に呼んで、いいだろう、これはと合格通知を見せられました。僕らも一応、大卒なんですけど、いいですね、羨《うらや》ましいって話を合わせて」

ほんわかしたシーンが想像できた。

「末さん、寛容に見えて記者には慎重派でしたけど、藤瀬さんには心を開いていましたよね」

「そりゃ、私が約束を守ったからね」

田口と森内がまだ警察官になる前、末次はまだ足を痛めておらず元気に現場を動き回っていて、祐里が支局から本社に異動してきた八年ほど前からの知り合いだ。

通行人がナイフでケガをさせられた通り魔事件が起き、祐里は独自に掴《つか》んだ情報を末次に提供した。フードを被《かぶ》った男が、ナイフらしきものを川に捨てたのを近くに住む小学生が二階の部屋から目撃した。

——いい情報だ。だけど凶器を川に捨てたことは記事にはしないでほしい。

普段見せたことがない厳しい顔でそう頼まれた。

祐里は、警察は容疑者を摑んでいる。任意で取調べているが、容疑者は否認している。そこで川の付近を歩いていた目撃談を集めてから、ナイフが川から発見されたことを明らかにし、揺るがぬ証拠にするつもりなのだろうと思った。先に新聞に出てしまうと、集めた目撃談が「新聞に出ていたからそう思った」などとされ、信憑性《しんぴょうせい》がなくなる。

そういった刑事と記者との約束には必ず交換条件が付随する。犯人が逮捕された時には真っ先に知らせる——念押しはしなかったが、末次なら情報をもらうだけということはない、そう信じて連絡を待った。

なのに連絡はなく、大森署は容疑者逮捕を発表した。

——おまえはどこまでお人よしなんだよ。刑事から書くなと言われても書くのが記者だろうが。

刑事との約束まで伝えていたデスクに大目玉を食らった。

祐里自身、末次が連絡を寄越さなかったことがショックだったし、少し世話になったくらいで信頼関係が構築されたと勘違いした自分の甘さを痛感した。

末次はけっして記者の痛みが分からない刑事ではなかった。

犯人逮捕の二日後、末次から電話があった。そして末次が事件を解決するたびに必ず行くという洋食屋に誘われ、ビールと二千四百円もする高価なビーフシチューをご馳走《ちそう》になった。

最初はざっくばらんに話していたが、食べ終わった時、盛り上がっていた趣味の釣りの話が突然変わり、「あんたには悪いことしたな」としんみりと言われた。

――俺は課長にフダが取れたのは中央新聞のおかげだ。だから発表は半日延ばしてほしいと頼んだんだけど、副署長が勝手に発表しちまったんだ。そっちだって仕事なのにな。

仕事なのにな――最後の言葉で祐里はすべてが吹っ切れた。

――これはあんたへの一生の借りだ。

――借りだなんて、こうして食事に誘ってくれただけでも感謝していますよ。

記者としては失格かもしれないが、先に記事にしていれば、逮捕状を取れなかったかもしれないし、公判を維持できなかった可能性もある。

そこまでの大きなネタはなかったが、末次からはその後も情報をいくつかもらったから、借りはおつりが必要なくらい返してもらった。

それでも末次は毎回、「あんたには借りがあるから」「約束を守ってくれた記者は大切にしないとな」と言い、祐里の取材が八方ふさがりになると相談に乗ってくれた。末次はよく「一般論として」「よくある傾向として」という遠回しな注釈をつけたが、すべて警察官心理にのっとっていて、事件取材に大いに参考になった。

定年してからは年賀状のやり取りをしているだけで、電話もしていない。大学生になったのなら会いに行き、いつ頃から大学受験を考えていたのか聞いてみたい。

勉強というのは就職や仕事のキャリアアップのためだけではない。自分が興味を持った知識を広げるためにやるものだ。若い頃の勉強は意義があるが、仕事でたくさんの経験を重ねた人が、その経験を改めて理詰めで理解する。それこそガムシャラに働いてきた人生の先輩たちだけが得る特権である。

「末次さんといい、信楽さんといい、森内くんはベテランの刑事に可愛がられるんだね」

「えっ」

いきなり信楽の名前を出したことに森内は困惑していた。

「ごめん、ごめん、私、信楽さんの家にも取材に行ったんだよ。信楽さんがどんな捜査を任されているのかも知っている。その部下が森内くんとは思いもしなかったけど」

「僕も部屋長から聞いていますよ、藤瀬さんが来たこと」

今度は祐里の方がびっくりした。

「信楽さんが言ったの？」

普通は警察官同士で、新聞記者が取材に来たことは話さない。

「そうです。藤瀬さんが取材に来たら応じても構わないと」

「そんなことまで？」

さすがに驚いた。それなら信楽のもとに行くべきだったか。だが聞きに行くにも、信楽が探っている事件が判明しただけで、信楽から求められた情報はなにも知り得ていない。

「信楽さんからはどの事件かは言えない。だけど情報を持ってきたら、話してやるって言われて、それで私、調べたんだけど、森内くんたちが調べているのって、この事件じゃないの？」

そう言ってバッグからプリントアウトした紙を出した。

《町田市で行方不明の女子高生を公開捜査》

「この清里千尋さん、まだ見つかっていないよね？　発見されたという記事はなかったから」

自信満々に言ったが、百パーセント確信していたわけではない。行方不明者の記事は載せるが、発見されても、プライバシーを考慮して新聞は掲載を遠慮する。いや、遠慮ではないか。よほどの大きな話題にならない限り、グッドニュースよりバッドニュースを優先するのが新聞だ。だから新聞は人の不幸を商売にしていると陰口を叩《たた》かれる。

コピーを受け取った森内は精読していた。この反応は違ったか？

「よく調べましたね」

「当たってるの？」

「はい、この女子高生の失踪《しっそう》です」

あっさり認めたことに面食らった。

「良かったよ、調べた甲斐《かい》があって、こういう細かい作業、私は苦手なのよね」

本当は調査報道記者になりたかったくらいだから調べ物は大好きだ。周りからは地道なタイプのキャラとは真逆だと思われているようなので、そう言っておく。

「誰に聞いたんですか。やみくもに調べてもピンポイントでは分からないでしょう。行方不明者なんて、毎年何千人も出てるのに」

「ネタ元は内緒だけど、一所懸命取材していると教えてくれる人もいるのよ」

「あの人でも熱心な記者には喋《しゃべ》るんですね」

森内は話の出所が信楽だと勘違いしているようだ。信楽なら誤解されたままでいい。

「私も長く警視庁取材をやって初めて知ったけど、信楽さんの仕事って特命中の特命じゃない。私たちの世界では穴掘り事件と呼ぶんだけど、信楽さんからは警察用語としては遺体なき殺人事件と言うと教えてもらったんだよね。もともと強行犯係でもエリート部隊と呼ばれる殺人二係がやっていたから、二係捜査って呼ばれるとか」

そのことは今朝、信楽の存在を教えてくれた川島という刑事から聞いた。捜査上の機密用語というわけではないようだ。

「みたいですね、僕も初めて知りましたけど」

「九月に配属になったということは、二十歳女性の殺人事件に森内くんも貢献したんでしょ？　二係捜査に加わった途端、事件を解決するとは、森内くんもたいしたものじゃない」

褒めたのに、「俺はなにもやってませんから」と彼は乗ってこなかった。

「そりゃ難しい捜査に、入ったばかりの新人はなかなか活躍できないだろうけど、でも持っているってことも刑事には大事だと思うし」

自分がいる間に大きな事件がやって来るか、そうした引きの強い刑事は評価される。こいつが来たから事件が解決できた。新聞記者でも、あの記者が取材に来た途端、解決に至った……ゲン担ぎにされるのも、取材対象から可愛がられる一つの要素だ。

森内の様子がおかしい。目元まで暗くなっていく。

「どうしたのよ、森内くん」

「いえ、別に」

末次の話をしていた時とはまるで違う。

「特別な捜査を任されているんだからもっと偉そうにしていいと思うよ。森内くんの情熱が上の人に伝わったわけだし」

「情熱ね」

頰に影が射す。なにかよくないことを言ってしまったか。

心配になったが、視線を上げた彼の方から「その町田の少女の話ですけど、怪しい男が二人います」と話を変えた。

「清里千尋さんを誘拐した容疑者がいるってこと？」

急に言われて驚く。

「容疑者ってほどではないですけど、当時のことを調べた捜査員が気にしていた人間が二人いるということです」

森内は固有名詞を出して説明した。一人は大崎猛という現在服役中の暴力団組長、そしてもう一人はアングロマニアというバンドのリードボーカル桧山努という男だそうだ。

「私、そのバンド初めて聞いたわ」

「五年ほど前にスマッシュヒットして、その後は固定ファンはいますけど、メジャーと呼べるほど売れてはいないみたいです」

「良かったよ、知らないいんですかって、言われなくて。私の音楽はワンオクで止まってるから」

冗談にも付き合わずに森内は先を進める。

「十五年前はミュージシャンになるって地元から出て行ったきり、五年ほど消息不明なんです。ただ少女が行方不明になった前後に町田に戻ってきています」

「どうしてそれが分かったの？」

「昔の友達と酒を飲んだからだそうです。まさに少女が失踪した七月二十二日の夜から翌朝までですが」

「アリバイはあるってことでは？」

「そうとも言えません。偶然すぎる気もするし」

「飲んでただけでは、アリバイとは言えないね。飲みに行く前に誘拐したかもしれないし」

さらって少女をどこかに監禁することだってできる。その後、五年間も消息が不明とは。だがそのことよりも気になることがあった。

「そこまで私に教えてくれて大丈夫なの？」

逆に不安を覚える。まだ捜査に本格着手していない段階で容疑者の名前を聞くのは十二年の記者生活でも記憶にない。

彼は再び口を結んだ。何か言いたげだ。逡巡《しゅんじゅん》しているのは分かる。微妙に視線を逸《そ》らしていた森内の瞳《ひとみ》が動き、祐里と目が合う。彼の考えていることが見えた。

「もしかしてその桧山って男に私が当たれってこと？」

「当たってくれというわけじゃ」そこまで言ってから、「なんだか都合が良すぎますかね」と言い直す。つまり警察では聴取しにくいから取材してほしいということだ。

「信楽さんは桧山を疑っているってこと？」

「いいえ、まずは一つつぶしておきたいという程度です。とくに空白の五年間に少女が関係するかもしれませんし」

一緒に暮らしていたとでも言いたいのか。だとしたらその後どうなった。今も一緒？　それはありえないだろう。ヒット曲を出し、コアなファンがいるなら恋人の存在は話題になっている。その桧山が殺した？　最悪の想像はいくらでもできるが、現役のミュージシャンと聞くとイメージできない。

「厚かましいお願いですけど、調べてもらったところで、末さんの時のように借りというわけにはいきません」

「末さんとのこと知ってるんだ？」

「はい、全部聞きました。俺にはこういう信頼できる記者がいると」

誉め言葉として受け取ったのか、それとも知っても書かない、弱腰の記者として受け取られたのか？　こうした一方的な頼み事をされるのだから後者かもしれない。

「つまり見返りはなしってことね」

「はい」

すまなそうに目線を下げる。信楽が言いそうなことだ。だがあの堅物の信楽から交換条件を申し出てくる方が想像はつかない。

「いいわ、受けるわよ。ただし結果は直接、信楽さんに持って行っても構わない？」

「どういうことですか」

「信楽さんからは、俺に話が聞きたきゃ情報を持ってこいと言われたのよ。ただし遺体が出るまでは、俺は分からないよとしか言わないとも言われてるけど」

「それじゃ、聞いても意味ないじゃないですか」

「そうなんだけど、同じ分かんないでも意味の違いがあるんじゃないかと思ってるんだよね。そういうのって直《じか》に聞かないと感じ取れないだろうし」

毎朝新聞も東都新聞も自供の記事を書き、遺体発見、逮捕状請求と三連勝を遂げたのだ。末次がかけてくれた言葉ではないが、こっちも仕事でやっているのだ。巻き返したい。

「長くなってごめんね、ご家族が待っているのに」

あの官舎は家族持ち用なので森内も結婚しているはずだ。

「僕はここに残ります。タクシー代は藤瀬さんに出してもらったので、ドリンク代はいいですよ」

「いいよ、割り勘にしようよ。帰りも通り道だからタクシーで送っていくよ」

歩けば三十分以上はかかる。

「妻と娘を呼んでここで食事をしますので。いくらファミレスとはいえ、晩ご飯時にドリンクバー二つでは申し訳ないでしょ」

森内に言われて周囲を見た。席は家族連れで満席で、ステーキやハンバーグの匂いが漂っている。自分より年下の彼のほうがはるかに気が利いていた。

「お子さんもいるんだ、いくつ？」

「一歳の女の子です」

「可愛い盛りだね」

また複雑な顔を見せた。

交番巡査時代のピュアな彼とはずいぶん変わった。それも仕方がないだろう。信楽と一緒に難解な捜査を担当させられているのだから。

「さっきのミュージシャンの話だけどなんとかやってみる。信楽さんに聞かれたらあまり期待しないで待っててと伝えといて」

トートバッグを手にすると、ご馳走《ちそう》さまと言って、出口へと向かった。

16

《平成16年1月12日　清里千尋のクラスメートの安田優菜の証言。清里千尋とは1年の時に一緒だっただけ。千尋は少女売春グループのリーダーという噂もあったので近寄らないようにしていた……》

《平成16年1月19日　同じ高校の佐藤大輔（サッカー部）の証言。高2の修学旅行の時、クラスで一番の遊び人だった男子が、「夜に部屋を抜け出してきて」とこっそりと誘ったら、みんながいる前で「このチャラ男、あたしとやりたいんだって。笑っちゃうよ」と大声で言われ、恥をかかされていた……》

《平成16年1月20日　修学旅行で誘ったという長井雄平の証言。千尋と同じ中学だったやつから千尋が中2のスキー旅行で男の先輩と朝まで過ごしたという噂があったので声をかけたけど、あそこまで恥ずかしい思いをさせられるとは思わなかった。女に振られたことがないのが自慢だったけど、千尋は無理だと諦《あきら》めた。一応、クラスの仲間には千尋を誘ったのは修学旅行を盛り上げるためのジョークだったことにしているけど、時々目が合って、向こうも満更でもない感じだったから絶対に俺に気があると思っていた……》
《平成16年2月11日　中高が同じで、高2で同じクラスだった村山修平の証言。千尋とは中学から同じだけど、あいつが中2のスキー旅行で先輩男子とやったせいで、翌年からスキー旅行がなくなった。いい迷惑……》
《平成16年3月21日　高3で同じクラスで机が近かった八幡健太の証言　1学期の終業式の時、清里千尋が「あいつらまた来た。しつこいから変質者だって大声で叫んだら逃げていった」と話していた。ヤンキーだけど顔が可愛いから、何度も同じ人にナンパされるんだなと思った……》
《平成16年5月3日　クラスは違うが同じ中学だった野畑夏美の証言　中3の時にガンつけられて怖い思いをしたからそれからはいい印象はない。行方不明と聞いた時も学校の成績も悪くて、出席日数もギリギリだったから、中退してどこかで男と暮らしてるんだろうと思った……》
《平成16年5月5日　高1から高3まで同じクラスだった坂井美唯の証言。接点はないが1度、駅前で大学生にしつこくナンパされている時に「おまえらロリコンで訴えるぞ」と助けてくれた。坂井美唯は清里千尋の行方を心配していたけど、とくに情報はなし……》

「私になにかあったらこれを香田さんに渡してくれと早苗から頼まれていたんです。すぐに来たかったのですが、私が仕事中の恭太の世話を誰に頼むかなどいろいろあって、遅くなってしまいました」

　水谷早苗の夫から渡された《千尋ちゃん、捜査記録》とタイトルが打たれた十五冊のノートには、日付とともに聴取した記録が隙間なく書かれていた。

「すごい数ですね。水谷さんはいったい何人に聞いたんでしょうか」

　ノートをめくりながら尋ねる。

「十四冊分は分かっています。数えましたら、千二百三十四人でした」

　そう言って書類袋からコピー用紙を出した。色焼けしたその用紙には、名前と住所、クラスらしきものが印字されていて、すべてに横線が引かれてある。

「これはもしかして」

「はい、少女が通っていた高校の全校生徒の名簿です。どうやら妻は同じ高校に通う生徒全員に、なにか気づいたことがなかったか、話を聞いたようです」

　あまりの驚きに声を失った。清里千尋が行方不明になったのは七月二十二日、公立高校なので二十日くらいが一学期の終業式のはずだ。水谷は学校で千尋がなにか話していなかったか、学校の登下校中に異常がなかったか、そうしたことを尋ねて回ったのだ。これが普通の生徒なら手掛かりなしで終わる公算が高い。だが清里千尋は有名人なのでどの学年のどの生徒が知っているか分からない。水谷早苗はそう考えた。
「一冊だけは違うんですね」
そう言ってページをめくった。
《平成16年1月3日　吉沢美和の証言。突然グループやめるって真面目ちゃんになるなんて信じられないよ。高校卒業しても一緒に遊ぶって話をしてたのに。あの子は最初から中卒のあたしらを馬鹿にしてたんだよ……》
《平成16年10月10日　島川杏南の証言。援交は絶対やるなとか、規律に煩《うるさ》かったからね。自分はモテるからいいけど、こっちは金を貢いでくれる男もいないんだよ。ツッパってたけど案外ビビりだったとうちは思ってるけどね》
《平成17年5月3日　渡辺真唯の証言　酒タバコはよくても、ヤクとかにはうるさかったね。付き合ってた男もハッパやって捕まったから別れたとか言ってた。トルエンやってるのがバレて、グループを除名された子もいたな。全部、千尋が決めてたけど、文句あってもみんな従ってた》
《平成18年5月4日　岡菜穂の証言。案外どっかで男とうまくやってるんじゃないの。うちらの前では相手にせずにヤツら追い返したとか言ってたけど、なんだかんだとモテたからね。男から見たら誘ってるように見えたんじゃないのかね……》

「こっちは彼女が率いていた不良グループのメンバーですね」

「私もそう思いました」

総じて批判的なのは、水谷早苗の説得でリーダーの千尋が突如抜けたからだろう。

どうやって調べたのだ。高校は住所録を出してくれたのかもしれないが、不良グループは学校も別だし、中退したりして住居さえ探すのは困難だ。

「大変だったと思います。休みのたびに朝から動き回っていましたから」

そう言われてもう一度ページをめくった。正月三が日、二月十一日の建国記念の日、ゴールデンウィーク、お盆休み、十一月三日の文化の日など、祝祭日や休暇中が多い。そのほかの日も七日ごとだから日曜を使っているのだ。

ページをめくり返しているとまた異なる疑問が過《よぎ》った。

千尋が失踪《しっそう》したのは二〇〇三年だから平成十五年、その年の秋以降のものがあるが、十六年から二十年の調査が一番多く、二十一年以降は少なくなっている。

「水谷さん、平成十六年から二十年までの五年間、ほぼすべての休日を使って調べたんですね」

「はい。それをやるのが自分の本当の仕事であるかのように動いていました。平成十九年あたりに、毎日思いつめている顔をしているので、このままでは妻は壊れてしまうと、僕が頭を下げて、きみとの子供がほしい。子供を作らないかと持ち掛けたんです。妻は少女のことで頭がいっぱいで乗り気でなかったのですが、恭太が生まれてからは子育てに追われて、少しは気が紛れたようです。紛れたなんて言うと、恭太が可哀そうですけど、でも恭太は警察官であるお母さんが大好きだったから良かったのかな」

出棺時の小さな警察官の立派な敬礼が目に浮かぶ。何度思い出しても目頭が熱くなる。

「それでも連絡が取れなかった子が見つかると、恭太を私に預けて出かけていきました」

鳥肌が立つほど感動していた。だが同時に彼女の願いのようなものが浮かんだ。平成十六年から二十年まで血眼になって証言を集めたのは、香田が警視庁の捜査一課に在籍していたからではないか。

そのうち四年間は行方不明者を捜す二係捜査である。

自分がどのような捜査をしているか水谷に話したことはないが、電話は何度かかけた。水谷だって鋭敏な警察官だ。彼女なりの情報網で香田が行方不明者を扱う捜査に携わっているのを知っていたのだろう。

香田が二係捜査に専従している間に端緒を調べて、本格的に捜査をしてほしかったはずだ。それなのに香田ときたら、与えられた莫大《ばくだい》な捜索願と直近の逮捕者との関連を探し出すのに必死で、清里千尋のことなど何千人もいる行方不明者の一人としか考えていなかった。

心の傷が深くえぐられていく。涙腺《るいせん》が緩み、慌てて目を瞑《つぶ》ったものの、零《こぼ》れた涙でノートの水谷の文字が滲《にじ》んだ。

「大丈夫ですか」

水谷の夫に心配された。

「すみません、水谷巡査の無念を思うと、堪《こら》えきれなくなって」

ポケットからハンカチを出して目に当てる。

「この資料、私が預からせていただいてもよろしいですか」

涙をすべて拭《ふ》き取ってから言った。

「もちろんです。それが妻の願いですので」

「こんなことを言うと、黄泉《よみ》の国で水谷巡査はがっかりするかもしれませんが、私一人では力が及びませんので、私が信頼する上司に読ませてもいいでしょうか。その上司と後輩の二人がこうした捜査のスペシャリストなので」

「香田さんがベストだと思う方法でやってください。妻もきっと心強く思っているはずです」

「ありがとうございます」

テーブルに並べた十五冊のノートをすべて抱えた。

ノートからは水谷の熱意がぬくもりとなって感じられた。

水谷くん、必ず千尋ちゃんを捜し出して見せるからな——そう胸に誓った。

17

祐里は恵比寿《えびす》のタワーマンションの前で張り込みをしていた。

住人専用の地下駐車場があり、エントランスの反対側から車で入って、地下から直接エレベーターで居住階まで上がれるため、車を利用しているならここで待ったところで出会える可能性は低い。

それでも一日二時間だけ、普段の仕事の合間を使って見張りをすることを決めた。

桧山努の住居については、文化部の後輩に尋ねてみたが「なにか事件でもあったんですか、まさか覚醒剤《かくせいざい》ですか？」とおかしな詮索《せんさく》をされただけで、全国紙の記者では自宅の情報までは持っていなかった。

――ううん、ちょっと知り合いの刑事から聞かれたんだよ。私が取材したい弁護士が、アングロマニアの桧山努と同じマンションに住んでいるというヒントをもらったので。

適当にごまかしたが、数時間後、後輩が中央新聞系列のスポーツ紙に聞いてくれ、居住しているマンションが判明したのだった。

――大丈夫なの、こんな個人情報、他紙に聞いて？

――でも藤瀬さんは桧山努ではなく、同じマンションに住む弁護士の家を知りたいだけなんですよね。

――そうなんだけど、それってスポーツ紙が調べた情報でしょう？　系列と言ってもうちとは別会社じゃない。

――逆に芸能界の薬物事件などが発生した時は私たちが教えてあげてるわけですから、

往《い》って来いですよ。

後輩の文化部記者が言いたいことは分かった。全国紙は警察でも司法クラブでも官邸でもクラブに所属していて、会見に出席できる。芸能人の逮捕などでは社会部と文化部が連携して情報を共有できる。

対してスポーツ紙は夜討ち朝駆けしたところで、刑事は顔の知らない記者の取材には応じないため、知り合いの一般紙記者を通じて外部から取材するしか方法がない。だから芸能事務所などの取材は普段から顔を出しているスポーツ紙に任せて、系列の新聞社同士でバーターをしているようだ。全員がそうではないだろうが、後輩記者はそうやってうまく取材をこなしている。

その後輩記者からは一つだけ忠告された。

——一緒の女性がいても、気にしたらだめですよ。向こうはその点にすごく敏感になっているから。

——恋人ということ？

——実のお姉さんみたいです。三十半ばなのに姉と弟の二人で住んでいるから、ある週刊誌がそれを取材したところ、弁護士が出てきて大問題になりかけたらしいです。今はそういうのも多様性っていうか、ほら、藤瀬さんなら私が言いたいこと分かりますよね？

言いにくそうにまごつかせる。姉弟で恋愛関係にあるという意味か？ どこの週刊誌か分からないが、ゴシップ誌系なら、下衆《げす》な憶測記事が出ることもあるだろう。

姉弟での婚姻は民法で禁止されているが、恋愛は法的に問題なく、その関係をメディアが世間に周知させる権利などどこにもない。LGBTQの場合もそうだが、こうした多様性に対する認識が、日本のメディアは欧米の先進国よりことさら遅れていると感じる。

この日は陽が射していたせいか比較的暖かく、つま先に冷えを感じることもなく張り込みを続けることができた。

もうすぐ予定の二時間だ。今日も空振りか。正面突破は難しいと諦《あきら》めかけたところで、エントランスからサングラスにマスク姿の桧山努とニット帽を被《かぶ》った細身の女性が出てきた。

なにも腕を組んでいるわけではないが、会話が弾んでいて、カップルに見える。女性が祐里に気づいて、顔付きが変わった。背伸びして桧山の耳元で伝える。

眉《まゆ》を寄せ明らかに不快な顔を見せた桧山に接近する。

「カメラはどこよ。また記事にする気」

桧山より女性が前に出て、彼を護《まも》るようにヒステリックに叫んだ。後輩の話だとそれを書こうとした週刊誌には、日本でも名誉毀損の第一人者と呼ばれる弁護士がつき、発売前に販売を差し止めしたらしい。

「いいえ、私は中央新聞です。社会部の藤瀬祐里と言います」

「社会部がなんですか」

桧山が初めて声を出した。ＣＤで聴いたハスキーボイスとは違ってやや高めの声だった。

「十五年前の女子高生の失踪事件を調べています」

「千尋が見つかったんですか？」

「やめなさいよ、そんな昔のこと」

姉が注意した。

この男はなにかを知っている──刑事と比べたらたいしたレベルではないが、取材で積み重ねた勘が、祐里の脳内を突っ走った。

18

その日、洸はいつにも増してうんざりしていた。

信楽は昨日も一日中不在で、洸は大崎猛に関係する捜査資料や供述調書集めを命じられた。

大崎が今の組長の引退後に、若頭に対抗して組を乗っ取ろうとしていること、その資金源となっているのが地下カジノで、大崎逮捕後も、大崎の子分が地下スロットを運営し今年の五月に摘発されたことなどが資料には記されていた。

売り上げ額が少なかったことから子分には執行猶予がついたが、大崎が作った半グレを使ったシステムは確立され、別の子分が次の店を出そうと企《たくら》んでいるはず。いくら摘発したところで結局はイタチごっこだ。

ヤクザ者はおしなべて、若い頃に懲役に出ることで箔《はく》をつけるが、大崎は違った。そうした非合理な生き方を美学だとか抜かしているから、今や暴力団は社会の吹き溜《だ》まりに追いやられているんだと弟分たちを説き伏せた。

見かけは肩で風を切って歩く古い任侠《にんきょう》だが、インテリヤクザと同じくらい頭は回る。大崎の力で勢力が増していることが、落ち目と言われ続けた篠高組の壊滅に新宿署が手をこまねいている原因であるらしい。

一方の信楽は、昨日は新宿署に行ってから篠高組に顔を出したと言う。

――令状なしで暴力団事務所に乗り込んだんですか？

――別に警察が挨拶《あいさつ》に顔を出すのに令状なんていらないだろう。

挨拶と言っても自分たちはマル暴担当ではなく、捜査一課だ。殺しや傷害事件を起こしていない限りはヤクザであっても管轄外だ。

――どうして僕をつれていってくれなかったんですか？

これでも一応二人しかいない担当の一人だ。もし信楽が危険な目に遭えば、警察学校での武術の成績が上位だった洸が体を張って守る。信楽が無茶な行動をしたら、その時は止められる。

——刑事が三人もいったらおかしいじゃないか。

——ほかに誰が言ったんですか？

——新宿署のマル暴刑事だよ。

新宿署の泉刑事課長を通して、刑事を一人つけてもらったという。ただし、そのことを本庁が知るとあとで厄介だから、組織犯罪対策部には内緒にしてほしいと泉課長と新宿署の組対刑事の双方から頼まれたそうだ。

泉刑事課長は野方署時代に何度か事件の協力を得るため新宿署に顔を出しているので知っている。髪をいつも七三分けにした端整な顔立ちで、その上、頭も切れると評判だ。

ひと昔前まで刑事課長といえば短髪で厳《いか》つい、いかにもおっかなそうなタイプばかりだったが、最近は部下を怒鳴ったり、精神論を振りかざしたりするタイプは減ってきている。

信楽も見た目だけで言うなら穏やかだ。だが行動や取調べ方法は、現代の警察官とは思えないが。

信楽が自分を未熟者扱いして、一人で捜査に行くのは構わないが、本庁の組織犯罪対策部に内緒にしてくれと言われたことには、納得できなかった。

資料集めを命じられた昨日は、組織犯罪対策部にいき、大崎及び篠高組に関する捜査資料を見せてもらった。応対してくれた、洸とたいして歳の変わらないキャリアの管理官は、頼み事をするたびにいちいちメタルフレームのブリッジを弄《いじ》って顔を歪《ゆが》めた。

部下に面倒な頼み事をさせながら、一方では隠れて暴力団事務所に捜一刑事が訪問するとは……組対に知られたら洸の立場がなくなるではないか。

篠高組は信楽を、新しく着任したマル暴刑事と勘違いしたようだ。

——俺が名乗ったわけじゃない。向こうが勝手にそう思い込んだんだよ。

長身で黒シャツ姿、組織犯罪対策課の刑事と勘違いしても不思議ではない。

——部屋長はなにを訊《き》いたんですか？

——俺が知りたいのは大崎の空白の二年間だけだよ。

——篠高組は話してくれたんですか。

——マル暴がそう簡単に警察に協力するわけないだろ。

空振りだった？　しかし信楽の顔にはそう書いていない。収穫はあった、そうした満足感が垣間《かいま》見える。

——教えてくださいよ、部屋長。なにを摑《つか》んだのですか。

——篠高組は今、困ってるんだよ。大崎が手下を連れて組を乗っ取るって。

——知ってますよ。昨日、僕はそれを調べていたんですから。

——だから俺は若頭にこう言っておいたよ。大崎がシャバに出るのがあんたらは怖いんだろう。だったら俺たちに協力した方がいい。そしたらあんたも安心できるって。

——ヤクザに取引を持ち掛けたのですか。

——今の篠高なんて勢いもなければひと様に迷惑をかける行為もろくにできない。大崎がトップになった方がよほど市民に悪影響を及ぼすよ。

——大崎の空白の二年間を喋《しゃべ》ったら、大崎が刑務所に入っている期間を延ばせるとか、空手形を切ったんじゃないですよね。

——そこまではしないよ。ただ俺が知りたいのは、大崎の二十歳から二十二歳までの二年間だけだとは強調しておいたよ。

——それを知ってる人間が篠高にいるってことですか。

——そりゃいるだろう。マル暴だって身辺調査はするよ。

大崎の空白の二年間を知るのは篠高組の、それもアンチ大崎の連中から聞くのが手っ取り早い。かといって暴力団に交換条件を持ち掛けるとは軽率過ぎやしないか。清里千尋の殺人までに行きつけず、大崎が出てきた時はどうするのか？　ヤクザが弁護士を使ってメディアや監察官に密告することだってある。そうなれば確実に問題視される。

あまりに腹が立ったので午前中はいつものデータ調査も身が入らなかった。早めに昼食に出て、今戻ってきたところだが、刑事部屋に入ると、七係の面々が見えた。彼らは葛飾《かつしか》の殺人事件の帳場に入っていたが、先日、未解決のまま捜査本部が解散した。捜査本部の解散は野方署で一度経験した。通常のものより規模の大きな特別捜査本部だった。

捜査本部の看板が外された時ほど、刑事にとっての屈辱はない。野方署では容疑者をしぼり、任意での聴取までこぎつけたが、聴取二日目の夜に被疑者が自殺した。

痛恨の極みに刑事の中には涙ぐむ者もいた。まだ野方署に来たばかりで、犯人の前足（現場に来るまでの経路）をひたすら調べさせられていた洸は、事件の核心からは遠いところにいたが、無念は同じだけ味わった。

被疑者が精神的に追い詰められていると危うさを感じていた刑事もいたようで、その刑事がそれを口にすると、ベテランが「そう思ったらなぜ言わない。終わってから言うな」と怒鳴り、いっそう空気が険悪になった。

迷宮入りさせてはいけないし、被疑者に死なれ、被疑者死亡のまま書類送検になれば、全貌《ぜんぼう》解明できないまま捜査は終わる。だから刑事はつねに被疑者の心情の変化や今、どれくらいの捜査に耐えうる状況なのかを見張っておかねばならない。こうしたことも野方署の捜査本部で学んだ。

「お疲れさまです」

通夜のようにしんみりしている七係のヤマを挨拶だけして通り過ぎようとした。

「おお、森内じゃねえか」

一人が声をかけてきた。菅原《すがわら》という野方署時代の先輩刑事、洸より十歳は年上だ。洸が捜査一課に来て四カ月目に入ったが、その間七係は帳場に入りっぱなしだったので挨拶をしていなかった。

「ご無沙汰《ぶさた》しております。九月に警視庁に来ました」

「聞いてるよ、信楽焼の下にいるんだって。さっそくでかい山を片付けたんだってな」

嫌らしく緩んだ目で信楽を揶揄《やゆ》する呼び方をする。刑事が向き合うのは目の前の事件のはずなのに、多くはよその係に目が向いて張り合っている。菅原も同じだ。九月に信楽が事件を解決したことをやっかんでいる。

警察社会で刑事ほど嫉妬《しっと》深い世界はない。花の一課と偉そうにしているが、心に抱えているのはプレッシャー。犯人を挙げて周囲から敬意と羨望《せんぼう》の目で見られたい一方で、いつまで経っても事件が解決しないと、あいつはダメだと失格の烙印《らくいん》を押される。菅原が今まさに焦りの境地なのだろう。一課の刑事部屋はまさしく妬《ねた》み、僻《ひが》みのカオスである。

「森内、薪割《まきわ》りはもうやったのか。前回の自供だって薪割りで引き出したんだろ」

洸には初めて聞く言葉だった。それが顔に出ていたのだろう。菅原は「こいつ、薪割りも知らねえんだ」と隣にくっついていた後輩刑事に歯茎を見せて笑う。後輩も一緒になってにやにやしていた。

「叩《たた》いて口を割らせる。だから薪割りだよ。二係捜査のやり方は、信楽焼が来る前から薪割りオンリーと言われているからな。今もその捜査を引き継いでるのは信楽焼くらいだ」

前回の捜査が脳裏に再生される。叩くというのが暴力を意味するなら信楽は手を出していない。だが被疑者は怯《おび》えていた。なにを言っても信楽は納得せず、また同じ質問をしてては長い無言の時間が続いた。その苦痛に根負けするように殺しを自供した。

「信楽焼の下で半年持てば我慢強いって言われてるくらいだからな。おまえもそろそろ限界なんじゃないか」

洸だっていつまでもこんな地味な仕事はしたくない。だがここで異動願を出したら二度と一課には来られない。全員にエース級の活躍を求めているわけではなく、縁の下で支える忍耐強さも上は見ている。それが組織だ。

洸が黙っているのをいいことに、菅原はさらに調子に乗った。

「逃げ出すなら早いほうがいいぞ。信楽焼の事件なんて何年に一度くらいしか解決しねえんだ。これだけ頻繁に出たということは当分は出ねえよ。異動させられるか、運が悪けりゃ懲戒だ」

部屋中に言葉をまき散らして嫌味たらしく笑う。我慢を通すつもりだったが、知らず知らずのうちに洸は拳《こぶし》を握り、爪を立てた。

「僕は逃げませんよ。菅原さんみたいに負け犬の遠吠《とおぼ》えはカッコ悪いです」

「なんだと、てめえ」

「おい口を慎めよ、新人」

隣の太鼓持ちの後輩刑事に窘《たしな》められるが、洸はその先輩刑事にも目を剝《む》いて食ってかかった。

「だってそうでしょう。自分たちの帳場が解散したからと言って僕に八つ当たりしなくてもいいじゃないですか」

菅原は顔を真っ赤にして歯軋《はぎし》りする。野方署では言うことを聞かない後輩を裏でビンタしていた。所詮《しょせん》はその程度の男。感情をコントロールできない段階で刑事失格だ。

「新人、言い過ぎだ。謝っておけ。菅さんはおまえのことを心配して言ってくれてるんだから」

菅原の腕を押さえて宥《なだ》めていた後輩刑事が、洸に注意してくる。

「余計なお世話です。僕は違法捜査はしません。自分のやり方で解決しますので」

「そんなのできたら苦労しねえよ」と菅原。

「必ずやり遂げます」

自分のやり方がなにかは、刑事経験の浅い洸には定まっていない。浮かんだのは交番巡査時代に「末次塾」と呼ばれたベテラン刑事から聞いた言葉だ。

――どんな非道な者だって生身の人間だ、本気でその者のことを考えて向き合っていれば、必ずどこかで心を開く。青臭いと言われるかもしれないけど、刑事ができることなんてそんなことくらいだ。

そうなのだ、不器用でも、刑事はそうやって突破していくしかないのだ。

洸が口を結んだまま顔をしかめていたことに、菅原は洸がまだ反抗していると勘違いしたようだ。

「おまえ、その生意気な口、一度、塞《ふさ》いでやろうか」

押さえていた後輩の手を振り切って、前に出てきた。来るならこい、洸もそれくらいの気持ちだった。

「おい、なんの騒ぎだ」

背後から声がした。江柄子理事官と信楽が一緒に入ってきたのだ。

「いえ、ちょっと、議論に熱くなって」

菅原はすぐに言い訳をした。

「お疲れさまです」

七係の刑事が江柄子と信楽に挨拶《あいさつ》する。彼らだって信楽が怖いのだ。本人に言えないから信楽につく若手にちょっかいを出す。これも事件を解決しているからであって、何年も未解決のままだと彼らのやっかみは、憐《あわ》れみや嘲笑《ちょうしょう》に変わる。

洸は、自分が発した言葉が信楽に聞こえていないか、それが気掛かりだった。自分のやり方でやる、言うは易しだが、こんなブツもマルモクもない古い事件、どうやって切り崩す。

江柄子は自席に戻り、信楽は洸の目の前を通過していった。黙礼したが信楽は無視だった。

信楽の後ろをついていく。負け犬刑事たちの視線を背後に感じる。誰も洸のことを羨《うらや》ましいとは思っていないだろう。信楽の下についているだけ。おまえごときになにができる。先輩刑事たちの声が、虫が押し寄せてくるように鼓膜を叩く。

席まで戻ったところで信楽が荷物を見つけた。

「あっ、それ、さっき届きました」

警察に届く荷物はすでに開封されているが、信楽宛だったので中身は出していない。信楽が引っ張り出すと、結構な厚みのコピー用紙だった。

「森内、これ見てみろ」

信楽から渡された。

日付と名前、その人物の証言が箇条書きになっていた。すぐに清里千尋に関するものだと分かった。

「昨日、香田のもとに水谷早苗巡査の夫が持ってきてくれたそうだ」

「ということは、これは？」

「ああ、水谷巡査がこの十五年間、一人で調べたものだ。およそ千二百人分ある」

数にも驚いたが、十五年という年数もだ。絶対に捜す、そこまでの執念がなければ途中で諦《あきら》めてしまう。

そこで信楽の携帯が鳴った。

「新宿署からだ」

信楽はそう言ったが、ディスプレイには新宿署刑事課長の泉と表示されていた。

「ああ、どうした。連絡があったか。連中、大崎についてなんて言ってた？」

信楽は携帯電話を耳に押し付けた。篠高が取引に乗った、思い通りにことが運んでいるのだろう。

「横浜の尾谷《おだに》組、名前は聞いたことあるけど、ちょっと待て。今こっちでも調べてみる」

そう言って顎《あご》を洸に向かってしゃくる。

洸はパソコンを開いて、確認する。組織犯罪対策部で写し取ったメモはすべて信楽と共有しているクラウドに打ち込んだが、大崎の関連していた組織に尾谷なんて暴力団はなかった。

「ありません」

「うちの情報にはないみたいだぞ」

ガラケーから泉の声が聞こえた。

〈ですが部屋長、篠高が言うには、本庁の組対からは、大崎が尾谷にいた頃の話をしろって言われたことがあるそうです〉

「ということはうちの組対は知ってたってことか？　組対がうちに協力しないなんて、今に始まったことじゃないけどな」

信楽は口をつぼめた。

洸も怒りが湧き上がった。あの組対のキャリア野郎、大事なことを隠しやがって……。

自分のやり方でやる——そう言った矢先から、口で言うだけの甘ちょろい方法では、二係捜査はなにも解決できないことを思い知らされた。

19

祐里は桧山努と姉の後ろをついてタワーマンションの二十四階の、豪華な部屋にお邪魔した。

十帖《じょう》以上はありそうな広めの部屋に通された。入ったのは桧山だけだ。ギターが六本、それとデスクトップ型の結構大きな画面のパソコンが二台とキーボード、他にもミキシングマシンのような機器が置かれている。

この部屋で桧山は曲作りをしているのだろう。部屋には車のレーシングシートのようなゲーミングチェアが一つあるだけなので、桧山も祐里もフローリングにクッションを敷いて座った。

「どうして千尋の取材を始めてるんですか」

顔色を窺《うかが》っていた桧山が口を開いた。

祐里より三つ上の桧山は、髪は長めで無精髭《ぶしょうひげ》を蓄えているが、清潔感はあってハンサムだ。

十五年前の女子高生の失踪事件と示唆した後、「千尋が見つかったんですか」と聞かれた。関係していたら自分から名前は出さないだろうし、その言い方にわざとらしさはなかった。だが先入観は罪、固定観念は悪——大先輩の記者から言われた言葉を思い出し、頭を一旦《いったん》無にした。

「依然として行方不明です。なにか特別な情報があったわけでもありません」

もし彼が事件に関わっていたなら、その説明に安堵《あんど》したに違いない。

祐里は続けた。新聞ではこうして過去に行方不明になった人を何年後かに取材することがある、当時の千尋さんを知る人間に話を聞いていたら、桧山さんが千尋さんと交際していた事実が出てきたなどと、ここに来た理由を述べた。

「それに私がこうして古い事件を取材しているのは、警察は今も千尋さん捜しを熱心に続けているからです。なにも発生直後の事件や、解決した事件を書くだけが新聞記者ではないので」

言いながらきれいごとだなと嫌になる。ここにいることにしても、穴掘りで大きなネタが他社に抜かれないように信楽と信頼関係を築きたいという邪《よこしま》な思いだけ。大事件が起きれば、清里千尋のことなどほっぽってそちらに回らなくてはならない。

「取材をしていく中で千尋さんが行方不明になった前後、かつての恋人だった桧山さんが町田に戻ってきていたという話を聞きました。それは本当ですか」

その町田に戻ってきたという言葉に、祐里は当初違和感を抱いた。地方出身者なら「戻ってくる」は分からなくもない。桧山の場合、仮に渋谷や新宿を拠点に活動していたとしても、町田までは一時間もかからない。だが森内によると、都心で一人暮らしをしていた桧山が、清里千尋がいなくなった前日の二〇〇三年七月二十一日から消えた翌日の二十三日まで、二日間実家に帰っていたことに、警察は着目しているらしい。

「戻ってましたけど、どうしてそれを」

協力的に見えていた桧山の表情に不信感が募る。

「警察が公開捜査をしましたからね。処理するのが大変なくらいの情報が入りました」

「俺も容疑者になってるってことですか」

不安に襲われたようにも聞き取れた。だが開き直っているとも。テレビ出演の経験はあるが、祐里が知らなかったくらいなのでメディアへの露出は好まないのだろう。リリースされているミュージックビデオを数本確認したが、歌っている時もギターを演奏している時も、笑っている表情が一つもないほどクールなタイプだった。

「容疑者ではありません、ただ彼女の関係者の範疇《はんちゅう》に入るのは間違いありません」

「俺のところには警察は一度も来ていませんよ」

「それは……」

桧山がその後五年間も消息が不明だったからだ。それを聞くのは今ではない。タイミングを間違えれば回答を拒否される。

「私は千尋さんがいなくなったことを桧山さんはどう思っているのか、それを聞きたいと思いまして」

「そりゃ、びっくりしましたよ。最初は家出かなと思った程度でしたけど」

「行方不明を最初に知ったのは？」

「駅でビラを配ってると地元の友達から聞いたからかな。それも千尋がいなくなってひと月くらい経ってからだけど」

「おおよそ、いつ頃ですか」

「分からないけど、お盆は過ぎてたんじゃないかな」

　たった二十日程度だが、とりあえず空白の五年間に突入した。

「千尋さんと付き合っていたのっていつからいつまでですか」

「俺が二十歳から一年くらい」

「四つ下だから彼女が十六の時からってことですね。きっかけは」

「最初は俺が高校生の時、うちの文化祭に中学生だった彼女が来てたんだよ。いかにもヤンキーって外見なんだけど、なにせ綺麗《きれい》な顔をしてたから、俺の一目《ひとめ》惚《ぼ》れだね」

「もうバンドをやってたんですか」

「やってたけど、千尋は音楽には興味なさそうだった。バイクには興味を持ったかな。まぁ、俺もいろいろやんちゃしてたから」

「バイクって、暴走族ってことですか」

　そうなれば改造バイクや暴走行為で逮捕歴のある大崎猛《いじ》ともつながる。

「違う。俺のチームはノーヘルで走ったり、マフラーを弄ったりするのはダサいとやらなかった。みんな革ジャンで統一してたし。まぁ、夜中にみんなでつるんで走っていたから周りから見れば目くそ鼻くそだけど」

「やんちゃとは？」

「まぁ、それは……」

歯切れが悪くなった。

「ではそのことはいいです。付き合ったのはそれからずいぶん経ってからになるんですね」

「千尋に彼氏がいたしね。ろくな男じゃなかったけど。彼女が高二の時、バイクで流した後に入った喫茶店に彼女がいたんだよ。久しぶりって話すようになって、何度か会ってるうちに付き合うことになった。ちょうどお互いツレと別れたばっかだったから」

「どういう付き合いだったんですか」

「普通だよ」

「ハタチと十六歳ですよね」

恋人でなければ都の青少年育成条例で罰せられる。

「十六たって千尋は大人びてたから。バイクの後ろに乗るのが好きだったからよくツーリングしたよ。あいつを乗っけてるとみんな見るんだ。俺でもバイクでもなく、後ろの女の子だというのにすぐに気づいたけど」

「それくらい目立ったんですね」

「毎回ホテルに行くのは嫌がったね。モテたから次々と言い寄られて、結構な数の男と付き合ってたけど、千尋はどこか冷めてて、男に対して完全には心を開かないって感じだったな」

「別れた理由は？」

「簡単に言えば振られたんだよ。しょっちゅう喧嘩《けんか》してたし、最後は千尋に呆《あき》れられて」

なにか意味があるように感じたが、話したくはなさそうだったので、詳しく聞くのはやめておく。

「音楽事務所に入ってデビュー近かったんですよね」

「それも千尋を見返したくて本気でやり始めたみたいなものだね。だけど千尋がいなくなった頃、昔の仲間にはメジャーデビューが近づいてると話したけど、そんなの全然嘘っぱちで、インディーズで細々とやってたに過ぎなかったんだけど」

だから千尋に連絡しろと冷やかされてもしなかったのか。だが千尋は携帯電話を持っておらず、自宅に電話をしたところで、夕方六時には自宅を出ているから連絡はつかなかったはずだ。

「そんなことより、俺、千尋がいなくなる前日に彼女を見てんだよ」

「えっ、会ってるんですか」

「会ったわけじゃないよ。町田駅の喫茶店で窓越しに彼女が歩いているのを見かけただけ。付き合ってた時とは違って、髪が普通の色に戻ってたんでびっくりしたけど」

「店を出て声をかけなかったんですか。窓越しに手を振って引き留めるとか」

普通は別れていればしない。ここまでの話だと当時の桧山は、清里千尋に相当な未練を持っているので可能性はある。

「かけようと思ったんだよ。でも怒られそうだなと思って」

「怒られるって。メジャーデビューできるのが嘘だったからですか」

「それもあるけど、あいつは俺のことを口先だけのハンパ者だと信用していなかったからね。よほど心を入れ替えた姿を見せないと、見抜かれると思ったんだよ。千尋が悪くなったのは親のせいもあるけど、根は純だったから」

「親のせいとは」

「おふくろの男に襲われそうになったんだよ。それ聞いて、袋叩《フクロ》きにしてやろうと俺が言ったけど、千尋はあんなの親でもなんでもないって、おふくろさんに対して怒ってたね。母親がスナックやってるのは生活のためだから仕方ないけど、男に色目使ってるのは気持ち悪いって」

なるほどそんなことがあったから、桧山は男性に心を開いていないと思ったのか。

「そういうこともあって、俺としても合わせる顔がなかったんだよ」

「すみません、意味が分からなくなりました。メジャーデビューできそうになかったことと、千尋さんが男性を信用していなかったこととが結びつかなくて」

デビューできなくても真面目に音楽に打ち込んでいたのなら、彼女も会うくらいは許してくれるのではないか。

「それが大いに関係あんだな。地元といっても町田だよ。別に実家から通うこともできたし」

言っていることがまったく意味不明だ。桧山も話すべきか逡巡《しゅんじゅん》している。こういう時、多くの記者は「書きませんから」と約束を守れる保証もないのに、手形を切る。祐里はそのセリフはけっして言わない。

部屋の空気まで薄くなったと思うほど、息苦しい時間が続いた。あと十数えてなにも言わなければ、自分から尋ねようとしたが、痺《しび》れを切らしたかのように「まっ、昔のことだからいっか」と桧山が沈黙を破った。

「千尋もこれを聞いたらガッカリすると思うけど」

すぐには話さずじりじりした時間が続く。空白の五年間を埋めるなにかが出る。そんな予感が過《よぎ》った。できるだけ前のめりにならないように平静を努めた。いくらネットで検索しても当時のことは《世界を放浪の旅》《韓国で音楽活動》くらいしか出てこない空白の五年。

「俺その頃、売れてる歌手のヒモみたいなことをやってて、小遣いもらってはパチスロで遊んでたんだ」

「そんなことをしてたんですか」

言ってからしまったと悔やむ。自分が批判してどうする。

桧山は不快感を示すことなく喋《しゃべ》り続けた。

「さっきはインディーズって言ったけど、本当はギターすら触ってなかったよ。バンドもとっくの昔に解散してたし、事務所のこともデビューのことも全部ふかし」

「その歌手って誰ですか」

「それはさすがに勘弁してよ、世話になったのに迷惑かけられない」

奥二重の目で遠くを見るように拒まれた。

「ネットに出ている曲作りのために世界放浪の旅に出ていたのも、韓国で活動していたのも嘘ですか」

「世界は嘘だけど、韓国は間違いではない」

一つ息を吐いてから彼は話を先に進める。

「ひと回り以上年上だったけど、いい女だったし、夜の相手をするだけで好きなことができるんだから、なかなかヒモ生活から抜け出せなくてね。それでも心の中ではこんなことしてたらダメだなっていう気持ちもあったんだよ。時間を無駄にしてるって」

「それで音楽活動を再開したんですか」

「そう言いたいところだけど、またバイクに乗り始めた。昔から憧《あこが》れてたハーレー。それも女性に買ってもらったんだけど、峠を結構なスピードで下っていたら、雨でスリップしてガードレールにぶつかって」

彼は事故の状況を詳細に話した。全身八か所を骨折、内臓も傷めて、一時は生死を彷徨《さまよ》うほどの重傷、一年半近くも入院。なんとか生き延びたそうだ。

そこで「大丈夫」と姉の声がした。姉がドアを開ける。コーヒーを持って心配した顔で立っていた。

「大丈夫だから、そこに置いといてよ」

桧山は姉を部屋の中には入れなかった。

「あっちこっちの神経の再建手術もしたけど、指だけは奇跡的に無傷だったんだよね」

「それでも再建手術というからには大変だったのでは」

「大変だったよ、痛みが続いてまともに眠れないし。その時看病してくれたのが姉貴だったんだよ」

「その歌手の人じゃなかったんですか」

「大怪我して人造人間みたいになった男を金払って相手にする意味はないでしょう。それでも最初の治療費、結構な金額だったけど手切れ金代わりに出してくれた」

「その後はリハビリですか」

「リハビリもしたけど、それどころじゃなかったね、そこで韓国が関係してくるわけ」

「どういう意味ですか」

「整形だよ。というか修復だね。左半分は骨が欠けて、皮膚も縫い跡だらけで化け物みたいになってたから。他の部分は隠せるけど、さすがに顔はね。あの頃、誰にも会わなかったけど、会ったとしても誰も俺とは気づかなかったんじゃないかな」

　そこでスエットをまくり、タトゥーの入った腕が目に入った。目を凝らすとケロイド状になった傷も見える。

「それで消息が絶えていたんですね」

「ウィキペディアには韓国で音楽活動したって書いてあるけど、真っ赤な嘘。向こうに腕のいい医者がいると姉貴が調べてくれて。最初は日本から通ったけど、元通りにしてもらうのに三回手術して、途中からは向こうに住んだ。何なら傷を見せようか」

そう言って長めの前髪をかきあげ、左側の生え際を見せた。

「いえ、大丈夫です」

一瞬手で目を隠しかけたが、見ておくべきだと指を開いてその隙間から覗《のぞ》いた。えぐれたような傷があって、その部分は髪が生えていない。左側だけがM字に後退したようになっていた。

「ここも手術で消せたんだけど、一つくらい馬鹿やってた自分を後悔させる傷を顔にも残しておこうと思ったんだよ。うちは親父をはじめ代々、ハゲ家系だから、俺もそのうち額が後退して、この傷も衆目に晒《さら》される」

「そんな苦労話なら、公表してもいいのではないですか。瀕死《ひんし》の大事故から復活した話って日本人は喜びそうじゃないですか」

「やだよ、カッコ悪い」

「そうですね。女性歌手との関係もバレてしまいますしね」

日本人が喜んで飛びつくのではなく、自分たちマスコミが飛びつくのだ。

「修復手術となると費用は相当かかったんじゃないですか」

「それも姉貴が出してくれた。姉貴は洋服デザインの学校を出て、二十代半ばでアパレル会社を経営してたんだよ。俺みたいなバカな弟に関わったせいで、会社も大手商社に持ってかれた」

　そういうことなのか。その代償として今は桧山がすべてを失った姉の面倒を見ているのだ。二人は寄り添って生きている。

「それって一部の人しか知らないんですか」

「知らない。今のバンドのメンバーにも話していないし、事務所にも内緒にしていた」

「していた？」

「週刊誌がどこからか摑《つか》んで書こうとしたんだよ、それで慌てて事務所の社長に話して、弁護士に人権問題だと止めてもらったんだけど」

　週刊誌が狙っていたのは近親相姦《そうかん》ではなかった。整形のことだったのだ。

「韓国に整形に行ったと書かれたら、普通は顔を弄《いじ》ってきれいにしたと思うじゃない。きれいにしたのは変わりないけどさ」

　そうですね、としか言えなかった。隠した過去の秘密の紐《ひも》を少しでも緩めれば、全部が暴かれる。人の過去とはそういうものだ。

「整形のことまで話したのは千尋を見つけてくれると信じているからだよ。俺だって後悔してんだよ。もし前日に俺があいつに声をかけてたら、あいつは鬼畜に攫《さら》われなかったんじゃないかって」

「鬼畜って誰ですか」

「そんなの決まってるよ。大崎猛だよ」

ここでもう一人の男が出た。

「大崎猛を知ってるんですね」

「知らない方がおかしいだろ。俺の方が大崎より一つ上で、俺の知り合いにあいつの先輩もいたから、俺が注意してたら、あいつも千尋に手を出さなかったかもしれない」

また遠くを見る。演技に見えなくはなかった。桧山に俳優経験はないが、ステージではテンションを上げてアングロマニアの桧山努となる。いくらでも違う自分になり切れる。だが疑うのは今でなくてもいい。

「ダチに聞いたら、大崎は絶対千尋を姦《や》るって豪語してたみたいだ。あの女には散々恥をかかされた。自分の女にして何時間もぶっ通しで姦らないことには気持ちが収まらねえって」

「その友達、警察には？」

「余計なことを言ってお礼参りが怖いから黙ってたんじゃないの」

桧山も大崎を疑っている。だからといって桧山の疑いが晴れたわけではない。

「五年間の空白を話してくれたことには感謝しています。ですけど千尋さんの失踪《しっそう》に桧山さんが完全に無関係だった証明にはなりません。他になにかありませんか」

「証明って、俺は千尋がいなくなった日の夜は昔のダチと飲んでたんだぜ」

「それって何時からですか」

「十時からだな」

そう言ってから唇を噛《か》んだ。彼もアリバイにはならないことが分かったようだ。

「俺が証明できるとしたら飲む前ではなく、飲んだ後だな。警察官に職質されたから」

「職質？　それって何時頃ですか」

「朝の六時だよ」

「六時に？」

「ああ、ベロベロに酔った帰り」

「警察官になにを聞かれたんですか」

「お巡りさんじゃないよ。私服刑事だよ」

「ですからその刑事になにを」

「なにをって、俺が酔ってふらふらしてるから、ラリってると疑われたんじゃないかな。俺の持ってたセカンドバッグの中身を全部出して、財布の中まで調べられたから」

20

次の土曜日、東京に初雪が降った。

降雪量としては三センチほどだったが、香田は早起きして子供たちが滑らないように玄関までの短いアプローチの雪かきをした。

その後、ウールのコートにヴィブラムソールの短靴を履き、家を出た。

「こんな悪天候の中、行かなくてもいいんじゃないの。先週は二回も行ったんだから」

景子に止められる。予報では一旦《いったん》止んだ雪はまた振り出す、午後には大雪注意報が出る可能性があると言っていた。

「せっかく毎週続けてるんだ。俺らが来ないとお義父《とう》さんだってガッカリするじゃないか」

落胆している義父の顔など想像もできなかったが、景子の心配を振り切って家を出た。

海老名の駅に着いた時には空は低く、灰色に覆われていたが、まだ降り出してはいなかった。雪化粧した歩道を、湿気のこもった雪を圧縮するように音を立てて歩く。おかげでいつもより時間がかかった。

病室の義父は、上半身だけ起き上がった体勢で外を眺めていた。香田が病院に来るまでは耐えていた空から、ちらちらと白いものが落ちている。

「お義父さん、先日はありがとうございました」

部屋に入るなり、顎《あご》を引いて頭を下げた。

「なんのことだよ」

義父が頬のこけた顔を向ける。香田が礼を言った意味が分かっているくせに、俺がなにかしたかと惚《とぼ》け顔をしている。

「桧山の件ですよ。さっそく信楽さんが当たったそうです。完全に容疑が消えたわけではなく、むしろ清里千尋がいなくなる前日に、喫茶店の窓越しに見かけたと言いますから、昔の思いが募って犯行に及んだ可能性もなくはありません」

話を聞いた時は背筋がぞくっとした。

「ただし前の晩から朝まで町中の飲み屋で飲んでいたのは間違いないようです。桧山は朝六時に職質にあっています。町田署の記録には残っていませんでしたから、神奈川県警ではないですか」

私服刑事が酒に酔ってふらふらしていた桧山を見ていたらしい。桧山自身、ラリっていると思われたと言っているそうだから、看板を蹴飛《けと》ばすとか、器物損壊に当たる行為をしていたのではないか。そうでなくとも桧山には職質される理由があった。

「桧山ってハタチの頃に大麻保持で検挙されてるんですね。少量だったのと一回目だったので、起訴猶予で済みましたが。そのことが清里千尋が桧山努と別れた理由のようです」

酒タバコはよくても、ヤクやトルエンにはうるさかった。付き合ってた男もハッパやって捕まったから別れたとか言ってた……水谷早苗の捜査記録にもそのような仲間の記述を見かけた。

「桧山もまた大崎が清里千尋を姦るという噂を聞いたそうです。これで大崎が彼女を狙っていたと聞いたのは、水谷巡査が聞いた元暴走族グループの一人を加え、二人になりました。本当はもっといるんでしょうが、おかげで少しは捜査に着手する端緒になりました」

今日、香田が義父に報告しようとしていることはそのことだけではなかった。

「大崎の方も空白の二年間の消息が分かりました。横浜の尾谷組に匿《かくま》われていたようです」

横浜市中《なか》区に本部のある尾谷組は、飲食店からみかじめ料や地上げではシノギが先細ると考え、特殊詐欺やインターネットを介在した新しい形態の経済犯罪を始めたことで知られる。暴力団対策法や暴力団排除条例などが施行されるはるか前から、頭のいいインテリ連中を多数スカウトした。大崎には学歴はないが、地頭はよく、後輩連中を使うのが上手だった。やり口は篠高の幹部になった現在も変わらない。

尾谷組に取り入った大崎だが、捜査の手が自分に迫っていたことを感じ取っていたのだろう。しばらく組に潜んだ。どれだけ上納しようが暴力団連中の欲は止まらないが、大崎をムショに行かすのはもったいない、時間を置けばまた稼げる、合理主義的ヤクザである尾谷組がそう判断したのは、考えられない話ではない。

ただし大崎は匿ってもらい、兄貴分の世話係をしている間、次々と頭脳派が入ってくる尾谷組に居づらさを感じたらしい。そこで親分同士が兄弟契りを交わしている新宿の篠高組で構成員になった。

信楽が調べた話をすべて説明したが、相変わらず会話は一方通行だ。義父は視線こそ正面に戻したものの、相槌《あいづち》も打たず香田の顔を見ようともしない。

この人は全部知っている――そう疑念を抱く。今話した内容など、義父自身の手ですでに調べ尽くしていると。

組織の人事抗争に翻弄《ほんろう》され、希望していなかった所轄の副署長、署長への異動にも従うなど組織に忠実だった義父だが、バッジを外すとともに反動が出た。義父が初めて組織に牙《きば》を向いたのだ。

定年退官した署長にはそれなりの天下り先が用意される。警察官生活を終えた義父にも、港湾保全協会の理事の席が用意されたが、義父は「第二の人生くらい、自分で仕事を選ばせてください」と辞退したのだった。

――警務部の人から電話があって、せっかく菊池署長にふさわしいポストを用意したのでご家族から説得してくれませんかと頼まれたのよ。お給料だって署長の時と同じだけの金額が保証されているって言うのに。

景子は嘆いていたが、金なんて義父はどうでもいいと思っている。無趣味で、ゴルフもやらず、麻薬刑事になった時に先輩がくれた金メッキの安時計を、定期的に電池交換して大切に使っているような人だ。現場にいた頃は外食が多かったが、署長になってからの夕食はほぼ毎日、自宅で済ましていたから、それなりの貯金はある。

ただ娘にしてみたら、警察官に人生のすべてを賭《と》した父が、与えられた仕事もなく、この先どうやって生きていくのか。警察官をやめるという病に侵されないか、それを憂えていたのだろう。

その心配は香田にもあったが、逆のことを言った。

――お義父さんは上官からの指令で、最後の何年間は納得できない仕事をさせられてきたんだよ。無事定年まで勤めたんだ。その後の人生くらいは自分で決めたいって思ったんじゃないのか。

横浜市内の警備会社に再就職した義父は、経歴には警察署勤務としか書かなかったそうだ。

警備会社となると、採用担当者もただの警察官の顔ではないと勘が働く。神奈川県警に問い合わせ、さぞかしびっくりしたことだろう。署長経験のある元警視に、一般の警備員をさせるわけにはいかないと、最初の癌が発覚するまで顧問としての役職が与えられた。

香田が言葉を発しないせいか、雪景色の遮音が、病室まで伝染してくる。

義父はそこで顔を歪《ゆが》めた。くすんだ顔色。いささか息が乱れている。

「体調は大丈夫ですか」

「水をくれるか」

テーブルの上にあったペットボトルからグラスに注いで渡した。テーブルの上は花瓶もなく、うら寂しい。

水を飲み終えたのを待って、香田は手を出してグラスを受け取ろうとした。義父の目が突然、香田に向く。ぎょろりとした目、死期が迫っていると感じた時とはまるで異なる生々しさに香田はたじろいだ。

「どうしたんですか」

「澤大貴《さわひろき》って知ってるか？」

「いえ、初めて聞きました」

「四年前まで横浜の尾谷組にいた大崎と同じ三十五歳の男だ。その澤が昨日、結婚詐欺の容疑で逮捕され、山手《やまて》署で取調べを受けている」

それまでの脈絡からからきし関係のない名前に、どう反応していいのか悩んでしまう。

「どうしてそんな男の名前を」

「十五年前、清里千尋が行方不明になってから二日間、澤大貴の居場所も摑《つか》めていない」

話の筋が見えた。

「その澤について詳しく話してください。出身どこですか」

「本牧《ほんもく》だ。暴走族の一員だった」

町田からは離れているが、町田の暴走族グループは週末になると横浜、湘南《しょうなん》方面を走っていたから繋《つな》がらないこともない。

「元よりこいつは暴走族より、狡《こす》いことをして、地元の警察署もマークしていた」

「狡いとは」

そこでも大崎と一致する。大崎もただの暴走族ではない。半グレと呼んでいいほど犯罪集団化させた。

「女関係だ」

「女？」

意外な返答に拍子抜けする。

「ホスト風のチャラついた男で、家出少女とかを引っ掛けては風俗やAVプロダクションに売っていた。その澤を小僧で使っていたのが尾谷組だ」

「尾谷組に大崎を誘ったのが澤だということですか。いいえ、違いますね。お義父さんが疑っているのは、その澤が大崎と共謀し、清里千尋を誘拐したとみているのですね」

「大崎の話はしとらん。澤大貴の話だ」

否定されたが、それで当たりだろう。そうでなければここで澤の話を持ち出すはずがない。

「結婚詐欺で逮捕されたと言っていましたね。ヤクザが結婚詐欺なんかやるんですか」

「いたと言ったはずだ。組員だったのは二年前までだ」

「どうして足を洗ったのですか」

「よその幹部の女に手を出して破門になった。昔だったら指の一本は詰めなきゃすまなかっただろうが、今はシノギに四苦八苦してるご時世だから慰謝料の分割払いで許された。澤は顔くらいしか取り柄がない男だから、女に結婚を持ちかけて金を引っ張った。

馬鹿な男だ」

　馬鹿な男――大崎の時と同じ言葉を吐く。

「あの時期、神奈川県警は大崎とともに澤もマークしていたのではないですか」

「なぜそう思う」逆に質問された。

「尾谷って特殊詐欺やネット犯罪を神奈川で真っ先に始めた組ですよね。大崎と澤はその新しいシノギの実行部隊、だから尾谷組は二年間、二人を匿ったのではないですか」

「おまえはどうにも特殊詐欺の元締めにこだわるんだな」

「間違っていますか」

　しばらく沈黙したので、ようやく認めてくれるのかと思ったが、「俺の答えはあの時と同じだ。特殊詐欺をしていたとは聞いてない」と言われた。

「そうですか」

　同じ答えの繰り返しにため息が出る。

　いつもならここで会話が終わる。だが澤大貴の名前を明かした義父はこの日は饒舌《じょうぜつ》だった。

「尾谷組は暴走族の中でも統率力のある人間に目をつけていた。あの頃は不良グループのリーダーが暴力団にリクルートされていくシステムが確立されていた。澤はそういうタイプではないが、大崎は買われていたんだろう」

　初めて義父の口から大崎の名前が出た。

「そのこと、どうして今まで教えてくれなかったんですか」

清里千尋が失踪《しっそう》した直後に教えてくれれば、尾谷組に目をつけることができた。雲隠れしていた大崎と澤を引っ張り出し、なにかの別件で身柄を確保してから吐かせることもできたかもしれない。

「残念ながら、知ったのは最近になってからだ」

最近知るわけがない。知ったのはまだ体がピンピンしていた時だろう。

そこでパズルを解くように、義父の頑固で孤軍奮闘の人生が浮かび上がってきた。

義父が警察の世話にならなかったのは、清里千尋の行方を独自に追いかけようとしたからだ。警察に迷惑を掛けたくないから、自分で再就職先を探した。確か警備会社の本社が尾谷組のある横浜市中区だった。

警察官のバッジを外した義父に捜査権はないが、神奈川県警の各部署に散ったかつての部下たちがいる。自分が摑んだ情報は彼らを使って確認した。そしてついに、大崎の相棒だった澤大貴を神奈川県警は結婚詐欺容疑で引っ張った……。

ここまで自力で調べあげた元刑事の執念に全身が粟立《あわだ》つ。

「お義父《とう》さんがいろいろ調べてくれたことが実を結びそうです。私もそうですし、信楽さんも感謝すると思います、なによりも天国の水谷さんがきっと喜んでいます」

「まだなにも始まってはないだろ」

「そうですね」

「来年になっていたら、逮捕したところでどうにもできなくなっていたかもしれないからな」

来年――その時には自分はこの世にいないと言っているのか。寂しさを隠すように外に向けた義父の視線を、香田も追いかけた。外はぼた雪に変わっていた。これは駅までの帰り道も大変そうだ。電車が止まっていなければいいが。

「これからが彼女の安否がわかるか胸突き八丁ですね」

安否という言葉を使ったが、実際は違う。生きていてほしいと願っているが、そうでないだろうという考えに頭は支配されている。大崎が殺した、それを解明するのが警察の使命だ。

「景子も来週からは来られると言っていました。ぎっくり腰で一ヵ月も家にいっぱなしだったので三キロも太ったと嘆いてましたが」

「雪なのに来なくていいよ」

「雪は今日だけですよ。明日《あした》からはまた晴れが続きます。理沙は冬期講習があるみたいですが、慎太郎と三奈も冬休みになれば連れてきますから」

「無理しなくていい」

娘や孫の話になると照れ臭いのだろう。強情の裏に寂しさを隠す。

家族の前では笑った顔も見せなかったのに、義母が亡くなってからは景子や孫たちの前では少しずつ笑顔を見せるようになった。皮肉にも命の炎に勢いが削《そ》がれていくのと反比例するかのように。

「いずれにせよ、大崎猛について、なにか新たな事実を摑んだ時は、お義父さんにも報告します。信楽さんも私には伝えてくれると思うので」

「俺はもはや警察とは関係ない。そっちでやってくれ」

腕時計を見た。部屋に来てから四十分が経過していた。医師からも面会は三十分以内にしてほしいと言われているが、知らず知らずのうちにオーバーしていた。

「それではお義父さん、また来ます。お義父さんの努力を無駄にしないように、必ずいい知らせをしますので」

口にしたのはその言葉だったが、心の中では、三カ月以内に私が必ずカタをつけます、だからそれまで頑張って生きてください――そうメッセージを送ったつもりだった。

21

洸は信楽から「澤大貴の前取りをしてくれないか」と言われ、過去の犯歴データを調べ始めた。

澤は過去二度逮捕されていた。一つは不起訴、もう一つは起訴されたが執行猶予がついた。

一つ目は未成年少女をAVプロダクションに紹介した罪、本来ならそれでも懲役に値するが、澤は少女が言った言葉を信じたということで起訴猶予、身分証などを確認しなかった雇用者のプロダクションに懲役四年の実刑判決が出た。

だが六年前、酔わせた女性を酩酊《めいてい》状態でホテルに連れ込み、暴行した件では懲役一年六カ月、執行猶予三年の刑を受けた。

今回は、四十四歳の会社社長の女性に、自分は投資会社の社員で損失を出した、返済しないことには会社を解雇され、結婚できないと泣きつき、とりあえず三百万を貸してほしいと騙《だま》し取った詐欺容疑だった。取調べで澤は、金は返済するつもりだった、女性と些細《ささい》なことで喧嘩《けんか》して冷たくしたけど、結婚する意思はあったと容疑を否認している。

ただ洸が知りたいのは今の澤ではない。十五年前、清里千尋が失踪した時期の澤だ。果たして大崎とはどのくらいの親密度だったのか。大崎が女性を拉致《らち》、誘拐する片棒を担ぐほどの仲だったか……。

横浜出身の澤は、所属していたグループからして大崎とは違う。グループの頭だった大崎なら、なにもよそから手を借りなくともいくらでも仲間を使うことはできた。

香田が義父の菊池和雄氏から聞いてきたことによると、大崎と澤は二年間、横浜の尾谷組の部屋住みで、電話番などやカバン持ち、運転手をさせられていたらしい。

澤のグループから尾谷組へは就職ルートのようなものだが、町田の大崎までとなるともう少し調べてみる必要がありそうだ。

大崎と澤が共謀して清里千尋を誘拐、殺害、遺体をどこかに遺棄した？　だとしたら尾谷組がそんな二人を匿《かくま》うか。犯人隠匿となれば、暴力団にとってはもっとも嫌な事務所のガサ入れを受けることになる。

そうなると香田が言っていた、二人は特殊詐欺グループの中核をなし、その元締めが尾谷組だったというセンが濃厚か。尾谷組がいち早くインターネット関連や詐欺などに手をだしていたのは事実だが、当時逮捕されたのは大学生や元ＩＴ企業の社員で、大崎や澤との接点はなかった。

信楽から言われて、大崎、澤のグループのメンバーの捜査資料を町田署、横浜の山手署の生安課少年係と刑事課から取り寄せたが、暴走族時代の検挙歴については少年事案のためほとんどの記録は破棄されていた。残っているのは成人してからも前科を重ねた一部のメンバーだけ。

それでも一言一句見落としてたまるかと、気になるところは指でなぞるようにして読み、不要な情報は早く忘れ、必要な情報だけ頭の中に叩《たた》き込んでいく。

次第に頭の中が記憶でいっぱいになり、これ以上詰めこめば、覚えたことまで抜け落ちていきそうだ。

「森内、出かけるぞ」

午前中、離席していた信楽が戻ってくると、椅子にかけてあった黒いブルゾンを掴《つか》んで、体を翻した。

「どこに行くんですか」

「横浜だ」

「澤が捕まった署ですか」

「尾谷組だよ」

「また組事務所ですか？」

信楽はなにか問題でもあるかと訝《いぶか》しんだ。

「いいえ、すみません」

謝ると、信楽がブルゾンを着て歩き出したので、森内も革ジャンを手に取り、早足で横についた。

「篠高はまだ警視庁管轄だからいいですけど、尾谷は神奈川ですよね。神奈川県警の許可をとったんですか」

「捜査するのに東京も神奈川もないだろ」

おおありだ。尾谷組に行けば、向こうから神奈川県警の刑事に連絡することも考えられる。問い合わせが来たらどう弁解するつもりなのか。

「大丈夫だよ、ちゃんと神奈川には許可を取ったから」

午前中に離席していたのはそれが理由だったのか。

「条件として、聞いた捜査情報は神奈川のマル暴に流すように言われたけどな」

そうは言っても聞くのは十五年前のことだ。だから信楽もその条件を飲んだのだろう。

尾谷組に乗り込んだ信楽は、出てきた若い衆を払いのけ、幹部を呼んだ。

顔を見せたのはとても極道とは思えない、紺のスリーピースに髪を七三分けにしたサラリーマン風の男だった。その男に信楽は、「大崎猛についての情報をくれないか」と言った。

「旦那《だんな》、大崎なんてうちとは関係ないですよ」

幹部は薄笑いを浮かべて答える。信楽の顔がマル暴刑事のように強面《こわもて》でないので舐《な》めているのだ。

「どうやら大崎って覚醒剤《かくせいざい》ビジネスにも手を出そうとしてたそうじゃないか。覚醒剤といえばこのあたりでは尾谷のネットワークが一番強固だろう。半年前も外国客船の船員に密輸させて一人逮捕されてんだから」

信楽がなにを根拠に大崎と尾谷が覚醒剤で結びついていると言ったのかは分からない。尾谷組が覚醒剤で荒稼ぎしていた時期があったのは事実だし、信楽が口にした外国客船からの密輸で組員一人が逮捕されたことも、尾谷に関する最近の捜査記録で読んでいた。

「大崎は関係ないでしょう、篠高は端《はな》からヤクはご法度なんですから」

「大崎は篠高のルールなんて守る気はない。組を自分のものにするつもりなんだから」

「だとしてもうちは関係ないですよ。覚醒剤はもうやってないし」

「尾谷がヤクから手を引いたなんて、町中歩いても誰一人言ってないぞ。どこよりも早くヤクザの形態を変え、ネットや金融詐欺など新しいシノギに次々と手を広げた尾谷だが、ヤクだけはやめなかった。ヤクは実入りが大きいからな」

「失礼なことを言うなら、証拠を出してくださいよ」

ヤクザ相手にも信楽は一歩も引かず、「密輸は重たいぞ。関税法第一〇九条でも十年以下の懲役若《も》しくは三千万円以下の罰金だ」と言い切る。

密輸は覚せい剤取締法と関税法の二つがかかってくるため罪は重く、十キロで十年、一キロ未満でも六～七年食らう。先般の逮捕された組員も懲役八年の実刑判決を言い渡された。尾谷だってそれくらい分かっていて、継続しているとしても時期を置くなど、慎重になっているはずだ。

「じゃあ次は澤大貴について聞かせてくれ」

話が唐突に変わったことに幹部は明らかに戸惑っていた。

「澤なんて何年も前に破門しましたよ」

「四年前だろ？　澤が大崎をここにつれてきたって話じゃないか」

そこで大崎と澤を絡める。

「連れてきたって、大崎は行儀見習いをしてただけです」

「なんで大崎は尾谷を出て、篠高に行ったんだ」

「知りませんよ、そんな昔の話、うちは躾《しつけ》に厳しいから、うちのやり方についていけなくなったんじゃないですか」

「違うだろ、あんたたちが大崎を利用して、その報酬代わりに組員にしてやると約束したんじゃないのか」

「うちで組員になってないのは調べてんでしょ」

「構成員にするつもりだったが、その頃、篠高が人が足りないというので、一時的に預けた。大崎は知能犯揃いのインテリヤクザ集団では自分の先は知れてると考え、古い仕来りが残る篠高に行ったと聞いてるけどな。まぁ、どのみち腐った暴力団に未来はないか」

普段の寡黙さが嘘のように、信楽はのべつ幕無しに喋《しゃべ》る。洸にはどこまでが事実でどこからが作り話なのかさっぱり分からなかった。

「いい加減にしてくれませんか。いくら警察でも侮辱するにもほどがありますよ。うちにも弁護士がいますからね」

大概の刑事は弁護士と聞くとひるむが、信楽は表情一つ変えない。その後も澤が今も尾谷組と繋《つな》がっている、そして大崎は、麻薬の仕入れ先として澤を通じて尾谷組に頼んできたなどと、勝手に決めつけて話をした。

「本当にいい加減にしねえと、こっちも考えるぞ。だいたい旦那に話す筋なんてねえんだ。下手に出てたらいい気になりやがって」

サラリーマン風の幹部の目つきが変わった。所詮《しょせん》はヤクザはヤクザだ。すごんだ時の目は突き刺すほど鋭い。

「分かったよ、邪魔したたな」

しばらく睨《にら》み返していた信楽だが、あっさり引き下がった。

横浜からの帰りは電車を使ったため会話はしなかった。

だが警視庁に戻って、一課の刑事部屋に入って、不満を吐き出した。

「部屋長、あんなんでいいんですか」

今日の内容ではいったいなんのために暴力団事務所に乗り込んだのか意図が分からない。

澤大貴が破門された尾谷組の麻薬ビジネスをチクっている、尾谷の幹部たちがそう疑ってもおかしくない。

信楽は篠高組にも乗り込んだ。そこでは大崎と対立する主流派から、大崎の空白の二年間を聞き出した。

その大崎が二十から二十二歳までの二年間いた尾谷組に行ったからには、その理由を探るのかと思っていたが、そこには触れずじまいだった。

「森内は不満ばかりだな」

形の整った目を眇《すが》めた。

「どうしてもっと踏み込まないんですか」

「踏み込むって、澤と大崎が十五年前なにをしていたかを聞くってことか」

「そのために行ったんじゃないですか」

「話すと思うか」

「えっ」

「匿《かくま》ったってことはなにか理由があるんだよ。もちろんシノギに関わることだ。そんなことを尾谷は話すかな」

「簡単ではないと思いますけど」

信楽は「だろ」と言って顎《あご》をもたげる。

「それでしたら尾谷に行くより、澤大貴を調べるべきではないですか」

香田からの連絡で、結婚詐欺で勾留《こうりゅう》している澤の取調べ時間を警視庁に譲ってくれそうだ。相変わらず否認しているが、澤が投資会社で働いていたことは嘘だし、現状で充分起訴できるというのが山手署の見立てなのだろう。

「澤に会ってなにを聞く？　おまえは十五年前の七月二十二日、大崎と一緒に少女を誘拐しましたかって問い詰めるのか」

「そこまでは……」

「これまでのマル被とは違う。マル暴相手となると時間かけても落ちないんだよ」

心の腐った連中を説得して改心させられるとは洸も思っていない。それでも相手が根負けするほど聴取を続け、言っていることに齟齬《そご》を見つける。生じた穴を徹底的にほじってアリバイや否認を崩す、それが信楽のやり方ではないか。

「澤にアリバイを聞くことくらいはできるんじゃないですか」

「十五年前のだぞ、聞いたとしてどうやって証明する？」

「それを証明するのが我々の仕事ではないですか。そうやって一つ一つ調べて、関係ないものは消していくしか」

自分でも正論を述べているだけなのは分かっている。帳場を解散してお蔵入りしかけている七係の事件より難解だ。だがどんな捜査にも近道があるわけではなく、一つ一つ証拠を摑《つか》んで、地道にやっていくしかない。

「部屋長はこの前も篠高組にいって、大崎を戻さないと空手形を切ったと言いましたよね」

「戻さないようにするって言っただけだ。約束などしてないよ」

屁理屈《へりくつ》に聞こえた。

「大崎が来春に刑期を勤め上げて出所すれば、新宿で抗争が起きるんじゃないですか。我々がその抗争を煽《あお》るようなことをしていいんですか」

「起きないよ」

「どうしてそう言い切れるんですか」

「起きるくらいなら三年前に組は割れてる」

「大崎が諦《あきら》めるってことですか」

「逆だよ」

「じゃあ大崎が乗っ取ると。どうしてそれが分かったんですか」

「だから篠高からうちに情報提供があったんじゃないか。大崎はうちに来る前に横浜の尾谷にいたと。そうでなきゃヤクザが警察に捜査協力なんかしないよ。篠高としてはこの際、警察に協力しないなんて四の五の言ってられない。なんとしても大崎を塀の中に閉じ込めておいてほしいんだよ」

だとしたら今日の尾谷組はなんの意味がある。澤大貴は破門になっている小物だ。その小物の名前を出して、大崎が尾谷組から覚醒剤《かくせいざい》を仕入れようとしていると決めつけた。

そのことを質問すると信楽は洟《はな》を啜《すす》った。

「下地作りだよ」

「どういうことですか」

「俺たちの捜査は割り込み捜査だ。それは分かるよな」

「はい」

正確に言うなら他の事件で逮捕された被疑者の別件での取調べだ。逮捕されれば四十八時間以内に検察官送致、さらに二十四時間以内に検察の勾留請求が裁判所に認められれば、そこから二十日間、つごう二十三日間、調べることができる。だがその二十三日間のうちの何時間かを取調べ官に頼んで、無理やり時間を割いてもらう。

「時間が限られるんだ。やれることは全部やっとくべきだろう」

「そうですけど」

これがどう下地になるのだ。割り込み捜査じたいが間違っている。理想は殺人事件と立件されてから着手する。それが無理であっても連れ去られた現場の目撃者を探すとか、髪の毛や血痕《けっこん》、足跡を見つけるとか、そうした証拠が出てから、捜査に乗り出すべきだ。

「もう一つ、二係捜査で大事なことがある。分かるか」

「切り違え尋問ですか」

一般的な例として、共犯者はすべて自供した、これ以上黙っていても有罪なんだから、少しでも罪を軽くしたければ自供した方がいい……と実際は共犯者はなにも言っていないのにそう言って落とす捜査方法だ。

こうした手法は裁判で自供を覆される危険が多々あるし、裁判官からも問題視される。だが信楽は、九月の女性殺害犯に対しても殺していることはすでに摑んでいる、殺人での起訴は確実だ、このまま否認を続ければ裁判での心証が悪くなるぞと、話さなければ死刑になるといった言い方で自供に持ち込んだ。

「よく分かってるじゃないか」

正解だった。だが信楽は「森内が考えているのとはやや違うけどな」と言った。

「どう違うんですか」

「俺は必ず遺体を出す、そう言えば分かるだろ」

遺棄場所を発見して、その遺体を殺害した証拠にする。それくらいは分かる。だがそうならなかった時のことを心配しているのだ。

「出なかった時はどうするんですか」

「俺たちが容疑者にぶつける時は、絶対に落とせると確信した時だ。調べました。でも犯人かどうかは分かりませんでしたでは済まない」

「済まないって、そんなことを言われたら」

百パーセント確信が持てる事件などあるのか。証拠もないのに。

「部屋長はなにを根拠に大崎や澤に当たる覚悟を決めるんですか」

「端緒だよ」

「はぁ?」

「そのために端緒を集めてるんだよ」

口癖を言っただけだった。家出か事故なのかもわからないまま、少女が失踪《しっそう》して十五年の歳月が経過した。その間、なにも見つけ出せていないというのに。

「森内が言っていることも正しいよ」

「えっ」

「結局は一つ一つ、つぶしていくしか方法はないってことだよ」

沈黙の風が二人の間を駆け抜けていくようだった。だが認められたといってもその風に各段暖かみは感じない。

「森内も気になることがあったら、一人で動いていいから自分で調べてみろ。前にも言ったが必ず俺に報告しろよ」

以前と同じことを言って信楽は引き揚げていった。

顔を上げると、壁の時計が退庁時間である六時になっていた。

自分で調べろ、そう言われたものだから、その後も残って残業した。

この日尾谷組で聞いたことはすべてクラウドに打ち込んだ。

続いて大崎、澤の共通の交友関係について調べていく。

何人かが引っかかった。現役の組員だったり、暴走族関係だったり……しかし十五年前の七月二十二日、清里千尋の姿が消えた日とは直結しない。

苦戦していると、ようやく引っかかる人間が一人現れた。

六年前、澤が女性を無理やりホテルに連れ込んで逮捕された時、裁判で「女性は飲み屋で澤にしなだれかかっていた」「女性もその気になっていた」など被害者女性に不利になる証言をした男がいた。その男が大崎の交友関係にも出てきていたのを思い出したのだ。ただし大崎とは中学も高校も別で、グループにも入っていない。自宅も神奈川県大和《やまと》市だった。

一方でミュージシャンの桧山努に関してもシロだと決め切れないでいた。

彼が中央新聞の藤瀬に話したことは果たして事実なのか。

消息不明が証明できないのは大崎より桧山の方だ。交通事故に遭ったのは事実だとしても、それをうまく隠れ蓑《みの》にしていることも考えられる。

清里千尋の母親も気になった。

母親は本当に心当たりがなかったのか。仕事のない日は男のために借りたアパートで過ごし、実家は千尋の悪い仲間のたまり場となっていたが、娘と顔を合わせていたらなにかしらの変化は感じていただろう。

想像だけではなにも端緒は摑めないと、水谷早苗巡査が香田に託したという捜査記録に目を通した。

何度読んでもこのノートには圧倒される。ここまで根気よく、それも普段の仕事とは別に、休日を使って調べるとは。これだけ調べても少女が発見されなければ、期待より絶望感に打ちひしがれて、普通は諦めてしまうだろうに。

記録には管理売春の元締めだと清里千尋を避けていた同級生もいれば、援助交際はするなと煩《うるさ》かったと証言した仲間もいる。男に絡まれていたところを助けてくれたと感謝している生徒もいた。《「あいつらまた来た。しつこいから変質者だって大声で叫んだら逃げていった」と話していた》《相手にせずにヤツら追い返したとか言ってた》ナンパされた話や男にしつこく口説かれたことも書かれていたから、千尋が地元で有名な美少女だったのは間違いない。

刮目《かつもく》して読み込んでいると、背後から名前を呼ばれた。

「森内くん、まだ残っているのか」

わずかに残っている一課の人間ではなかった。

東村山署の香田繁樹刑事課長だった。

「それ、水谷くんがつけていた捜査記録のコピーだな」

「あっ、はい。その節はありがとうございました」

海老名の病院で、彼の岳父である菊池和雄元警視に会わせてもらって以来だ。

「どうした、浮かない顔をして。部屋長は澤についても糸口を探ってるんだろ」

「そうなんですが……」

澤大貴のことを菊池氏から聞いてくれたのは香田だ。だがその糸口が問題なのだ。澤を直接取調べしたからといって落とせる証拠がない、

「ははぁ、きみも信楽病に掛かっているんだな」

まんまるとした香田の顔がいっそう緩んで見えた。

「なんですか、それは」

訊《き》いたのに香田は質問の答えとは違うことを言う。

「そうして悩むか悩まないかも、のちに大事になっていくんだ。悩むなら大いに思い煩った方がいい刑事になる、けっして胸が張れる部屋長の相棒ではなかったけど、かくいう私もその病から長く抜け出せなかったから」

香田はすべてお見通しであるかのような笑みを浮かべた。

「二係捜査の先輩として相談事に乗ってあげるよ。その様子だと飯も食ってないんじゃないか。私は酒は弱いから飯だけでもいいかな。きみは飲んでもいいから。そうと決まったら、さぁ行こう」

洸が返事をする前に、香田は体の向きを変えた。

22

香田がタクシーで森内を連れていったのは警視庁時代によく通った虎《とら》ノ門《もん》にある一見喫茶店風のレストランだった。

信楽からは定時で帰れと言われていたが、もう少し資料を調べたいと言って残業した時に香田がよく寄った、老夫婦二人で、夜十時くらいまでやっているレストランだった。必ず端緒が見つけてやる——あの頃は意地になって捜査資料を読み続けた。捜査一課の殺人係から回された二係捜査で、何年も事件が解決できない焦りもあった。

だがこの捜査に焦りは禁物だ。それは警察の捜査のすべてに言える。

香田がいた時に唯一解決した事件、ゴミ屋敷の女性にしたって、先に香田が資料に目を通していた。だが赤坂で夜の仕事をしていたことまでは見ていたのに、同じクラブとは考えずに調べ切れなかった。スナックを含めたら赤坂に酒を出す店は百軒以上。まさかゴミ屋敷に住む女性が、かつて高級クラブに在籍していたとは思いもしなかった。

「さぁ、何でも好きなものを食べてくれ。ここはハンバーグでも生姜《しょうが》焼きでもカキフライでもなんでもうまい。しかも都心の真ん中とは思えないくらい値段も良心的だ」

メニューを渡す。

「私のおすすめはカレーだけどな。ママ、私はシーフードカレーで」

香田が注文すると、森内も「僕も同じもので」と続く。

「うちのカレーには辛さのランクがあるのよ。香田さんは激辛だけど、最初からあまり辛いのはおすすめできないわね」

貴婦人のような品のある喋《しゃべ》り方でママが言うと、森内は「あまり辛いのは苦手なので普通ので」と答えた。海老名の病院で会った時とは別人と思えるほど元気がない。これは相当重症だ。

「しかし、きみは熱心だな」

おしぼりで手を拭《ふ》きながら切り出す。熱心に資料を見ていたのは背後からでも確認できた。

「たまたま今日は残っていただけなので」

「なにか気になることでもあったのか」

「いえ、とくには」

そこでママがカレーを運んできたので、会話を中断する。

「香田さんはおこちゃまだから甘口よね。若い人にはたっぷり辛くしといたから」

「えっ、逆です」

森内は慌てて言うが、ママはすまし顔で引き揚げていく。

「あのママは冗談が好きなんだ。そっちは辛くないから大丈夫だよ。うまいぞ、ここのカレーは絶品だから」

カレーはソースとライスが別皿になっていて、ライスにはレーズンが載っている。思い出すのは子供の頃、サラリーマンだった父が贅沢《ぜいたく》しようと食べに連れていってくれた上等なカレーだ。香田がしたように、森内もソースポットから全部をライスにかけた。

「前にも話したろ。私も部屋長のもとに来た時、今時、こんな自供頼みの捜査が通用するのかと、きみみたいにしょっちゅう部屋長に反発していたって。今のようにデータベース化されてなくて、捜索願を一枚ずつめくる地味な作業だったから、なおさらストレスになった。昼休みに二時間くらいここでさぼったこともある」

「僕はなにも反発しているわけでは」と言ってから、「二時間もですか」と目を開いて聞き直してくる。

「反発と言いたいところだけど一時間を過ぎるとだんだん部屋長に怒られるんじゃないかとソワソワし始めて、一時間半を過ぎたあたりには店を出て駆け足で戻った」

「部屋長から嫌味を言われたんじゃないですか」

「それがなにも言わなかったな」

「本当ですか」

「それどころか、すっきりしたかと言われたよ。こっちもあからさまに態度で示していたから、バレてるのは当然なんだけど」

そう言ってカレーをすくった。辛い。慌てて水を飲む。「久々だと激辛は応《こた》える」水だけでは収まらず噎《む》せてしまったが、その間も森内は心ここにあらずだった。

香田もこんな感じだった。周りから信楽を称《たた》える話を聞いても受け入れられなかった。

信楽の能力は、そばで仕事をしていれば分かる。粘りがあり、慎重だ。これほどまでに忍耐力が求められる捜査、短気揃いの刑事には到底真似できない。だが信楽のすごさを知っても、刑事の誇りを感じるのには時間がかかる。

「きみはたいしたもんじゃないか。来てそうそう一つ解決したわけですから」

九月に解決した殺人死体遺棄事件を出す。

「前にも言われましたが、あの事件はすべて部屋長がやったことです」

当然だ。来たばかりの刑事が解決できるような容易《たやす》い事件は二係捜査にはない。経験が物を言う、ビギナーズラックはありえない捜査だ。

「それでも一課内の居心地の良さが違うだろ。私なんか四年もいて解決したのは一つだけだったからな。長いこと肩身が狭い思いをしたよ」

「それは仕方がないんじゃないですか」

自分も居心地はよくないといった不快さを詰め込んだ顔をしていた。こうした意志がしっかりした若者を信楽は嫌いじゃない。むしろなんでもいうことを聞く人間を信頼しない。俺が解決してやるとの意気込みがある刑事であればあるほど、不満が出るのは当然だよ。そうしたパワーを借りないことには難解な二係捜査は解決できない――昇任試験に合格して警部として信楽のもとを離れる時に、信楽からそう言われた。

「昔は二係捜査だけは別庁舎にあったこともあったんだよ。私が来る前の話だけど」

その頃は「殺2」とも呼ばれていて、別庁舎で内定捜査をして、事件が弾《はじ》けると、捜査本部が立つ署に移った。信楽がこの捜査を始めた頃の話で、捜査員も多数いた。そこから一人減り、また一人と減っていき、香田の頃からは信楽ともう一人という二人体制になった。

森内はひたすらカレーを食べていた。よほど腹が減っていたのかまもなく食べ終えそうだ。これなら気を利かして大盛にしてあげれば良かった。

「だけど、その後はいろいろな部署をたらい回しにされてるよな。『殺人二係』から『特別捜査係』、二〇〇九年に未解決事件を捜査する『特命捜査対策室』を設置された時には一時、そこにも入れられた。そして今は『捜査一課強行犯係』の別枠だから」

「はぁ」

「各課に予算があるから、一課内で邪魔者扱いされて、あっちこっちの係に押しつけられるわけだ」

香田の会話を戸惑いながら聞いていた森内だが、食べ終わって紙ナプキンで口を拭いていた時には少々むくれていた。邪魔者扱いされるという言葉が引っかかったのか。そんな部署にいたくない、いっそう早く抜け出したいと思っているのだろう。

食べ終えたタイミングで、そばに座っていたサラリーマン客が席を立って会計をした。そろそろいいだろうと本題に移すことにした。ここまで話を逸《そ》らしたのはいきなり話すのはどこか説教じみていて、自分らしくないと思ったからだ。それ以前にこれから話すことはけっして胸を張って話せる内容ではない。

ママを呼んで皿を下げてもらい、食後のアイスコーヒーが出てきたところで、森内の顔を観察した。ストローを吸うと彼の締まった頰がさらにこけた。刑事らしいいい顔をしている。

「森内くん、大久保清《おおくぼきよし》事件って知っているか」

急に話を変えたことに彼はストローから口を離し、「名前くらいは」と答えた。

昭和の時代、連続殺人鬼と呼ばれた男の殺害事件だ。本にもなっているし、有名なお笑い芸人によってドラマにもなっているので刑事を志す者なら概要は知っている。だがほとんどの刑事は大切な部分を知らない。

「大久保清事件を解決したのは誰だか知っているか」

「警察じゃないんですか。確か群馬の事件でしたよね」

さすが信楽が認めた刑事だけあり、古い話なのによく知っている。だが知っているのはおおよそここまでだ。

「逮捕したのは群馬県警だよ。自供させたのは一人の刑事だ。その刑事が、虚言癖があり供述が二転三転する大久保と向き合い、最終的に自供に追い詰めた。だが逮捕に結びつけたのは警察の力ではない。むしろ警察は捜査に協力的ではなかった。警察の怠慢さが事件を大きくしたんだよ」

なぜこんな話をされるのか分からないと言った表情で、森内は見つめてきた。

一九七一年（昭和四十六年）の三月末から五月上旬までの一ヵ月半の間に八人の女性が相次いで行方不明になった。

その事件は八人目の被害者が出た二日後、大久保清という三十六歳の男の身柄を確保、わいせつ目的誘拐罪で逮捕されたのち、群馬県の榛名湖《はるな》畔で最初に行方不明になった十七歳の高校生の遺体が公園管理人に発見され、ようやく殺人死体遺棄事件として捜査が開始された。

だがおよそ一ヵ月半の間に県内で八人もの女性の行方が分からなくなっていたというのに、最初に捜査したのは警察ではなかった。

七人目の被害者である二十一歳の事務員女性の兄が、絵のモデルに誘われたと出かけたきり帰ってこなかった妹が気になり捜しに出た。自宅近くの信用金庫に停めてあった妹の自転車を見張っていると、そこに白いクーペが現れ、降りてきた男が自転車の指紋を消し始めた。怪しんだ兄は声を掛けたが、男は慌てて車に乗り逃走した。

車のナンバーを控えた兄はその車の販売店に行き、ナンバーから大久保清を割り出した。

兄はその旨を警察に連絡。警察は捜査を開始したが、同時に兄は友人たちおよそ百五十人と民間捜索隊を結成。その民間捜索隊が前橋市内で白いクーペを発見、カーチェイスの末に大久保を取り押さえ、身柄を警察に引き渡した。

兄はなぜ民間捜索隊を結成し、捜査を警察に託さなかったのか。それは指紋を消す男を見かける前に警察に「妹が帰ってこない、心配なので捜してもらえないか」と相談したのに、当直員は単なる家出と判断、ボウリング場や神社などを二時間捜索しただけで、事件として取り合ってくれなかったからだ。

他の行方不明女性の家族、友人もまたそれぞれの近くの警察署に相談していた。それなのにどの警察官も「彼氏の家にでも泊まっているんじゃないの？」「二、三日したらケロッとした顔で戻ってくるよ」とせいぜい家出人届を作る程度の対応で済ませた。

警察が通常の捜査をしていれば、大久保の名前はすぐに割り出せた。

なにせ大久保はその短い期間におよそ百五十人の女性に声をかけ、三十五人を車に乗せ、そのうち十数人と肉体関係を重ねていたのだ。

白いクーペに乗り、服装はベレー帽にロシアの民族衣装であるルパシカというシャツ、同じ偽名を使って画家や美術教師だと装っていた大久保は、女性たちの間では有名人だった。大久保には婦女暴行の前科があり、一人目の少女を殺害したのは、仮釈放から一カ月も経っていなかった。

警察がもっと早く事件化して、捜査態勢を敷いていれば、八人の少女のうち何人かは死なずに済んだかもしれない。

つまり大久保清事件とは、警察の怠慢が事件解決を遅らせ、八人もの女性の命を奪った、日本警察の恥部と言える事件なのである。

かつて調べた記憶を手繰り寄せながら事件の概要を話した香田は、そこで息をつき、水を飲んだ。

大昔の話でありながら、この話をするといつも胸が苦しくなる。

事件を捜査するのが警察だ。だからといって事件化されていない事案は見逃しても構わないのか。

「事件化されなかったのは、遺体が発見されなかったからですか」

真剣な眼差《まなざ》しで聞いていた森内が声を絞り出した。

「そうだよ、そのことは現在も変わらない」

「それで二係捜査が始まったのですか」

「きみは勘がいいな。警察庁からの指令もあり、全国の警察本部が専門の部署を置いた。遺体が出てこなくても捜査できる捜査員だ」

「今も全国にあるんですか」

香田は沈黙してから首を左右に振った。また苦みが広がる。

「ネット犯罪など新しい事件が増え、捜査方法も様々な科学捜査を導入するなど多様化したことで、どの県警本部でも警察官の数が足りず、そこまで手が回らなくなった。この捜査を今も続けているのは警視庁だけだ。警察は案外、飽きっぽいからな」

「大久保清事件も自転車が関係してたんですね」

「あっ、本当だ」

　大久保清に関しては相当調べたつもりだったが、清里千尋と共通項があるとは今まで気づきもしなかった。

「大久保清が自分の指紋を消しに来たのと違って、町田の事件では町田署の警察官が発見したんだけどな」

　見つけたのは少女がいなくなった二日後、町田署の少年係の捜査員だ。

「指紋は出てこなかったんですよね」

「清里千尋のものだけだったと聞いてるよ」

　署長だった義父から聞いたことだから間違いない。

　大久保清事件は昭和四十六年だから、女性の貞操観念に煩《うるさ》かった時代だ。そんな時代に百五十人もの女性に声をかけた大久保も異常だが、三十代半ばの得体の知れない男に興味を示して車に乗り、肉体関係を結んだ女性たちが多数いて、殺された八人に限定するなら十六歳から二十一歳の若い女性だったことも社会に衝撃を与えた。

　声をかけられてついていくくらい身持ちが悪いから殺されたんだよ——同情より非難する冷たい声に、遺族はずいぶん苦しめられたことだろう。

　いや、冷たいのは世間より警察だ。生きた心地もせずに助けを求めた家族に、事件などではない、ただの男女の問題だと言って看過したのだから。

翻って自分はどうだったか？

元不良少女だった清里千尋のことだから二晩くらい帰ってこなくても心配ない、そんな安易な気持ちが脳を支配していた。

だから水谷早苗に言われても捜査体制を敷かなかった。

警察がもっと早く動いていれば、生きている彼女を発見できた、おまえだって同じじゃないか。非難できる立場ではないぞ……自分の声が何重にも重なり合って心に爪を立てる。

「香田警部はつまり、警察は二度と同じ失態を繰り返さないためにも、二係捜査は必要だと言うんですね」

「もちろんだよ。だけどきみはそのやり方に問題があると思ってるんだよな」

「まぁ……はい」

「だけど無理やりでも口を割らせる以外、他にどんな方法がある？ 状況証拠も目撃者も何一つ揃っていないんだ。今だってどこかで家族が悲しみにくれたまま、発見できない遺体があるんだぞ」

「確かにそうなんですけど」

「最近の世間の関心は科学捜査じゃないか。警察ドラマでもプロファイリングで容疑者を絞っていく姿がカッコよく描かれるだろ。私はいつも思うよ。私たちが捜査しているのは血の通った人間だ。平気で嘘をつき、平気で騙《だま》そうとする。ふざけんな、プロファイリングなんてもので事件が解決できたら、刑事なんて要られねえよって」

知らぬ間に口が悪くなっていた。森内だけでなく、カウンターで伝票を整理していたママさんまでが口を開けて香田を見ていた。

「すまなかった。つい熱くなった」

「いえ」

「部屋長の下で専従した四年間のほとんどを、こんな仕事は無意味じゃないかと疑心暗鬼で過ごした私が、偉そうに言えたものではないよな」

苦笑いを浮かべてから先を続けた。

「警視庁はいろんな部署に移したり、人数を削減したりしながらも、それでも部屋長のような専門の捜査員を置いている。この捜査には警察の威信がかかっていると俺は思っている」

「はい、その通りだと思います」

完全に信楽への不信感が消えたわけではないだろうが、森内はそう答えた。

警察の捜査には、弁護士や人権団体、いや健全な考えを持つ国民が求める理想だけでは済まない、時としてどんな手を使ってでも自供を引き出さなくてはならない事件がある。なぜなら大切な人の命がかかっているから。そのことだけは森内に理解してほしかった。

捜一の刑事としては人が良過ぎると、失格の烙印《らくいん》を押された香田だが、取調室に入った時は、必ず自供させるつもりで容疑者と向き合った。

冤罪《えんざい》は絶対にあってはならない。

だからといって未解決で終わらせていい事件など、この世に一つもない。

23

ここが東京都内なのかと思うほどの物寂しさだった。町田駅の雑踏とはまるで異なる殺風景な景色が広がっている。

祐里は町田駅からタクシーに乗り、同じ中央新聞の社会部記者に調べてもらった住所を言う。ただナビが合っていないのか、指定する場所に目的地がなかったので、歩いて探すことにした。

住宅開発も進んでいて、カーポートつきの同じ屋根の色をした新築の分譲住宅が売り出されていた。前は農地だったようで、一画の両端には農園が残っている。

午後六時を過ぎ、すっかり日は落ちた。歩いていくと街灯が自分の影を引き延ばしていくが、次の街灯まで距離があるため、やがて影は闇と混じる。さっき男性が自転車で通り過ぎただけで人気はない。だんだんと心細くなってきた。

「ローザ」というスナックは車を降りた場所にあった家のちょうど裏、隣の通りにあった。こうしたミスがあるからナビは信用ならない。

木のドアを開ける。カウベルが鳴ったが、客は誰もいなかった。

奥の席でスマホを眺めていた髪を茶色に染めた中年女性が怪訝《けげん》な目を向けた。五十歳を超えていそうだ。化粧はしているが、髪は傷んでいて、目つきが悪い。

「うちは募集してないけど」

顔を一瞥《いちべつ》しただけでスマホに視線を戻す。

黒のトートバッグを持ち、パンツスーツ姿の祐里は、アルバイトに応募に来た女性には見えないはずだ。わざと嫌な言い方をしたように感じた。

「中央新聞の藤瀬と言います。十五年前に行方不明になった娘さんのことでお話を聞きにきました」

娘の名前を出したのに母親の清里真由美《まゆみ》は見向きもしなかった。

「刑事が久々にやってきたと思ったら、今度は新聞記者なの。なんなのよ。千尋がいなくなった時は全然協力してくれなかったのに」

「刑事が来たんですか。それって年配の刑事ですか」

「あんたくらいの若い刑事よ。昼間来たけど、とっとと帰ったわよ」

「一人ですか」

「そうよ」

祐里と同年齢なら森内か。清里真由美が意地悪な態度を取る理由が分かった。森内が当時のことを根掘り葉掘り聞いたからだ。

「あんたも二人組がどうかとか聞きたいの？　知らないわよ、そんな昔の話を持ち出されても」

「刑事は二人組って言ったんですか」

清里真由美は余計なことを口走ってしまったと思ったのか顔を歪《ゆが》めた。信楽たちは一人で清里千尋を拉致《らち》することは不可能だと思った。そう考えるのが常識的かもしれない。

「十五年前の千尋さんがいなくなった時、お母さまは警察に協力的ではなかったと聞きましたが」

「あん？」

鼻白んで祐里を睨《にら》みつけてきた。頬の肉付きがいいため、似ているとは思えなかったが、大きな目や、鼻梁《びりょう》から唇のあたりは写真で見た清里千尋と重なる。

「あんた、客だったらなにか飲んでよ。こっちはもう営業時間なんだから」

そう言って立ち上がる。スナックには二次会の流れくらいでしか来たことがない祐里は「なにがあるんですか」と尋ねる。

「ビールでもウイスキーでも焼酎《しょうちゅう》でもなんでもあるわよ」

「じゃあ生ビールで」

「瓶しかないけど」

「瓶ビールでいいです」

自分から勧めておいて清里真由美はかったるそうに立ち上がった。

母親が公開捜査に非協力的だったことは、祐里とは別の社会部記者が調べてくれた。当時、少年係にいた捜査員が最近、町田署に戻っていた。その捜査員が当時の話をしてくれ、記者は捜査記録も見せてもらった。普通はなかなか読ませてもらえないから、その記者は相当粘り強く交渉したのだろう。

その女性記者によると、千尋の父親は、真由美とは二十歳ほど離れた会社経営者だったが、千尋が三歳の時に離婚、真由美が引き取った。幼い頃には養育費は払われていたが、父親が事業に失敗、小学高学年になってからは一切の援助はなくなった。

それでも千尋が不自由なく生活できたのは銀座《ぎんざ》でのホステス経験のある清里真由美がスナックを開き、近所の男性客で店がそれなりに賑《にぎ》わっていたから。

ランチ営業をしていた時期があり、中学生になってからは、春や夏の長期休みは千尋も店を手伝って、その頃から大人びた美少女だと客から大人気だったとか。テレビに子役で出たのはその少し前、千尋が小学六年生の時だ。

家の手伝いをするなど良好だった母娘《おやこ》関係に、千尋が中一の秋に変化が訪れる。清里真由美と男女の関係になった客の男が、店の営業中に千尋の部屋に侵入、背後から襲った。千尋は抵抗してガラス製の灰皿で男の頭を殴った。男は頭部から大量出血し、大騒ぎになった。

娘が被害者となる事件があったにもかかわらず、母親は男と別れず、千尋を置いてアパートで生活し始めたのが、千尋がグレた原因だ。水谷早苗という熱心な巡査のおかげで千尋は高三の夏前に心を改め、休みがちだった高校にも通い出し、専門学校への進学を望むようになった。真由美は学費がかかるからと進学を快く思っていなかったが、千尋は夏休みにアルバイトをすると決め、働きながら学校に通うことも考えていたようだ。

行方不明になった夜に泊まりに行く予定だった友人も、中学を出てから美容室のバイトをしながら美容学校に通っていて、そうした相談をするための外泊だった。そこまで事情を知ったからこそ、水谷巡査は千尋が友人との約束を破るはずがないと言い張ったのだろう。

目の前にビール瓶がドンと置かれた。手酌して、口をつける。寒空の中を歩いてきたので体は冷え、美味《おい》しいとも感じない。

「で、なにを訊《き》きたいのよ」

「千尋さんから誰かにつけ回されていたとか、そうした話を聞いてなかったかと思いまして」

「やっぱり二人組のことじゃないか？」

「二人組なんですか」

「知らないね」

にべもなく答えた清里真由美は、電子タバコを出し、横を向いて蒸気を出した。

「千尋さん、不良男子からも人気があったそうですね。いろいろ怖い目にもあったんじゃないですか」

「新聞記者さんになるような優秀なお嬢さんとは違うよ。男の一人や二人なら、ビンタをブチかまして追い払ってたよ」

「それでも女性は、男性が本気になってかかってきたら抵抗できません。もう一度、お聞きしますが、お母さんはどうして警察に協力的じゃなかったんですか」

「別に協力しなかったわけじゃないわよ。あの子は昔から朝帰りなんてしょっちゅうだった。男のもとに行った、それなのに大袈裟《おおげさ》に騒いだらあの子だって恥ずかしいだろ。あの子を思って騒々しくしないでくれって言ったんだよ」

「一週間ですよ。そんなに長い間、連絡がないなんて考えられますか」

「前は二週間だったよ。一週間なんて短いくらいさ。だいたい千尋はこのへんじゃ有名な女番長だったんだよ」

女番長、わざと古い言い方をして娘を卑下する。

「そうなったのは母さんが付き合っていた男に暴行されたからって聞きましたけど」

「違うよ。うちの人に懐かないから、彼がいろいろ千尋の心を開かせようと努力したんだよ」

「心を開かせるのに襲ったりしませんけど」

「だから違うのさ。あの日だって千尋にご飯を作ってあげたんだよ。そしたら千尋はいらないと言った。あの人が学校でなにかあったのかと聞いたら、あの子は怒って自分の部屋に入った。心配になって追いかけたら、あの子が『出ていかないと大声だすよ』と言って、本当に叫び出した。慌てたあの人が止めようとしたら、『やらしいことすんじゃねえ』と自分の灰皿でガツンだから。その灰皿だってどっかの男にもらったガラス製の重たいヤツだよ」

「千尋さんは喫煙してたんですか」

「元からそういう子だと言ったろ。中学に入ってすぐ吸い始めたよ」

そうだとしても自宅での喫煙を許した母親にも問題がある。

「心配して追いかけたという今の話、本当なんですか」

とても信じられない。多感な少女の部屋に入った段階でアウトだ。

「娘をレイプするような男だったらあたしだっていまだに一緒にいないわよ。千尋だってやり過ぎたと思ったから、警察になにも言わなかったんだし」

想像していた話とは違った。それなら千尋はなぜ水谷にその話をしなかったのか。恥ずかしくて言えなかったのか。寂しかったのは間違いない。母娘二人で過ごしてきた家に新しい男が入ってきた。それが母の恋人なのだから。

「それが事実だったとしても千尋さん、お母さんに少しでも自分の味方をしてほしかったんじゃないですか。お母さんが彼氏さんを庇《かば》って、それで余計に孤独に苛《さいな》まれて、悪い仲間と付き合うようになったのではないでしょうか」

「なによ、あんた、全部あたしのせいだと言うのかい」

「そうとは思っていません。だって千尋さん、お母さんのことを心の底から嫌いになっていない、むしろ好きだったと思うし」

電子タバコを吸おうとしていた手が一瞬、止まった。

再び吸い込むが、口を離した時にはフンと鼻を鳴らし、「あんた、千尋の顔も見たことないくせに、よくあたしを好きだったとか想像だけで物が言えるね。小説家になった方が良かったんじゃないの」と薄笑いを浮かべた。

「好きじゃなかったら、お母さんの自転車に乗らないと思います」

千尋が乗っていた自転車は、この清里真由美が千尋の幼少時代、保育園の送り迎えなどに使っていて、以後、軒下に放置していたものらしい。

「私も高校は自転車通学でしたけど、その年頃の女子ってやっぱり可愛いのに乗りたいんですよ。別に自転車なんて高いものじゃないし、ファストフードで数日バイトすれば買えます。だけど千尋さんはお母さんが使っていた古い自転車に乗ってたんですよね」

それまでの黒とゴールドに塗装した原付バイクから変わったものだから、後輩からも「先輩、なにダサいママチャリに乗ってるんすか」と笑われたとか。水谷早苗だけは「レトロでカッコいい」と褒めた。千尋が専門学校進学のためにお金を貯めようとしていることも知っていたから、水谷なりの心配りだろう。

「私は結婚もしていないし、子供も産んでないから分からないですけど、シングルマザーが子を育てるのって大変だと思うんです。それとこの女、きれいごと並べてると思われるのも嫌だから先に言っときますけど、シングルマザーの母親に恋人を作る権利も当然ありだと思います」

「だからなによ」

「彼氏と千尋さんがそこまで険悪な関係だと、千尋さんがいなくなってお母さんはホッとされましたか」

「ちょっとあんた、新聞記者だからって好き勝手言っていいものじゃないわよ。娘がいなくなって喜ぶ母親なんているわけないだろ」

　真由美は勢いよく立ち上がった。

「そうですよね。お母さんだって悲しんでいる。今、千尋さんはどうしているんだろう。元気で暮らしていてほしい、幸せになっていてほしい、ふとそう考える時はある、私はそう思っています」

　祐里がそこまで言い切ると、真由美は再び椅子に腰を下ろした。だが顔はそっぽを向いている。

「もしお母さんが後々になって、あの時、警察に協力しておけば良かった。伝え忘れたことがあると思い出したら、名刺置いていきますので連絡をくれませんか。私も千尋さんとは同世代なので」

　生きていれば三十二歳、祐里より二歳下だ。

　そう話したところで、清里真由美が心を開いたわけではなかった。さっきまでのタバコを消して、次のタバコを出す。今日のところはこれ以上無理だろう。協力が得られる感触はない。

バッグからミニ財布を出し二つ折りにした千円札を出そうとした。スナックだからビール一本でも三千円はするだろうか。繁華街ではなく住宅地の店だからもう少し安いか。

「いくらですか」

「要らないよ。あんた一口しか飲んでないじゃない」

「それでも開けましたから」

千円だけでも置いていくつもりだった。

「要らないって言ってんだよ。さっさと帰ってくれよ。そろそろ客が来る時間なんだよ」

立って叫んだ時よりもエキセントリックになった。

「じゃあ、ごちそうになります。失礼します」

荷物を持って退散することにした。


店を出た途端、落ち葉が乱れ舞っていた。吹き曝《さら》す寒風に体をなぶられる。バッグからマフラーを出し、首に巻いた。

今、千尋はどこにいるのか。おそらく生きていないだろう。それでも冷たい土の中に埋められているのなら、早く救い出してあげたい。千尋のことを心配していた水谷も癌で早世した。今のままでは水谷と千尋は天国で再会できていない気がする。

凍える手でスマホを出した。気になったのは留守にしている警視庁だが、電話もＬＩ

ＮＥもないということは、中野と小幡もとくに連絡事項はないのだろう。

町田署まで行って調べてくれた女性記者に電話をすることにした。
七、八十人いる社会部では話したこともない、調査報道班にいるその記者は、調べたことのすべてをパソコンに打ち込んで、ワードの横書きで五枚にも及ぶ量を送信してくれた。
誤字脱字は一切なく、理路整然と、時系列通りに綴《つづ》られていた。さすが蛯原社会部長が選んでくれた記者だ。同じことをずぼらな中野や小幡に頼んだら、箇条書きで数行程度。断られたらすぐに諦《あきら》めるから、町田署で当時の捜査記録を見せてもらうこともなかっただろう。

その女性記者はすぐに出た。

「あっ、警視庁担当の藤瀬です、今回はいろいろありがとうございました。おかげさまで、今、母親と会って話が聞けたところです。いろいろ有意義な情報を聞くことができました」

成果はなにもなかったと平気で口にする記者もいるが、そう言われると手伝った記者はどっと疲れが出る。取材なんて九十九パーセントは無駄に終わる。それでも取材をしている時は、これは有効な情報かもしれないと胸を昂《たかぶ》らせてメモに書き取る。

「ここまで詳しく調べてくれるとは思わなかったです。そちらも忙しいのに本当にありがとう」

〈いいえ、でも聞けば聞くほど悲しい話ですね。新聞も二〇〇八年まで調べましたけど、二〇〇三年の公開捜査以降、途中経過は全然出ていませんでした〉

「新聞も見てくれたんだ」

警察も冷たいが、新聞社も同様だ。こんな扱いだから新聞は警察の御用聞きだと揶揄《やゆ》されるのだ。

だが立件されていないし、少女が無事に出てきた時のプライバシーの問題もある。それでも書いて、より広く情報を求めるべきだった。警察より新聞ができる唯一の役目は、情報を広く散らせて、かき集めることなのだから。

〈私もいろいろ藤瀬さんの取材を手伝って、なんとかこの少女を見つけてほしいと思いました。だからヘルプが必要の時はいつでも言ってください〉

向田瑠璃《むかいだるり》という名の記者がそう言ってくれたのが、祐里の暗澹《あんたん》たる心を少しだけ明るく照らしてくれた。

24

朝から強い雨が降っていた。一度はウールのコートを手にして玄関まで出た香田は靴を履き終えて、ドアを開けてから「ごめん、景子」と妻を呼んだ。

「なに」

台所から顔を出す。手にメイク道具を持っていた。

狭い官舎には妻の鏡台を置く部屋はない。普段はファンデーションを塗るくらいの景子だが、今朝はバニティーケースを食卓に置いて化粧をしていた。

「申し訳ないが、雨が強いのでナイロンのコートを持ってきてもらいたいんだよ、靴を履いちゃったんで」

紐《ひも》を解《ほど》いて脱げばいいだけだが、選んだ靴はくるぶしまであって脱ぎ履きがしにくいため、横着してしまった。

「はいはい」

フェイスブラシを持ったまま寝室にいき、クローゼットから黒のトレンチコートを持ってきてくれた。

「こんな雨なのに出掛けるのか」

受け取ってから景子に言う。

「そうなのよ、さっきお父さんから電話があって」

「それだったら俺が行ったのに。電話ではなにも言ってなかったぞ」

昨夜、珍しく義父から電話がかかってきた。用件があったわけではなく、「どうだ」と捜査状況を尋ねてきた。

まだ未着手だとは言い難く、「信楽さんに聞いてみます」と電話を切った。

信楽にすぐかけたが、まだ澤にも大崎にも当たっていないという返答だった。本音はこんなにのんびりしていて大丈夫なのかと思った。義父が教えてくれた澤の逮捕から一週間が過ぎた。静岡刑務所に服役している大崎も来春には刑期を終える。

それでも二係捜査の難しさを知っている香田は、「すみません、部屋長、急《せ》かして」と謝った。

時間のなさを感じているのは信楽も同じだ。だが急いだところで自供を引き出せなければ無意味に終わる。大崎の判決は懲役三年だった、澤も実刑になったところで三年から五年程度だろう。それが殺人となれば、このケースなら最低でも無期懲役が言い渡される。ヤツらは死に物狂いで否認、黙秘するはずだ。

「あなたに言ったってどうしようもないことだからよ。家に行って、持ってきてほしい物があると頼まれたんだもの」

景子は顔をしかめた。

「家じゃ俺にはどうしようもないな」

海老名市内に建てた家は義父が入院して以降、景子が何度か、風通しと掃除に行った。ぎっくり腰になってからはそのままだ。

「ねえ、もうあの家、不動産会社に相談した方がいいんじゃないかしら」

「相談って売るってことか。そんなことしたらお義父《とう》さん、帰る家がなくなっちゃうじゃないか」

「帰るつもりなんてないわよ。病院が終《つい》の棲家《すみか》だって私にも言ってたから」

景子が冷たいわけではない。病院にいた方がお父さんに何かあった時に会いに来られる、拒む義父を説得したのは景子だった。

「それに固定資産税だって安くはないし」

海老名駅から徒歩圏内で、近くに大型のショッピングセンターがある立地のため、神奈川の県北部としては地代が高い。

「税金もお義父さんのお金から引かれるんじゃないか」

「そうなんだけど、もったいないじゃない」

一人娘なので相続するのは景子だ。なにも景子は自分がもらう遺産が少なくなると心配しているのではない。家の掃除もしていないし、庭木の手入れもせずに放っているので、時間が経てば経つほど資産価値は下がる。公務員の給与で、三人の子供にスポーツや習い事をさせ、長女の理沙に私立を単願で受験させることができたのも、倹約家の景子がうまくやりくりしているおかげだ。

そこでいつも窓の外を眺める義父の哀愁のこもった横顔が、脳裏をかすめた。

「もう少し今のままにしておいてあげようよ。あの家はお義母《かあ》さんとの思い出も詰まっているし、それにお金なら俺がなんとかするから」

景子は専業主婦なので香田家の財布は一つだ。ただ数年前に福島の両親が他界し、数百万円ずつ三人の兄弟で分けた。景子が「あなたのご両親が残してくれたお金なんだから、あなたが持ってなさいよ」と言ってくれたので、郵便局で定期にした。

「あなたならそう言うと思ったわ。じゃあ、このままにしておきましょう。大丈夫よ、税金も父の口座から引き落とされるだけだし」

「暖かくなったら庭の手入れも植木屋さんに頼もう」

「そうね」

香田の義父への尋常でない憧憬《しょうけい》を知っている景子は、呆《あき》れを笑みに混ぜた。

いくら尊敬したところで、血の通った家族に敵《かな》わないことが分かっている香田は、「今晩は弁当とかでいいから、ゆっくりしてこいよ」と伝えた。家に行って探し物をしてから病院に届けるとしたら相当な時間がかかる。

義父にしたって二ヵ月ぶりに娘と会うのだ。腹蔵ない景子に、ぶすっとした顔をしてたら体だって悪くなるよと叱責《しっせき》され、香田の前では被《かぶ》りっぱなしの鉄仮面を脱ぐかもしれない。

トレンチコートを羽織って外に出た。

傘を差すと大粒の雨を弾《はじ》く音が耳に響く。靴が濡《ぬ》れないよう水たまりを避けて歩いた。信楽にはなんとか自供を引き出してほしい。だが二係捜査の解決に待ち受けているのは悲しい末路である。

これだけの雨だ。清里千尋が殺されて埋められているのなら、その場所にも水たまりは浮いているはずだ。

それは雨による水分だけではない。

少女の涙も幾分混じっていると思っている。

25

いつもの飲み屋に黒シャツはいた。

夜七時五十分だから酒飲みタイムはすでに終盤にさしかかっている。

本当はもっと早く来るつもりだった。

それが記者クラブのブースを出ようとしていた時に、総勢十人余の警視庁担当を統括する警視庁キャップの辻本《つじもと》に呼び止められた。

——藤瀬、おまえ、どういうつもりなんだ。勝手なことばかりして。

顔が大きな辻本は、だぶついている頰をさらに膨らませていた。

——勝手って、新しい事件がないか取材しているだけですよ。

——単独で動いてるらしいじゃないか。小幡にも伝えず。

小幡が密告したのだ。二係捜査について取材して、ろくな話を聞けなかったのは彼なのに。

——私が小幡くんに話していないのはまだ事件化されるかどうかわからないからです。三人が一つのことにとられるより、具体化されてから、動いた方が合理的じゃないですか。

——部下をほったらかしてやるのが、仕切りの仕事じゃないだろ。下二人を効率よく動かすのが藤瀬の役目じゃないのか。

辻本が言っていることが正しい。警視庁キャップがすべての警視庁記者を動かすように、その中でも唯一の複数担当である捜査一課担当の仕切りは、下の二人にどこに取材すれば有効かを差配し、伝え聞いた取材内容を辻本にあげるのが役目である。

——辻本さんは捜査本部どころか、刑事が殺人事件とも断定していない、そんな事件の報告を聞いて納得しますか。

ムキになって尋ね返した。昨日は清里千尋の母親に会いに行ったが、それすら母親の協力を得られず、収穫はなかった。

——おまえ、なにを追いかけてるんだ。

——殺しですよ。

——一課は殺人事件だと考えてないんだろ？

——だからって殺されていないとは限らないじゃないですか。抜かれたらおまえらなにやってる。うちの一課担当はだらしないって文句を言われるのは私なんです。気に入らないならクビにしてくれて構わないですから、私が仕切りの間には私の好きにやらせてください。

啖呵《たんか》を切って記者クラブのブースを出てきたのだった。

信楽の隣が空いていたので、そこに座った。

信楽の皺《しわ》が入った渋い目の奥で瞳《ひとみ》が動く。

「遅いじゃないか。この一杯を飲んだら帰るところだよ」

信楽から声をかけてきた。これでも桧山努の取材で貢献したのだ。そのことは夜まで待てず、朝駆けして伝えた。自宅と駅の間にあるコンビニで待ち、信楽は是政駅からJR中央線に乗り換える武蔵境駅まで同行を認めてくれた。

こちらはまだ注文したビールが来ていないのに、信楽がサワーの残り少なくなったグラスに手を伸ばした。信楽より先に、手を出してグラスを押さえる。

「なにをするんだよ」

「私はやけ酒を飲みに来たんです。付き合うつもりで、もう少しゆっくり飲んでくださいよ」

「若い女性がやけ酒なんて行儀がいいとは言えないな」

「やけ酒に男も女も関係ないでしょ。あと歳いってるとかも」

「俺は若いって言ったんだぞ」

「そういう余計なことは言わないでください。いちいち引っかかるんで」

まともに挨拶《あいさつ》を返さないこの刑事に行儀云々《うんぬん》を言われたくはない。

「酒は楽しく飲むもんだぞ」

笑顔一つ見せないくせによく言う。

「私は『中央新聞のおんな酒場放浪記』って呼ばれてるって言ったじゃないですか。やけ酒なんてしょっちゅうですよ」

出てきたビールをすぐに飲み干した祐里は、「レモンサワーを濃いめで」と注文する。

「そんなに急いで飲むな。俺も付き合うから」

信楽ももう一杯注文してくれた。今日は機嫌がよさそうだ。

プライドの高い刑事はなかなか「ありがとう」と言わないが、上から目線で「ご苦労だった」くらいは言う。だが桧山努のことを報告したところで、信楽からは礼もなければねぎらいの言葉もなかった。

サワーを飲み終えたところで「お待たせしました。おかげで気分が少し落ち着きました」と伝える。店に入ってから二十分も経っていない。

前回同様、二人で別々に会計して店を出た。生ビール一杯、濃いめのサワー一杯というのに、駆け込みで飲んだため頭がくらくらする。

信楽はいつもの調子で早歩きで家路に向かう。祐里もついていくが足がもつれた。

「大丈夫か」

普段より穏やかな信楽に心配されるが、余計な気遣いは無用だと「ほっといてください」と手を払うようにして制した。

「で、なんの用だったんだよ。急に来て」

「別に用はないですよ。酒を飲みたきゃ来てもいい、取材を持ち出したら俺は河岸《かし》を変えると言ったのは信楽さんじゃないですか」

「そうだけど」

「自分で言っといて忘れたんですか。若作りしてますけど、もう歳ですね」

酔って頭が回らないせいか自《おの》ずと口が悪くなる。

「残念ながら取材することありませんし、今日は情報なしです。二係捜査というのがこんなに手掛かりのない難《むず》い事件とは思いもしませんでした」

清里千尋の家に行っただけではない。他にも気心の知れた一課の刑事、さらには今は警察庁に出向した元一課の刑事にも取材した。

――高二の女の子の家出なんて掃いて捨てるほどある。新宿、渋谷に行ってみろ。そういう子が新しいコミュニティを作ってる。

――でも十五年も出てきてないんですよ。

――三年より五年、五年より十年、十年より十五年。離れりゃ離れるほど元の場所には戻りにくくなるもんだ。

二人とも殺人事件である可能性は否定しないものの、重く受け止めてはいなかった。

今、警視庁の中で清里千尋を殺人事件の被害者であると考えて追いかけているのは信楽と森内、そしてこの事件を信楽に相談した東村山署の刑事課長だけだ。

自分でもまっすぐ歩いている気がしない。それなのに信楽はすたすた歩いて距離が離れていく。

「信楽さんは女性をいたわる気持ちはないんですか。そんなに速く歩けないですよ」

「ほっといてくれと言ったのはあなたじゃないか。男も女も関係ないと言いながら、面倒くさい人だな」

「面倒くさいと思われて結構です」

そういうことは言われ慣れている。恋人に言われた記憶となると相当、時間を巻き戻さなくてはならないが。

「こっちは早く帰って明日《あした》に備えたいんだよ。明日、いよいよ取調べに入るんだから」

一瞬、夢でも見て聞き間違えたかと思った。だが平衡感覚は失っているが、気を失うほど飲んではない。

「取調べって、大崎ですか」

「それ以外、誰がいるんだよ」

ごまかすことなく信楽は認めた。

「なにか証拠が出てきたんですか」

「端緒が出てきたわけではないけど、共犯の可能性がある男の存在が浮かんだ」

「共犯って誰ですか」

「名前までは言えないけど、結婚詐欺で横浜の山手署に逮捕されたから、調べたらすぐにわかるよ」

メモを出すわけにはいかず、渦を巻いている頭に叩《たた》き込んだ。同時に脳が溶けそうになる。捜査中の話はしないのではなかったのか。

「きょうはえらく親切ですけど、どうしてそこまで教えてくれるんですか。分からないよ、が信楽さんの口癖ではなかったでしたっけ」

「分からないは変わらないよ。その男が共犯と決まったわけじゃない。共犯の可能性があると言ったろ」

「そうでしたね」

「あなたのおかげだ」

「どういうことですか」

桧山のことかと思った。

「清里千尋の母親から電話があったんだよ。清里千尋がいなくなる一週間くらい前の夜、外から、『うちまでついてくんじゃねえよ』って娘が叫ぶ声が聞こえたらしい。なにかと思って外に出たらバイクに乗った二人組だったと」

「二人組ですか」

「ヘルメットを被《かぶ》っていなかったから顔も見えたそうだ。一人はいかにも悪そうなごつい男、たぶんそれが大崎だ。もう一人は結構な男前だった。清里千尋はその男前に向かって『あんたも遠くからご苦労だな』って言ったらしい」

「どうして母親はそのことを警察に伝えなかったんですか？　すぐに連絡していれば容疑者を絞れたのに」

すでに大崎の名前は水谷早苗から出ていたのだ。大崎の行方を追うことはできる。

「母親はその男前が千尋の新しい彼氏だと思ったと話していたよ。うちの娘は面食いだけど男に厳しいから、男がだらしなくて愛想を尽かしたんだろう。男の方には未練があって、悪いのを連れて復活を迫った。前にも似たことがあったって」

「そんな理由ですか」

「俺の考えは違うな。母親は娘が男にまとわりつかれ、その男になにをされようがどうなっても構わないと思ったんだよ」

「そんな……親なのに」

「母娘でも女同士、まして自分の恋人が娘にちょっかいを出した、そんなことを知ったら面白くはないだろう」

「あれは男が千尋ちゃんを心配しただけだと……」

実のところは分からない。性暴力のつもりはなくとも清里真由美は、男が千尋に興味を抱いたのは、感じていたのかもしれない。

「あの時は娘を憎く思ったとしても、時間の経過とともに、娘に悪いことをしたと猛省してたんじゃないか。長く心の中で葛藤《かっとう》していた罪悪感が、一人の記者から、娘さんもお母さんのことが好きだったと言われて目が覚めたんだ。『好きじゃなかったら、お母さんの自転車に乗らない』と言われて」

「それって、まさか」

「あなたが帰った後、母親から森内に電話がかかってきた」

あの冷酷な母親が自分の言葉で心変わりするとは思いもしなかった。

「自分に電話がなかったことが面白くないんだろう」

くすぶっていた胸の中を読み取られた。

「母親を責めないでくれよ。記者には伝えないでくれ、こっちから話すからと、森内に言わせたのは俺だから」

「どうしてですか、ひどい」

「一応、森内の手柄でもあるからな。森内も水谷早苗巡査の日誌から、清里千尋が美容師の免許を取ったら最初にお母さんの髪を切ってあげたいと言ってたと話したんだ」

そうだったのか。森内に続いて祐里にまで同じようなことを言われたから、母親はあんなに熱くなったのかもしれない。

「それと水谷巡査の日記には、七月二十日前後、『あいつら』とか『ヤッら』とか、さらに『あの二人は気持ち悪い』とも書かれてあった。森内はこの三組がすべて同一人物じゃないかとあいつなりに筋読みした」

「二人組のことはお母さんも言ってました。それって森内くんが見つけたんですか」

「森内は交番巡査時代に所轄の先輩から、どんな非道な者だって生身の人間だから、本気でその者のことを考えて向き合えば、必ずどこかで心を開くと教わったらしい。大崎の心を開かせるのは無理でも、母親ならと思ったみたいだ」

それを言ったのは大森署の末次巡査長ではないか。祐里も末次から同じセリフを聞いた。

「それならそうと、もっと早く言ってくださいよ。こっちは町田まで行ったのに成果がなくて落ち込んで……そのこともさっきのやけ酒の理由の一つなんですから」

店に入ってすぐに言ってくれたら辻本との確執など忘れ、イッキに近い飲み方などしなかった。

「店では仕事の話はしないと言ったろ」

それは取材についてだ。信楽から話す分には問題ない。それに店を出て五分近く歩いた。すぐに話してくれてもいい。

文句を言おうとしたが、その時には穏やかに感じた信楽の目は、普段の険のあるものに変わっていた。

「あなたには今回ずいぶん世話になったから、事件が動いたら教えるよ。だけどこれだけは約束してくれ。早まったことは書くなよ」

「早まったとは？」

確認しようとしたが、信楽はその質問には答えなかった。すでにアルコールは体から消えていて、記憶力が冴《さ》えた。

犯行を自供したとしても殺人死体遺棄とは書くな、遺体が出てきても別の人間の骨だったら家族は余計悲しむ――以前そう言われた。

殺害もダメだ、せいぜい事件への関与を仄《ほの》めかした程度だろう、被疑者だって遺体が出なければ殺人事件として立件されないと高を括《くく》っている。嘘はいくらでもつく。

取材は充分だった。最後にもう一度訊《き》いてみたくなった。

「信楽さんは大崎がその共犯者とともに清里千尋を殺してどこかに遺棄したとか思っているのですか」

先に歩き出した信楽は三メートルほど前方を進んでいた。

「分からないよ」

冷たい夜気を切り裂くように、ひょうひょうと歩く背中から聞こえた。

26

翌日には大崎が収容されている静岡刑務所に行った。

昨夜は信楽がどうやって大崎を切り崩すのか、寝床に入ってから様々なパターンをシミュレーションしたせいで、なかなか寝付けなかった。

信楽に気になることがあれば一人で動いていいと言われてから、清里千尋の母親や大崎や澤の古い仲間を当たった。犯罪者の心理として、時間の経過とともに過去にこんなことをやったと放言したくなる。彼らが女子高生を暴行したなどと話していなかったか聞いて回ったが、二人とも事件後は尾谷組に匿われていて表に出てこなかったとあって、当時の仲間を探すことからして困難だった。

調べたことはすべて信楽に報告した。熱心に耳を傾けてはいたが、あまり興味を示した様子はなかった。だが水谷早苗の捜査記録に《あいつら》《ヤツら》、さらに平成二十三年に会ったクラスメートが《声を掛けてきたのは二人じゃないかな。あの二人は気持ち悪いと千尋は言ってたから》と出てきたこと、そのことを母親にぶつけると二人組が家の近くまで来ていたと話したのは大きな収穫だった。また信楽のもとに尾谷組から連絡があり、大崎と澤は尾谷に世話になる前から、兄弟盃《さかずき》を交わしていたという情報も入手した。

洸の説明に、信楽がもう一人関心を持った人物がいた。

それが大崎が十九歳で、恐喝で逮捕された時に一緒に捕まった一級上の先輩で、その先輩の男は七年前、澤大貴が酔った女性をホテルに連れ込んで逮捕された時、被害者女性が不利になる証言をした。元沢達也《もとさわたつや》という土木会社の社長だった。

――先輩ってどこの先輩なんだ。中学か、高校か？　高校なら大崎は一年でやめているよな？

――調べたところ、中学の野球チームで一緒だったようです。

――野球チームって学校が違うのだから中学の野球部ではないよな？

――シニアリーグのチームです。リトルリーグが小学生が対象なのに対し、中学生はシニアリーグでプレーします。その男はケガをして高一で野球をやめていますが、そのチームでは四番を打ち、強豪校に推薦でいくほど将来有望でした。一方の大崎は中学の時に半年間だけそのチームに在籍していますが、生意気だったため、先輩たちから呼び出されて、シメられそうになったことがあるとか。その時、その先輩が大崎を庇《かば》った。そのことを大崎は恩義に感じていて、高校で野球部をやめた先輩と一緒に遊んでいたそうです。カツアゲで大崎と一緒に挙げられてますが、当時を知る人間に聞くと、ヤクザになるほどのワルではなかったという話です。

——澤の悪だくみを知ってて、女もその気だったとか裁判で嘘の証言をしたんだろ。十分ワルだよ。

——はい、ろくな男ではないですね。

——土木会社はどれくらいの規模なんだ。

——自宅から徒歩十分ほどのところに会社があって、従業員は正社員が十人ほど、あとは臨時工で、その中には外国人労働者がいました。

昔からの地主だったのか広い敷地に、母親と元沢の家が二軒建っていた。

大和市も相模原市同様、町田市と隣接している。五年前に父親が死亡してから母親が会長、元沢は社長になった。近所の人の話では、元沢は今でも路上喫煙をして平気で吸い殻を捨て、従業員にしょっちゅう怒鳴り、改造した車でマフラーから轟音《ごうおん》を立て、深夜にぶっ飛ばしていくのが目撃されている。

現時点で共犯の第一候補は澤だが、それだって母親が見た顔の印象と、「遠くからご苦労だな」と言った千尋の声くらいしか端緒はない。電話をもらった翌日、母親に現在の澤の写真を見せたが「覚えていない」だった。

　新幹線とタクシーを使って静岡刑務所に到着した。十分ほど待っていると、アクリル板の向こうに、刑務官に連れられ、細い目で団子鼻の男が肩を揺らしてやってきた。大崎だ。大柄で服役囚とは思えないほどガタイはいい。

　警視庁の刑事だと聞いているはずだが、大崎は信楽、洸の順で一瞥《いちべつ》しただけで、椅子に半身になって座り、わざとらしく鼻の穴をほじくり始めた。

「大崎、久々だな」

　信楽の第一声に洸は虚を突かれた。目を白黒させていたのは大崎の方だ。思い出そうと細い目を眇《すが》めた大崎を、信楽は目を剝《む》いて見返す。

「あんたなんて知らねえけど」

「記憶力が悪いな、顔も悪いけど、頭も悪いんだな」

「俺はあんたなんて見たことねえよ」

「おまえを追いかけてたんだよ。十代の頃からずっと」

「あん？　あんた、警視庁のマル暴だろ」

　信楽のハッタリにも大崎が動揺している様子はなかった。

　その後も信楽は大崎に揺さぶりをかけ続ける。暴排条例が怖くてカタギの若いのを使ってるらしいな、そんなのは篠高を乗っ取ろうとしている人間がやることじゃないだろ、おまえが組長になったら警視庁は総力をあげて篠高つぶしにかかるからな……大崎の顔がやや赤みを帯びた。信楽の思い通りに事が進んでいるのかもしれないが、この程度でボロを出すとは思えなかった。

「残念ながら俺たちはマル暴刑事《デカ》じゃない。清里千尋の事件を追いかけている」

出し抜けに少女の名前を出すと、大崎の目が反応した。すぐさま顔を横に向け「なんだよ、そんな大昔のことかよ。もう何年も聞いてねえから忘れていたよ」と空々しく言う。

「否認はしないんだな。おまえが誘拐して暴行したんだろ」

「そんな女知らねえよ。その子、いなくなっちまったのか？」

けたけたと笑う。遠回りして時間をかけた割に信楽の作戦もさほど効果があったようには思えない。

「おかしいな。おまえがあいつから聞いてきた話と違うよな」

信楽が急に洸の顔を見た。

「そうですね、違いますね」

突然だったが、こういうこともあるだろうと準備をしていた洸はスムーズに合わせる。

「あいつって誰だよ」

仄めかすだけだと思った。信楽の口からはっきりと名前が出る。

「澤が言ったんだよ」

「はぁ？」

信楽はそこで時計を見た。まだ約束の三十分まで半分以上あった。

「おまえ、まずは澤を使って清里千尋の気を引こうとしたんだって。自分じゃ相手にしてもらえないからと澤に頭を下げて。さすがの澤でも町田一の美少女には通じなかった。次に二人で少女のあとをつけた。そしたら清里千尋に見つかって、大声を出されて追い返されたそうじゃないか」

　勝手に物語を作っていく。千尋の母親が目撃した男前が澤でなかった可能性はある。こんなところで切り札を使っていいのか。

「なに言ってんだよ、澤って誰だよ」

「澤大貴だよ。おまえが一緒に尾谷組に世話になった」

「あの澤かよ。あいつともずいぶん会ってねえよ」

「澤は尾谷組の新しいシステムにうまくのっかったらしいな。喧嘩《けんか》ならおまえの方が上だが、おまえより澤の方がはるかに頭脳派だったってことだ」

「なにが頭脳派だよ。あいつなんかスカウトマンしてただけじゃねえか」

「おまえとはしばらく会ってないから喋《しゃべ》ったんじゃないか。一緒に女を強姦《ごうかん》したって」

「言うわけねえだろ。やってねえのに」

「澤とおまえは尾谷に世話になる前に兄弟盃を交わしたんだって。だからそんな話をするわけないってか？　そう思ってるなら甘いな。人というのは時が経てば経つほど昔話をしたくなる。そうした本能には抗《あらが》えねえんだよ。まして澤も今は昔ほどモテずに、女を思い通りに誑《たら》し込めなくなった。あっちこっちで昔話を吹きまくってるぞ」

結婚詐欺で捕まったことを大崎は知らないと見ているのだろう。これも危険な賭《か》けだ。知っていたら大崎に余裕を与える。

「俺が言うわけねえって言ってんのは、そんな女は知らねえからだよ」

「知らないわけないだろ、おまえが付きまとっていたのは有名な話だ」

「付きまとってなんかいねえよ」

「さらって姦《や》ったんだろ？」

「いい加減にしろよ、なにか証拠でもあるのかよ」

「だから澤が言ってんだって」

信楽の言っていることは支離滅裂だった。来春には大崎は出所する。こんな濡《ぬ》れ衣《ぎぬ》を着せて澤は大丈夫なのか。澤も実刑が間違いないと決めつけているのか。

「澤が言ったのはそれだけだと思ってるのか」

低いトーンの声を大崎にぶつけた。

「他になにがあるんだよ」

しばらくの間、信楽と大崎が睨《にら》み合っている。洸も大崎の表情を窺《うかが》った。この部屋に入ってきた時とは様子が違っている。焦り？　それとも澤への不信感か。

信楽は左腕を曲げて腕時計を見た。まだ五分ある。それなのに「邪魔したな、また来るわ」と席を立った。

信楽が部屋を出ていこうとするので、背後の席で記録していた洸も出口に向かう。ただもう一度、大崎の顔を確認した。

相変わらず細い目をしていた。信楽が意味深なことを言って話を切り上げたためか、目から憎々しさは消え、余裕を失っているようにも見えた。

面会室から出てすぐさま洸は信楽の横についた。

「相変わらず森内はすぐ顔に出るな」

先に信楽が切り出した。こんな捜査でいいのか、誰だってそう思う。澤が供述したどころかまだ会ってもいないのだ。嘘であり、誘導尋問。澤の身が心配になる。

「澤が言ったという証拠はどこから出てきたんですか」

「あったら先に澤を叩《たた》きに行くさ」

「大崎は完全に誤解していましたよ」

「澤の身が危ないって言いたいんだろ。大丈夫だよ、澤は間違いなく有期刑だ。何年かは臭い飯を食う。そう長くはないだろうけど」

「だからって……」

いつかは出てくるのだ。反社同士であっても抗争や喧嘩を起こさせていいものではない。

「澤が言ったことが他にもあると最後に仄《ほの》めかした時の大崎の顔を見たか」

「えっ、あっ、はい」

「どう思った？」

「この刑事はなにを握っているのか気になっているように見えました」

「俺もそう確信したよ。大崎と澤は雪山でザイルで体を繫《つな》いだ関係だ。どちらかが滑落したらもう一人も引っ張られて落ちる」

「そうなると余計……」

澤から自供を引き出すのは難しいのではないか。

「澤も関わっていたならヤツを落とせばいいだけだよ。俺は最初からこんな事件一人じゃやれないと思っていた。そしたら澤の名前が出てきた。俺と同じことを考えていた人がもう一人いた」

「もう一人って水谷巡査ですか」

「水谷巡査も考えていただろうな。捜査記録には複数につきまとわれていた記述があった。だが俺が言ってるのは水谷さんじゃない。それは誰かと具体的に探った人物だ」

「誰ですか、それは？」

「香田の親父さんだよ」

そうだった。澤大貴の名前は菊池和雄氏から出てきたのだった。

「山手署には香田も来てくれることになった。香田が菊池和雄警視の婿だったおかげで、明日、充分な取調べ時間をくれるそうだ。なにがなんでも落とすぞ」

「はい」

澤は大崎の命令に従っただけかもしれない。だが正犯も従犯も関係ない。こうした捜査を薪割《まきわ》りというのかもしれない。徹底的に叩いて口を割らせるのだから。

だが遺体が出てこないことには殺人事件として立件できないのだから、これも仕方がない。

27

時間より三十分以上早く着いて、信楽と森内が来るのを待っていた香田は、山手署で驚くことを聞かされた。

澤大貴が二年前にも婚活パーティーで知り合った女性に結婚をもちかけて八十万を引っ張った容疑で再逮捕されたのだ。

これまで自慢のマスクで言葉巧みに誑し込んで、被害届を出されることなく貢がせてきたジゴロが、なぜ立て続けに逮捕されたのか。

捜査の裏には義父の存在がある。義父が当時の部下にどんな罪でもいいから澤大貴の勾留《こうりゅう》を延長できる逮捕状を取ってくれと頼んだ――そうでなければこんなにも偶然に連続して逮捕されるとは考えにくい。これで勾留期限は延びた。

刑事部屋で二人を待つ間、山手署の署長が挨拶《あいさつ》に訪れた。

い。

「菊池警視のご体調はいかがですか」

最初の癌のことは知っている。だが再発したことは警察関係者には誰にも話していな
「おかげさまで。仕事をやめたことにもようやく慣れて、やっと自分の生活を楽しむ余裕が出たようです」

「それは良かった。菊池警視ほど仕事に一途《いちず》だった方はいらっしゃらないですからね。なかなか気持ちを切り替えられないのでしょう」

この署長はおそらく澤大貴の逮捕に義父が関わっていることを知らない。だが山手署の中に、もしくは県警の捜査二課に義父の命を受けて澤大貴の逮捕に動いた者がいる。

捜査二課——香田の頭の中では十五年前、大崎と澤が特殊詐欺をしていて、県警捜査二課が追っていたイメージが消し切れない。

約束した時間の十分前に信楽と森内がやってきた。

署長や山手署の刑事課に礼を言って、三人で取調室に向かう。昨日の電話で信楽から「今回は香田があとをやってくれ」と言われている。

昔ながらの取調べでは一人が荒っぽい言葉で容疑者を追い詰め、もう一人は宥《なだ》め役をやる。追い詰めるのが前で、宥めるのがあとだ。

だが信楽の捜査は違う。優しい言葉をかけたところで、何年も遺体を隠して安穏と生きていた被疑者はそう簡単に口を割らない。だから緊張感を与えた状態で追及していく。

要は前が話を振って被疑者を混乱させる。これは落ちると感じたところであとが出る。重要な役目だ。

「三人入ると澤も混乱するから森内は外で見てろ、途中で呼ぶかもしれない」

「分かりました」

「部屋長、今日は握りで行こうと思っています」

考えてきたことを言った。

「香田に任すよ。ここまで来たらなんとしても吐かせないと、お膳立《ぜんだ》てしてくれた菊池警視もがっかりするからな」

信楽も澤の逮捕、再逮捕には義父が関わっているのを感じているようだ。

「森内くん、きみは少し軽蔑《けいべつ》するかもしれないけど、今日は我慢してくれ」

香田が言った最近の刑事は使わない握りという言葉に森内はキョトンとしていた。握りとは交換条件を持ち出す取調べ手法。一警察官に取引できる権限はなく、これも違法な取調べだ。

二係捜査はきれいごとで済まない。自供させ、供述通りに遺体が出てくればあとはどうにかなる——胆力で良心を封じ込めないことには、被疑者の悪意に負けてしまう。

「香田警部、それ」

森内が香田の手にしていたノートに気づいた。

「ああ、水谷巡査がつけていた捜査記録だよ」

この中から、森内はナンパしてきた男が「あいつら」「ヤッら」「あの二人」などと言われていると気づいた。それは森内のファインプレーだ。

「大丈夫ですよ、僕もその捜査記録を穴が空くほど見て、水谷巡査の無念さは感じ取っていますから」

「森内くんがそう言ってくれるなら安心だ。水谷くんのためにも今日はなんとしても澤を落とす。その瞬間を彼女に見てもらおうと持ってきたんだ」

香田が嚙《か》み締めるように言うと、森内は頷《うなず》いた。

信楽のあとに続いて取調室に入る。髪を茶髪に染めた澤大貴は、スティール机に肘《ひじ》をついて座っていた。大きな目をして鼻が高く、耳も大きい。なるほど、甘いマスクではあるが、中途半端なアイドルがそれなりに歳を取ったようにも見える。

こんな薄っぺらい男の投資会社の社員という言葉を信じ、穴を空けたにしては少なすぎる三百万円を騙《だま》し取られるとは。女性社長はよほど調子のいいことを言われたか、それともセックスで正常な判断がつかないほど夢中にさせられたのか、そのどちらかだろう。婚活パーティーで知り合い八十万を貸した女性も同様だ。

「警視庁がなんの用だよ」

名乗った途端に悪態をついた。信楽が横目で見てきた。行くぞ——合図が伝わる。

「おまえの親友の大崎猛について聞かせてくれよ」

信楽は早速、大崎の名を出した。

過去に二度も逮捕されている取調べ慣れした男だ。信楽が風采《ふうさい》の上がらない刑事に見えたのか、「大崎、そんなやつ、いたっけなぁ」とわざとらしく首を傾げた。

信楽はそこでメモ帳を見ながら澤と大崎について調べたことについて確認していく。

二人が十代からの知り合いであること。二十歳から二年間、大崎も尾谷組に出入りしていたこと。大崎はインテリヤクザが幅を利かせていた尾谷組の水が合わず、篠高組に入った。一方の澤は先輩ヤクザにうまく取り入って、風俗店やAVプロダクションのスカウトで小金を稼いだ。尾谷組で構成員になったのは、未成年を紹介した疑いで最初に逮捕されたその後だ。だが経済ヤクザ化した尾谷組の進化についていけず、年下の組員にも追い抜かれて、兄貴分にも見放されたなど、とうとうと語った。

頬杖《ほおづえ》をついている澤は途中で何度か欠伸《あくび》をしかけたが、そのたびに手で押さえて欠伸を噛み殺した。温和な刑事に見えた信楽が鋭い目を光らせたからだ。

知らないでは通せないと悟ったのか、「大崎とは昔ダチだったけど、もう何年も会ってねえよ。俺が二度目に捕まってからは音信不通だ。自分の組を作って、篠高でえらくなってるとは風の噂で聞いたけど、俺はそん時はもう堅気に戻るつもりだったから連絡もしなかった」と口軽に喋《しゃべ》った。

「おまえと大崎、十代からの五分の兄弟で、ずいぶん仲が良かったんだろ。いずれおまえは尾谷組、大崎は篠高組のトップに上り詰めて、二人で組長になろうと話してたそうだな」

これは完全に信楽の作り話だ。大崎はまだしも、この男が幹部になるとは思えない。

「言うわけねえだろ。尾谷組には頭のいい有望な人材がたくさんいんだからよ」

「あんな頭でっかちな連中、いざという時の覚悟がねえ。子分を置いて、逃げだすって言ってたらしいじゃないか」

「デタラメ言うな」

「なんだよ、尾谷組を心配してんのか。ヤクザなんてやってられねえって啖呵《たんか》切って盃《さかずき》を返したんだろ。俺はおまえのこと、今時、見どころのある男だと評価してたんだぞ」

「盃を返したわけじゃねえよ」

目を眇《すが》めた。事情を知っててわざとそんな嘘を言っているのか訝《いぶか》しんでいるのだろう。

正確には破門だ。

さらに信楽は、大崎との関係を根掘り葉掘り訊《き》いていく。

いつ頃知り合ったのか、どんなところで気が合ったのか。尾谷組ではなぜ澤の方が気に入られたのか。

信楽が尾谷組の古株に聞いたところ、澤が兄貴分に気に入られ楽な仕事につけた一方、大崎が電話番や掃除など小僧仕事を押し付けられた。一時は二人の間に亀裂《きれつ》が生じた。

そこまで話すと、澤の方から説明しだした。

別に大崎と不仲になったわけじゃない。大崎が不運だったのは預かりだった頃の兄貴が、尾谷組でもどうしようもなく、ホームレスに捨てられた雑誌を路上で売らせてはその上前を撥《は》ねるくらいしかシノギがなかった。大崎は反抗的で、態度が悪いとしょっちゅうその兄貴にシメられていた。そんな時、新宿の篠高組から頼まれて、澤が数日奉公することになった。篠高は昭和のままのヤクザで、頭脳より腕っぷしの強い者の方が組員になれると聞いた澤が、気を利かせて、兄貴に頼んで代わりに大崎を行かせた。予想通り、大崎は篠高で気に入られ、こっちにいたいと言い出した。そして上同士の話し合いで大崎の移籍が決まった。正式な構成員ではなかった大崎を、尾谷組は好きにしてくれと譲ったに過ぎなかったが。ちなみにその時、大崎を気に入り子分にしたのが今の筆頭の若頭補佐、後ろ盾になったのが次の組長になるつもりの若頭だ。

信楽から全部聞いた話だったが、澤が答えるたびに信楽は「あんたの機転の良さで大崎は救われたんだな」「大崎は今もおまえに頭が上がんないんじゃないのか」と大袈裟《おおげさ》に感心した。

「篠高に行ってから大崎はずいぶん変わったよ、尾谷にいた頃はすぐブチ切れて、このままじゃ鉄砲玉にされて終わるなと俺も心配したけど、元々頭は良かった。篠高に行ったら、その切れる頭で次々と新しいシノギを見つけて出世していった。昔の篠高と言えばトルエン工場を押さえて、密売して稼いでいたけど、一時大ブームになった合法ドラッグを都内で真っ先に目をつけたのも大崎だから」

「合法ではなく、脱法だろ？」と信楽。

「その頃はそう呼んでたんだよ」

澤は調子に乗ってうそぶく。

「あんた、ずいぶん大崎を認めるんだな」

「あいつとは古い仲で、十代の頃から貸し借りがあったからな」

ますますいい気になってきた。

「世話になったのは大崎だろ。あんたからいい女を次々回してもらったそうじゃないか。大崎のルックスでは、アバズレにしか相手にされないのに」

「大崎もそこそこモテたよ、ヘッドだったんだから」

「その調達した女の中に清里千尋もいたんじゃないのか」

そこで彼女の名前が出す。

「ん？　誰だよ、その女」

反応の悪さに、もしや自分たちは早合点している、澤は千尋の件には無関係ではないのか、嫌な予感が過《よぎ》る。

「大崎が狙っていた町田の美少女だよ。おまえだって大崎から聞いてたんだろ。大崎は必ずモノにする、姦《や》ってやると吹きまくってたんだから」

「へえ、そうなんだ」

「惚《とぼ》けなくてもいいだろ。おまえも大崎と一緒に彼女の家の近くまで行ったのも知ってるぞ。途中で彼女にバレて、恥をかいたらしいじゃないか」

「知らねえよ、そんな女」

頬杖をついていた肘がスティール机から浮いた。清里千尋の母親が見た二人組の一人はこの男、澤で間違いない――刑事の勘がそう訴えている。

「そんな最高の女をおまえが得意のスケコマシでモノにして、大崎だけでなく尾谷組の兄貴たちにも姦らせたのか、尾谷の兄貴たちも同罪だな」

「なんでここで尾谷の兄貴が出てくるんだよ」

無理やり尾谷組にこじつけたことに困惑している。これを組に伝えられたら迷惑がかかる。香田には澤のざわつく心がしっかりと見て取れた。

「おかしいな、大崎が言ってる話と違うぞ」

「あん？」

すでに肘をつくのをやめていた澤は口を開いて、信楽を見る。

「大崎は女たらしの澤がいなきゃモノにできなかったと話してたよ」

「言うはずねえだろ、そんなこと」

口数が減ってきた。澤も余計なことを口走って、藪《やぶ》を突《つつ》いて蛇を出すわけにはいかないと慎重になっている。

「澤よ、俺たちがなぜこんなに躍起になってるか。それは篠高から頼まれてるからだよ。おまえだって篠高の跡目争いで、大崎が組を泥棒しようとしていることくらい知ってるだろ？」

「知らねえよ、俺は関係ねえもん」

「じゃあ知らなくてもいいよ。おまえも一緒にその少女を殺したんならなにも言えないだろう。だけど誘拐して強姦《ごうかん》しただけならおまえの分はもう時効だ。だが殺した大崎は一生ムショからは出られない」

「なにを言いたいんだよ」

「篠高がそれを望んでんだよ」

信楽は再びストーリー作りに入った。いや篠高が大崎の出所を望んでいないのは事実だから、ことさらフィクションではない。だがそこから先は完全な作り話だった。

「おまえがムショを出た後には篠高組が面倒を見てくれる、少なくとも篠高は感謝しておまえに金一封を出してくれるんじゃないか、そう言ってんだよ」

「バカなことを言うな」

信楽は澤が殺しにまで加わっていない可能性に賭《か》けたのだろう。殺人に加担していなかったとしても澤が口を割る目算は、完全に裏目に出ている気がした。

「そうか、澤、分かったよ、おまえは大崎派なんだな。大崎が組を継ぐべきだと思ってる。篠高組だけでなく、篠高とは古い付き合いの尾谷組の親分まで気にしてたんだ。そう伝えておくわ」

「ちょっと待ってくれよ、旦那《だんな》。俺はどっちでもねえって言ったじゃねえか。とっくにあっちの世界とは縁は切ってんだ」

「あっちの世界ってなんだよ？　小悪党のウジ虫どもがいまだに這《は》いつくばってる薄汚い世界ってことか？」

「そんなこと言ってないだろうよ」

「ということはおまえはアンチ大崎派なんだな。それは篠高の若頭だけでなく、尾谷のオヤジも喜ぶんじゃないかな」

信楽が言うと、澤は安堵《あんど》した顔をした。

「じゃあ質問を変えるよ、おまえが大崎から聞いてる限りで、大崎が今までやった女で一番良かったのは誰だよ？」

「はぁ」

「それくらいの会話はしてるだろ。俺がなにも知らないで聞いてると思ってるのか。おまえの答えは知ってる。だけどおまえに、立場をはっきりさせてやろうと思って確認してるんだ。いわば尾谷と篠高への忠誠を示す踏み絵ってやつだな」

完全な誘導尋問だ。澤には篠高や尾谷に伝えるといった脅しが効いている。

「旦那はいったい俺に何を言わせたいんすか」

澤は不審がった。香田は信楽の狙いを煎《せん》じ詰めて考えた。だんだんと意図が分かってきた。

「大崎はゴリラ顔の不細工だから女にはからっきしだろ。だからバイクに跨《また》がってた頃からおまえが引っかけた女を、大崎は頂戴《ちょうだい》してた。おまえがコマシで尾谷組の兄貴に気に入られたようにな。だけどもう大崎と完全に縁が切れたなら、その女のことを話してくれって頼んでるんだよ」

「だから、俺はなんのことだかさっぱり分かりませんって」

口調が変わり、完全にすくみ上っている。ここまで来ても全否定だ。

滞りなく喋《しゃべ》っていた信楽の会話が止まった。香田はここからが自分の出番だと、座っていたパイプ椅子に尻《しり》をつけた状態のまま、澤の隣まで移動する。

「な、なんだよ」

香田の微笑みを、澤が横目で見てたじろいだ。体を遠ざけようとした澤に手を伸ばし、肩を組んだ。こうして体に触れるだけでも弁護士に知られたら暴力扱いされる。摑《つか》んだ手はすぐに離した。

「なぁ、澤、一昨年《おととし》、改正された刑事訴訟法の『刑事免責制度』って知ってるかい」

小声で言い、取調室に設置されているビデオカメラを見やった。香田が山手署に置いてほしいと頼んだものだ。

「なんすか。それ」

澤も香田の視線を追いかけてカメラを見る。

「ほら捜査に協力してくれた者には手心を加えるって法律だよ」

「司法取引ですか？」

「さすがインテリ集団尾谷組の出身だけあるな。あんたも頭がいいんだな」

褒めるがニコリともしない。

「今年の六月から施行された。だけど元はといえば司法取引なんて外国の話で、日本ではどんな大きな事件まで採り入れるか、ほら、人殺しがもっと大きな秘密を握ってるたって、殺人犯を許すとなると果たして国民が納得するのか、お偉いさんは国民の目ばかりを心配して、残念ながら半年間でまだ一例もない」

「一例もないんなら意味ないじゃないっすか」

女限定とはいえ、知能犯犯罪を重ねてきただけあって、少しは知恵が働くようだ。

「おい、耳貸せよ」

上に向けた中指を動かすと、澤が腰を上げてやたらと大きな耳を出す。

「警察っていうのはまずは前例がほしいんだよ。できれば小さな事件から。でなきゃせっかく法律を改正した国会の議員先生からも文句が出るじゃないか、そういうこともあって今日は実験的にカメラを回してるってことだ」

耳元で囁《ささや》く。

「そっ、そうなんですか」

澤が顔をビデオに向けたので「カメラを見るな」と注意した。

「つまり今日がそれに該当するんですか」

「それってなんだよ」

「ですから司法……」

て囁く。

「おい、野暮なこと言うな」そう言ってから、「できるだけ普通にだ」と福耳に向かっ
「はい、すみません」

「なぁ、澤、その上でもう一度訊《き》くよ。あんたたちの女に関する武勇伝みたいなのを聞かせてもらえないか」

「武勇伝って、ないっすよ、そんなものは」

「あんたの話じゃなく、大崎の話でいいよ。大崎はあんなひでえ面だけど、女の話は大好きだったそうじゃないか。篠高組では有名な話さ」

せっかく話の流れを作ってくれた信楽に合わせて、自分なりに物語を作る。

「ほとんどが嫌がる女を無理矢理だったんだろ。その中でも飛び切りいい女の話だよ。たとえば芸能界に入ってスターになっても不思議じゃない美少女を、拉致《らち》して強姦したとか」

澤の目が動いた。迷いが生じている。話してもいいと考え始めた？　となるとこの男は殺害には加わっていないか。それなら落ちる――。

「ないと思いますよ」

その期待は裏切られた。

「大崎が二十歳の頃だよ、よく思い出してくれ」

「俺は関係ないです」

否定する。まだ高い壁に感じた。この男たちにとっても若き日の、青春と呼ぶには程遠いが、血や体液まみれで世の中を征服していた高い壁だ。ちょっとやそっとでは崩れない。

「あんたには関係なくても大崎から聞いてるだろ。あんたら兄弟の間柄だったんだから」

「盃《さかずき》たって、形だけの遊びですよ」

「なんかさっきから否定ばっかりだな。俺がさっき言った話、忘れたのかい」

声を低くしてそう言い、顎《あご》でカメラをしゃくった。

「言っとくけど、十五年前の話だからな。あんたが殺しに関わっているなら別だけど、そうでなければとっくに時効だぞ。だからこっちも小さな事件と言ったんだよ」

殺してなくても拉致、強姦に加われば充分な重罪だ。あいにく時効になるだけで憎むべき犯罪であることには変わりない。

「澤よ、こっちを向いてくれ」

「は、はい」

体ごと横を向いた澤に、顔を近づけていく。距離は三十センチほどしかない。澤は身じろぎした。

「俺から目を逸《そ》らすな」

「はい」

恐怖に満ちた声が返ってくる。至近距離で目を見続けるのは、信楽が使っていた手だ。

当時の被疑者は女性だったため体には触れなかったが、勝負どころだと決めると顔の位置を近づけ、ゴミ屋敷の女性の視線を拘束した。女性が自供したのはそれから数十分後のことだった。

澤の目が寄る。知恵を絞っているのだろう。

これこそ賭《か》けだ。殺害に関わっていれば口は割らない。加担していなければ喋る——。

「詳しくは知らないですけど、大崎がよく女を連れ込んでいた話なら聞いたことがありますけどね」

よし——無意識にあいた左手で拳《こぶし》を握った。

「どんな話だい？」

「いえ、家に誘ってみんなで回したって話ですよ。でも女も合意したはずですよ。あれって高校の時だったかな」

「高校はねえだろ、大崎は一学期で中退してんだし」

「それくらいの年代って意味ですよ」

壁はまだ強固だ。

「それは違うだろ。二十歳の時にその男と一緒に女の子を誘拐して、レイプしたって話じゃねえのか。さっきまでそうした流れだったろ」

「そうでしたっけ」

「おまえもそのつもりで話してくれようとしたんだろ」

「詳しくは知りませんよ。俺はその場にはいなかったから。旦那《だんな》が武勇伝はないかって訊いたから、無理やり思い出しただけです」

「俺は美少女との話をしてるんだけどな」

また澤の目が寄った。沈黙を破るのにそれほどの時間は要さなかった。

「自慢してましたけど」

「ほら、やっぱりそうなんじゃねえか」

返事はない。澤の唇が蒼《あお》ざめてきた。落とすならここだ。

「レイプしただけじゃないだろ！　殺したんだろ」

そう言うと、澤の背中がぴくりと跳ねた。

「おまえも一緒に殺《や》ったんじゃないのか。おまえが彼女の家まで大崎とつけたところは見られている。よし、分かった、今すぐ殺人で逮捕状を取ろう」

「待ってくださいよ。俺はやってませんよ」

「俺はやってない？　それって殺しか、それとも拉致ってことか？」

「…………」

「どっちなんだ。はっきりしろ」

「その子が来た二日後には知り合いの用事で、俺は千葉に出かけたから」

壁から砂がパラパラと落ち始めた。

「二日後？　なにが俺はその場にいなかっただ。おまえも暴行してたんじゃねえか」

そう言うと、澤は体を萎縮《いしゅく》させて「いえ、そういう意味では」と曖昧《あいまい》に言葉をにごした。


「じゃあ、やってませんは、どういう意味なんだ、おまえの家に連れていったのか」

「俺の家じゃないです」

「じゃあ、どこだよ」

「それは……大崎の知り合いの……」

言いかけて途中でやめた。

「香田、ちょっと待て」

信楽に止められた。

振り返った時には、信楽は部屋の扉を開け、「森内、入ってきてくれ」と叫んだ。森内が姿を見せた。窓越しに見ていた彼は冷静だった。

「森内が調べた件、この男に全部話してやれ」

信楽に言われた森内はメモを出し、メモと澤の顔を交互に見ながら話し始めた。

「元沢達也をご存じですね。あなたが婦女暴行で逮捕された時、裁判で証人を頼んだ大和市で土建業をやっている男です。高校時代大崎と一緒に恐喝で逮捕された元沢は、大崎が信頼している先輩です。あなたも大崎を通じて知り合ったんでしょ。少女を連れ込んだ家って、元沢達也の家じゃないですか」

「知らないです」

澤は惚《とぼ》けた。だが声は完全に震えていた。

「あなたが今、自分の家ではない、大崎の知り合いの家に連れ込んだと言ったじゃないですか。調べはついているんです。自分の口から洗いざらい話した方がいいと思いますよ。それがあなたにとって一番メリットがあると、隣にいる刑事からも聞いたばかりでしょ」

森内の落ち着きに香田は驚く。言い逃れができないように元沢の名前を出しただけでなく、香田が作ったストーリーにも見事に合致させたのだ。

急に現れた第三の刑事に完全に調べられたと感じた澤は、これ以上は知らぬ振りはできないと悟ったのだろう。おどおどと喋《しゃべ》り始めた。

「……元沢の家です。だけど俺はなにも知らなかったんです。大崎に手伝ってくれと言われて車を出しただけで」

「言い訳はいいですから、あったことを全部話してください」

森内が促すと、澤はすべてを明かした。

清里千尋を拉致《らち》して、澤が運転するワゴン車で元沢の家に連れていった。元沢は実家の母屋から数十メートルほどの、離れで暮らしていた。その離れで清里千尋を三人で暴行した。澤は千葉に行く用事があったため、二日後の早朝には元沢の家を出た。その時までは生きていたのは間違いない。

自分が千葉に行って以降、どうなったかは知らない。一週間後、次に元沢の家に遊びに行った時はすでに少女はおらず、荒れていた離れは大掃除でもしたかのように片付けられていた。少女の話も一切出なかった……ワゴン、拉致、離れ、片づけられた部屋……刑事の本能がそそる端緒が次々と出てきた。

そこから先は香田の出番だ。将来のある森内や重大な捜査を担っている信楽に、汚れ役はさせられない。

「ありがとうな、澤。じゃあ、俺たちは帰るわ。あとは知能犯の刑事さんが来るから、今みたいに素直に答えろよ。おまえは今回だけで二度も逮捕を食らってんだから、どうあがこうが懲役は確実だ。くさい飯をたっぷり食ってこい」

香田は自分でもイメージがつかないほど悪い顔を作って席を立った。

「えっ、俺は許してもらえるんじゃないですか」

「馬鹿言うな。この国でそう簡単に司法取引ができてたまるか。取引してほしけりゃ、この場で尾谷組のしのぎを洗いざらい話せ」

「汚えぞ。あんたら。弁護士に言って訴えてやるからな。証拠のビデオがあんだし」

おとなしかった態度を一変させ、澤はカメラに見入る。

「誰が録画してると言った。おまえみたいなゴロツキに、警察がカメラを回す必要性はまだないんだよ」

義父から言われた、来年になったらどうなっているか分からないと言う言葉で、香田はこの手を思いついた。

密室での違法・不当な取調べによる冤罪《えんざい》事件の反省を踏まえ、刑事訴訟法等の一部が改正されて来年二〇一九年六月からは、被疑者取調べの録画が義務付けられることになった。

そうは言ってもこんな強引な取調べを続けていれば、今からでもすべての取調べを録画しろと、社会派弁護士たちは騒ぎ立てるだろう。

ましてや日本でいまだ認められていない司法取引を持ち出し、カメラで撮っているから安心しろと嘘をついてまで自供させたのだから。

それでも供述通りに遺体が出てくれば、誰にも文句を言わせず、冤罪を危惧《きぐ》する声までシャットアウトできる。

時代遅れだと陰口を叩《たた》かれようが、二係捜査とはそういうものだ。

前を歩く信楽と、自分が十五年かけても探せなかった端緒を見つけた森内の背中を見て、強くそう思った。

28

「なんなんですか、あなたがたは」

敷地内にある事務所から、真冬なのに短パンを穿《は》いた三十代のガタイのいい坊主頭が出てきた。部屋にいた三人の女性事務員が驚いた顔を向けている。

「神奈川県警です。元沢左和子《さわこ》さん、元沢達也さん、お二人には不法就労助長の容疑で捜索令状が出ています。就労ビザのない外国人労働者を働かせてますね」

先頭に立っていた神奈川県警の捜査員が札を見せた。

「ちょっと待ってくれよ、いきなりこんな大勢で押しかけなくても」

元沢達也は外に多数の捜査員がいたことに驚愕《きょうがく》していた。

「なんの騒ぎなの」

奥から女性が出てきた。この女性が母親で会長の元沢左和子なんだろう。

「元沢左和子さんですね。あなたも警察に来ていただきます」

「何なの、社長」と母親。

「知らねえよ、突然やってきたんだ」

元沢達也も完全にうろたえていた。

洸は三列目くらいに立っていた。前にいた信楽が「あんた、ちょっと」と元沢に手招きする。

「おたくには大崎猛と澤大貴のことも聞かせてもらう」

母親には聞こえないよう声を潜めた。

「あん？」

「知らないとは言わせませんよ。我々は警視庁です。十五年前の少女誘拐事件について洗いざらい話してもらいます。大崎も澤も塀の中にいるんだ。あなただけ逃げられない」

神奈川県警と警視庁が合同で元沢の土木会社に家宅捜索をかけたのは、澤大貴から自供を引き出してから五日後のことだった。

洸はその五日間で元沢土建を徹底的に調べた。

元従業員の証言から人が足りなくなると就労ビザのない海外留学生やビザ切れの外国人を臨時で雇っている、今も数人が不法労働者として働いていると分かった。

一方、信楽はその間、新宿署の協力を得て再び篠高組に顔を出し、大崎をシャバに出さないという二度目の交換条件を持ち掛けた。

篠高組の組員からは、清里千尋の名前こそ出なかったが、大崎がかつて芸能人になってもいいほどの美少女を数日間レイプし続けたと自慢話を聞かされたという証言を得た。

信楽は江柄子捜査一理事官を通じて、神奈川県警に不法就労助長で元沢を逮捕してほしいと懇願した。

任意で引っ張っても、その日のうちに逮捕状を請求できなければ、帰さなくてはならない。逮捕できれば、つごう二十三日間、調べることができる。

警視庁の要請が別件であることを知った神奈川県警は、「そんな強引な捜査をすれば、裁判で非難される」と難色を示した。

しかし江柄子は引かなかった。殺人での逮捕に至った場合は、合同捜査本部の拠点は神奈川で構わない、殺しで立件できた時の手柄はすべて神奈川に渡すと条件を出して説得した。

警視庁から再三再四、要請が入ったことで、神奈川県警は重い腰を上げ、元沢左和子と元沢達也を逮捕したのだった。

不法就労助長罪については元沢左和子が「人が足りなくてどうしようもなかった」とあっさり認めた。

左和子はそれだけなら罰金刑で済む、すぐに自宅に帰されると思ったようだが、神奈川県警は帰さなかった。

一方、元沢達也には信楽と洸がつきっきりで、清里千尋の誘拐、監禁、さらには殺人死体遺棄まで追及した。

「俺はそんな女は知らない。大崎がなんて言ったかは知らないが、俺はあいつほどワルじゃない。澤にしても横浜で偶然会って飲んだだけ。頼まれたから擁護したけど、俺は別に澤が実刑を食らおうが執行猶予になろうがどっちでも良かった」

しらばっくれるが、目はずっと泳いでいて、膝《ひざ》はいくらか震えていた。

「違うだろ。あんたはもっとひどいことをしてるはずだ。あんたの家で少女を監禁し、暴行して殺したんだ。どこに埋めた？」

「知らないって、そんな女」

「なんならあんたの家の敷地、全部、掘り返すぞ。警察を甘く見ない方がいい」

信楽はそう言って追い込んでいく。

洸は神奈川県警の捜査の合間を縫って左和子に同じことを聞いた。

「あなたの息子さんは殺人事件の容疑者です。あなたも知っているなら話した方がいいです。そうでないと犯人蔵匿罪で家に帰れませんよ」

胸がチクリと痛んだ。犯人蔵匿罪ならすでに公訴時効は過ぎている。弁護士に知られたら確実に抗議を受ける。それでも勾留《こうりゅう》期間内に自供を引き出さなくてはならないと心を鬼にした。

捜査に進展があったのは取調べの三日目だ。

「……息子が生活している離れに仲間がやってきて、少女を数日間監禁していたことがありました」

左和子がついに落ちた――。

当時の元沢達也は手が付けられないほど荒れていて、存命だった父親でさえ注意できなかった。

離れで一人暮らししているも同然で、食事も店屋物を注文するか、外食やコンビニで済ませていた。

「なので私には、あの離れでなにが起きていたのか分かりません。息子の顔も見ていませんし」

「では、どうしてあなたは息子が少女を監禁していたって言うんですか」

「そういう声が聞こえてきたんです。少女の泣き叫ぶ声が」

「声だけだったら少女とは言わないんじゃないですか。成人女性かもしれない」

「それは……」

そこで完オチした。

監禁された翌々日の夜、清里千尋は隙を見て離れを逃げ出したそうだ。

その時、彼女は半裸状態だった。

真っ暗だった砂利道を走り、母屋のドアを叩いて助けを求めた。

母親が玄関を開けた。

顔に痣《あざ》があり、息子たちから暴力を受けているのも分かったという。

少女が泣いて助けを求める声を聞きながらも、母親は息子の報復を恐れてドアをしめ、少女を中にいれなかった。間もなく息子と仲間たちの声が聞こえ、泣き叫びながら少女は再び離れに連れていかれた。

その少女の声が翌朝からは聞こえなくなった。

「私は少女をようやく解放したのかと思ったんですよ」

「違うでしょ。死んだんじゃないか、息子たちが殺したと思ったんじゃないですか」

「そこまでは……」

「本当のことを話してください。ここで隠したところで、すべて明らかになります」

「はい、そう思いました。なぜなら息子が急に重機を貸してくれと夫に言い出したので」

母親が証言したことで、元沢も観念して自供を始めた。

七月二十二日の七時過ぎ、なんの連絡もなく大崎猛が澤大貴の車でやってきて、離れの前でクラクションを鳴らした。テレビを見ていた元沢が外に出ると、大崎がニタニタした顔で出てきた。大崎が座っていた後部座席にはガムテープで口や手をとめられた少女が寝転がされていた。

車はミニバンで、荷台には彼女の自転車が載せてあった。

——先輩、突っ立ってねえで、この女を中に入れるの手伝ってくれ。

大崎が引っ張り出した少女をひと目見て、元沢は大崎が以前から狙っていた少女だと分かった。暴れる少女を元沢と大崎が二人がかりで部屋に運んだ。

部屋に入って大崎はすぐに少女の服を脱がしにかかった。少女が抵抗するとビンタする。いつしか澤も加わってレイプを始めた。

家に連れ込まれた時には「絶対に警察に訴えてやる」「おまえら牢屋《ろうや》に入れるからな」と息巻き、キスをしようとしたら唾《つば》を吐きつけてきた少女が、いつしかおとなしくなり、涙を流して助けを請う姿に元沢も興奮して加担した。大崎、元沢、澤の順で彼女を強姦《ごうかん》した……元沢は監禁、強姦までは認めた。

元沢によると、すべて大崎の計画通りだった。清里千尋は夕方から行動することが多いため、日が暮れかかってから犯行を開始。千尋の自宅から自転車で数分の、両脇が竹《たけ》藪《やぶ》に囲まれた視界の悪い通りで、彼女が外出するチャンスを窺《うかが》っていた。

それが七月二十二日の夕方だ。自転車で走ってきた千尋の前に、対向して走る澤のミニバンが逸《そ》れて、千尋を自転車ごと転倒させた。

後部座席に隠れるように潜んでいた大崎が車を飛び出し、倒れた千尋を無理やり抱えて車に乗せ、澤は自転車を荷台に放り投げた。その後は後部座席で大崎が千尋をガムテープで口や手を拘束して、澤の運転で元沢の家にやって来た。

澤は二日後の朝には千葉に用事があると言って離れた。

その後も監禁は続いたが、その頃には千尋は従順になり、大崎も暴力を振るわなくなった。それが夜七時頃、大崎が買い出しに出て、元沢がうとうとしていた時に、下着姿のまま脱出した。戻ってきた大崎が気づき、母屋の前で捕まえた。逃げたことに激怒した大崎は千尋に覚醒剤《かくせいざい》を使用した。衰弱していた千尋の身体は覚醒剤の作用に耐えられなかったのだろう。先に眠った元沢が翌朝に目を覚ますと死んでいた。

――どうするんだよ。なにも殺すことはねえだろ。

問い詰めたが、大崎はふてぶてしく笑っていた。

――先輩、重機を貸してくれよ。先輩の家の裏山に埋めたらバレないだろう。

元沢を連行して、実況見分する。自宅の敷地の奥にある裏山で元沢は足を止めた。

「あの辺りです」

元沢が示した場所から白骨化した遺体が発見されたのは冬の短い日が落ちた、午後五時を過ぎた頃だった。

29

当直制だった正月の三が日が過ぎ、警視庁担当記者も通常勤務に戻った二〇一九年一月四日、冬の遅い太陽が顔を出した午前七時、祐里は西武多摩川線の是政駅に着いた。仕事始めだ。

十二月二十三日に清里千尋の殺人死体遺棄事件が発覚、死体遺棄で逮捕された大崎猛と元沢達也の二人の容疑を、殺人に切り替えて再逮捕されてから十日が経過した。

大崎は相変わらず全面否認しているが、元沢がすべて自供したため、検察は公判を維持できると二人を殺人容疑で起訴した。

前回、信楽に朝駆けしたのは桧山努の件を伝えた時だった。

あの時九時登庁を逆算して、七時十五分に信楽の家と駅との途中にあるコンビニで待った。二十分を過ぎても現れず、寒いからと横着などせず、早めに来るべきだったと後悔したが、二十五分に信楽は現れた。

あとになってアプリで確認すると、この時間にここを経過すると、是政駅から武蔵境駅でJR中央線に乗り換え、四谷《よつや》から桜田門《さくらだもん》駅に到着、警視庁の刑事部屋に入るのはほぼ九時ジャストだった。

この日も七時二十五分に信楽の姿が見えた。十二月に着ていた上着はぺらぺらしたナイロン製だった。

――心が温かい信楽さんは寒さに強いんですね。

そんな冗談を言った覚えがある。

一月になって中綿入りの厚手のジャンパーに変わった。黒なのは同じだ。もちろん中のシャツも。ジャンパーは色が褪《あ》せていて、お世辞にも上等な服には見えない。だが上背があって、歩く姿勢が様になっているせいか、古着が趣味の人に見えなくもない。

「あけましておめでとうございます」

丁寧に頭を下げてから横につく。相変わらず無口だ。おめでとうぐらい言ってもいいんじゃないですか、警察組織だって年始の挨拶《あいさつ》くらいするでしょ？　文句を言おうとしたが、正月から小言もどうかと、違うことを口にする。

「さすが遺体なき殺人事件の専門家ですね。去年だけで二件、一昨年《おととし》の十二月も含めたら十三ヵ月で三件も解決するなんて、警視総監賞ものではないですか」

「バカ言うなよ、たった三件で」

嗄《しわが》れた声が今朝はガラガラだ。昨夜も飲んだのだろう。

それでも翌朝には同じ時間に出勤して、地道な行方不明者と被疑者との関連を調べる。手を抜かずにつぶさに調べるから、他の捜査員では真似できない難事件をこの男は解決できる。

「しかしよく解明できましたね。十五年も放置していた事件を」

「今回は森内がよく調べたよ。大崎が昔、逮捕された時の共犯者だった元沢が、澤の裁判の証言者になっていたなんてなかなか気づかない。だいたい大崎と澤は出身が違うんだから」

思いのほか饒舌《じょうぜつ》だった。どうやら片付いた事件については詳しく話してくれるらしい。

「水谷巡査の貢献も大きいんじゃないか」

祐里は同僚の向田が町田署で聞いてきた、今は亡くなった女性捜査員の名前を出した。

「一番の殊勲者は彼女だよ。水谷巡査が解決したようなものだ」信楽はそう言ってから、「あなたの助けも借りた」と続けた。

結構素直なところがあるじゃないか。祐里は照れ臭くなり「もっと人員を増やしてくれれば、多くの行方不明者を発見できると聞こえますけど」と軽口を叩《たた》いた。

「いいことを言ってくれるじゃないか」

「さすが穴掘り、もとい、遺体なき殺人事件のプロフェッショナルですね」

そこはスルーされたが、新しい捜査ばかりに目がいって、昔ながらの捜査をおろそかにする上層部の方針に不同意なのは間違いない。

未解決事件を扱う特命捜査対策室も去年から五係に減らされた。そのうち三つは現在の未解決三大事件、世田谷一家殺人、八王子スーパー強盗殺人、上智大生殺人放火に専従しているから、他に稼働できるのは二つだけ。警視総監は「社会の安寧秩序を守るためにも、長期未解決事件は必ず解決しなくてはならない」と鼻息荒く宣言したが、現実は難事件はますます解決しづらい体制になっている。

「話していたのと違うじゃないか。森内からちゃんと連絡がいったんだろ」

「なんのことですか」

「穴掘り事件は三連勝するんじゃなかったのか。不法就労助長で逮捕の容疑者が十五年前の行方不明少女の殺害に関与と書いただけで、遺体発見は夕刊に載ってなく、結局翌日の朝刊で他紙と逮捕状まで横並びだったぞ」

そうなのだ。森内から連絡をもらって、元沢達也が清里千尋の失踪《しっそう》への関与を示唆したことは朝刊で書いた。

この記事が出たところで、各社の取材合戦のゴングが鳴った。

早朝から取材を始めたところで警察は逮捕も容疑者の名前を発表しない。そのため正午過ぎの夕刊の締め切りまで、中央新聞が朝刊で書いた「殺害に関与」が誰なのか、それを知るのが精いっぱいで、遺体発掘現場まで嗅《か》ぎつけることは難しい。

神奈川県大和市に飛んだのも祐里一人だった。規制テープに体が触れるところで立っていると、捜査員の「ホトケが出たぞ」という声が聞こえた。ぎりぎり夕刊の締め切りに入る時間帯だった。

本来ならそこで《十五年前の行方不明少女の遺体発見》の二つめのスクープを書く。そして夜までに裏を取り、《逮捕状を請求》と書く……だが祐里は《遺体発見》の記事からして夕刊には突っ込まなかった。

それは現場にいた信楽に「千尋ちゃんの遺体ですか」と尋ねた時、「分からないよ」と答えたからだ。

同じ「分からないよ」でもそれまでとは声のトーンが違って聞こえた。信楽も千尋の遺体だと確信している。

それでも記事にはしなかった。

さらに骨が清里千尋のものだと確認が取れて、逮捕状を請求したことは、朝刊に突っ込んだが、他紙の動きも速くて、朝刊までに《遺体発見》と《逮捕状請求》は全社に追いつかれた。

「私も千尋ちゃんの遺体だと思いましたよ。でも書けませんよ。だってもし違ったら、千尋さんのお母さんは悲しむじゃないですか」

現場での逡巡《しゆんじゆん》を説明する。

「それに今回の事件って、被疑者の家族以外には誰にも目撃されずに一人の少女が拉致《らち》、監禁、殺害された完全犯罪ですよね。他にも同じ手口で殺された女性がいたかもしれないですし」

「それはその通りだけど、なぜ神奈川県警とうちの合同捜査って書いたんだよ。実際はうちが主導で動いてたんだぞ。警視庁がと書いておけば、どこの社も東京地裁に逮捕状を請求したと決めてかかって、事件の特定に時間を要したんじゃないか」

「それは私が、がっついてないからです。最初の一発で充分ですよ。他紙に余計な恨みを買いたくないし」

笑顔で胸の内を隠した。できれば他紙に三タテを食らわせたかった。三連戦の三タテ、あっ、また野球……。

「その考えで正解だな、十五年前の遺体なんだ。発見された時点ではこれが本当に清里千尋の骨なのか俺には分からなかった」

「えっ、そうだったんですか」

そう聞いてブルッと震えた。

「あなたが言うように他にも被害者がいた可能性だってあったわけだし」

「いたんですか」

「分からないよ」

得意のセリフが出た。今度は本当に予測がつかない「分からないよ」だ。念のために信楽の横顔を凝視して表情を確認した。前を向く信楽が瞳《ひとみ》を横に動かした。

「安心しな。元沢や澤は完全に落ちた。大崎が他の人間を使ってやった別の事件がある可能性はなきにしもあらずだが、あそこまでひどいことをしたのは大崎ほどのワルでも、清里千尋は簡単には奪えなかったからだ。いくら口説いても相手にされなかったし、尾行したら大声で叫ばれた。彼女は最後まで気丈だった。元沢は少女はすぐに従順になり、大崎が俺の女になるかと訊《き》くと、なると答えてその後は恋人同士みたいになったと話しているが、それだってヤツらが油断するチャンスを窺《うかが》っていたんだ。それをあの親と来たら……」

信楽が唇を嚙《か》む。

「親も含めて全員が鬼畜ですね」

少なくとも半裸で助けを求めてきた千尋を元沢の母親が中に入れていたら、彼女の命は救われた。息子がなにをやっているか分かっていた父親も警察に通報しなかったのだから。


駅が見えたところで信楽が立ち止まった。自動販売機の前だ。

小銭入れを出して、炭酸水を買う。

「なにを飲む？」

炭酸水を取り出したところで信楽が振り向いた。

前回も言われた。その時は寒かったので温かい緑茶を頼んだ。

「私も炭酸水をお願いします」

「なんだよ、お茶じゃないのか」

小銭を入れ、勝手にお茶を押しかけていた信楽が炭酸水に指を移動させる。

「昨日、サワーを三本飲んだんです。この前、私は二日酔いなので炭酸は飲めませんと言った時、信楽さん、二日酔いなら尚更《なおさら》炭酸だろって言ったじゃないですか。同じ炭酸を飲んだ方がアルコールは薄まるって」

「正月からやけ酒か」

「やけ酒ではなく一人飲みって言ってくださいよ」

「おんな酒場放浪記って呼ばれてるんだっけ」

「そんなくだらないこと、よく覚えてますね。でももうずいぶん家以外では飲んでません」

「それがいい、なにかあるとご両親が心配する」

「心配ってもう三十過ぎてますよ」

「何歳だって同じだよ。いなくなれば心配するのが家族だ」

「確かにそうですね」

自分はひどい目に遭うわけがないと思い込んでいるが、信楽の捜査が難航するのは、周囲に容疑者に該当する人物が見当たらないからだ。女子が一人で夜間に出歩ける平和な世の中になっても、行方不明者の数は減らない。その何割、いや数パーセントかもしれないが、悲惨な事件に巻き込まれる。

信楽が手に取って渡してくれた炭酸水を受け取る。

「ありがとうございます、いただきます」

かじかんだ手に、氷を押し付けられたほど冷たくて、キャップを回すのに時間がかかった。

すぐに信楽は一本を飲み終えたが、祐里は半分だけ飲んでバッグにしまった。替わりにこっそりカイロを出す。記者の冬の必需品だ。その時には駅に到着していて、改札をくぐって、入線していた始発電車に乗り込む。

単線の西武多摩川線に揺られ武蔵境駅に到着した。そのまま中央線乗り換え口まで横を歩く。

最初の朝取材では桜田門までついていく気持ちだったが、武蔵境の駅で「ここまでにしてくれ」と言われた。さらに「カイシャで会っても一切話してこないでくれよ。そしたらあなたがあの飲み屋に来た途端、俺は店から出るから」と警告された。それが信楽のやり方だ。だがこれだけの時間を割いてくれれば、捜査一課長の取るに足らない定例会見よりはるかに勉強になる。

「すべて解決して良かったですね」

電車に乗ってからは周りの乗客を気にして話しかけなかったが、歩きながらなら問題ないだろう。

「全部ではないけどな」

ぼそぼそした声が聞こえた。

「まだ余罪はあるってことですか」

「そうとは言ってないよ」

「納得いかないこともあるってことですか」

「さぁ、どうかな」

曖昧《あいまい》な言い方だったが、とりわけ疑念があるわけではなさそうだ。これですべて終わったと決めつけてはいけないと戒めているのだろう。そう解釈して「そうですね、分からないよ、ですね」と返した。

「ああ、世の中、分からないことだらけだ」

得意のセリフで締めて、信楽は片方の口端を上げた。

JRへの乗り換え口が近づいてきた。改札手前から少しずつ信楽と距離を取っていく。軽く手を挙げた信楽の後ろ姿を見ながらまたお願いしますと黙礼した。信楽は通勤客の波にのまれるように消えた。

そこでスマホが鳴った、二番手の中野からだった。

「どうした、中野くん、なにかあった?」

新年から事件かと嫌な予感が走った。仕切りが初日から警視庁を空けているのだ。辻本キャップからまた嫌味を言われる。

ところが聞こえてきた中野の声は弾んでいた。

〈江柄子理事官を囲み取材したあと、中野くんって初めて名前を呼ばれて、呼び止められたんです。いつもは中央新聞さんなのに〉

「それがどうしたの?」

〈理事官から褒められました。よく神奈川県警を最初に書いてくれたって。おかげで俺も神奈川に顔が立ったと〉

一発目の《関与》のスクープ記事を書く際、祐里は《警視庁と神奈川県警は……》と書き出した。捜査をしているのは信楽だ。しかも清里千尋の住所は町田署管内、警視庁の捜査である。

だが江柄子に裏取りした中野から、〈理事官はやたらとこれは神奈川県警の捜査だ、と言い張るんです。一応分かりましたとは言っておきましたけど、俺にはなぜそういうのか意味不明で〉と言われたのを思い出し、《神奈川県警と警視庁は……》と順番を入れ替えた。

神奈川と書いたがために、各新聞社の横浜総局の記者も動員され、逮捕状請求の取材では神奈川地裁をマークされた。信楽が言ったように、場所の特定で時間稼ぎができていれば、他紙に追いつかれなかったかもしれない。

〈どうして藤瀬さんは先に神奈川県警って書いたんですか？　俺がそう頼んだわけではないのに〉

「なに言ってるのよ。そう書いてくださいって意味を含めて、私に伝えたんでしょ。私だって長いこと記者をやってるから、ああ言われたらすぐにピンときたわよ」

〈俺も藤瀬さんなら分かってくれるだろうと思って、あえて詳しくは言わなかったんですけど〉

中野は調子のいいことを言う。

「私というより、中野くんが普段から真面目に取材しているから、理事官と心が通じ合えたんじゃないの。最初に事件が町田だと聞いてきたのも中野くんだし。気難しい警察官も、頑張っている記者には何かを伝えようとしてくれるんだよ。理事官が信用している記者ならと、これからは他の刑事も話してくれるようになるわよ」

〈本当ですか、一課担になって全然ダメだったんで自信を失ってたんで、そう言ってもらえると励みになります〉

「全然、自信を失っていた風には見えなかったけど」

〈本当ですよ。理事官からも、今回は中野くんへの貸しだな、と言われたんで、次に重大事件が起きた時は、突っ込んでぶつけてみようと思います。小幡とも藤瀬さんの下で仕事ができて、俺らは幸運だなという話をしたし、これからはなんでも俺らに言ってください〉

今まで聞いたことがないほど中野の声には活気があった。褒めて伸ばす――祐里の指導法も少しは実を結んだようだ。

頼りない仕切りのせいで、三人がバラバラのまま右往左往していた中央新聞捜査一課担当に、わずかとはいえ一体感が生まれた。

30

香田は消毒液の臭いが鼻につく病室の前に立っていた。

いつになく鼻が敏感なのはこれまでの個室とは異なり、相部屋は間口が広く、引き戸は開けっ放しになっているからか。

それとも今日こそは真実を聞き出そうと、意を決して病院に来たせいかもしれない。

六人部屋の病室に入る。

ベッドごとにカーテンが引かれていて、他に見舞いはいなかった。重篤患者が多いのか寝息が聞こえることもなく、病室は静寂に包まれている。

「繁樹です」

声をかけてから、名札のついた場所のカーテンを開く。義父は横になっていたが目は開けていた。眼窩《がんか》が黒ずむほど生気が失《う》せている。

「お義父《とう》さん、どうして相部屋に移ったんですか」

「一人部屋は寂しいんでな」

たぶんそれは本音ではない。

景子の腰の状態がよくなったことで再び夫婦交替で義父の見舞いに行くことになった。見舞いにきた景子に、義父は相部屋に移してほしいと言った。その日は清里千尋の遺骨が発見された日だった。

そこでベッド脇のテーブルの上に、黒い革製の古びた小銭入れがあるのが目に入った。景子に言って家まで取りに行かせたものだ。

相部屋に移ると、金品はロッカーに入れて鍵《かぎ》をかけるように言われる。義父はそれが煩わしく、わずかな小銭だけを入れて、テーブルに置きっぱなしにしているのだろう。

「お義父さん、自販機でなにか飲み物でも買ってきましょうか」

自分も喉《のど》が渇いたのでついでに尋ねた。

「今はいい」

テーブルの脇には吸い飲みがあった。年末から肺炎気味だと聞いていたが、グラスで飲むこともできなくなったのか。悪いことを言った。

どうやら別れの日は刻一刻と近づいているようだ。

「よくホシを見つけたな」

天井の一点を見つめるように目を絞り、義父が呟《つぶや》いた。

「そうですね。信楽さんをはじめ、捜査一課の協力のおかげです」

「さすが警視庁だな」

本気で言っているとは思えなかった。捜査本部を神奈川に置いたことで、神奈川県警の執念たる捜査と称賛する記事が新聞、雑誌に散見されたが、十五年も放置していた事件を警視庁に指示される形で解決したのだ。神奈川県警捜査一課のメンツは丸つぶれとなった。警察官であると同時に神奈川県警の一員だった義父は、仲間たちの慙愧《ざんき》の至りを感じ取っているはずだ。

「本当に大崎たちは極悪非道です。清里千尋が逃げようとした二日目の夜、大崎は隠し持っていた覚醒剤《かくせいざい》を打ちました。そのせいで彼女はショック死しました。こんな残虐な殺された方をしたのですから、少女は浮かばれませんよ」

義父はまだ天井を見たまま、瞬《まばた》きすらしない。厳しい表情はいつものままだが、覚悟を決めているようにも感じ取れる。

「ところであの頃、神奈川県警は清里千尋の身分照会をした。その理由を私は、大崎が特殊詐欺グループを率いていたからじゃないかと言いましたが、覚醒剤の運び屋だったんですね」

表情の変化を確認する。相変わらず上を見たままだが、窪《くぼ》んだ眼窩の奥で瞳《ひとみ》が微《かす》かに動いた。

「大麻での逮捕歴のある桧山努が、早朝にバンカケされ、財布の中まで調べられたと聞いた段階で気づくべきでした」

恥を認めたが、職務質問を信楽から聞いた時、香田にも麻薬事件を捜査する保安課は過《よぎ》った。だが大崎を追っているのが保安課の刑事なら、身バレを恐れて大崎たち以外には目もくれないと思った。

ひりつくような緊張感を、義父の咳《せき》の音が裂く。

「寒いですか？」

暖房が効いている病室だが、香田自身、体が温《ぬく》もる感覚はない。

「大丈夫だ」

また咳き込む。相当に苦しそうだ。香田は吸い飲みを取ろうとしたが、義父は皺《しわ》だらけの手で口を押さえ、「続けてくれ」と促した。

「以前、お義父さんが水谷巡査のことを『彼女にはすまないことをした』と言いましたが、あれはこのことだったんですね。神奈川県警保安課は覚醒剤の輸送ルートを解明するため、運び屋の大崎と澤を泳がせた。なのに二人の行方を見失うという大失態を犯した。焦った保安課は大崎が狙っていると聞きつけた清里千尋について身分照会をかけた。お義父さんもその目的を知っていました」

その理由を曖昧《あいまい》にしたのは、保安課が泳がせ捜査をしていることを部外者に知られたくなかったからだと言える。義父も所詮《しょせん》は組織の人間だった。それでも身分照会を伝えたことは、敵陣で働く婿への温情だった。

保安課がいつ、大崎と澤の行方を見失ったかは現時点では不明だ。彼らが行動確認できていれば、清里千尋が拉致《らち》されることはなかっただろう。

もっともその責任のすべてを神奈川県警に押し付けるつもりはなかった。

香田だって同罪だ。千尋を捜していた水谷早苗から自転車が駅前に放置されていることを聞きながら、義父に電話一本で済ませた。あの時、義父にもっとしつこく訊《き》いていれば……この正月の間、悔いが棘《とげ》となって香田の胸をちくちくと刺した。

昨日、警視庁に顔を出し、捜査一課の幹部と信楽に礼を言った。

江柄子をはじめ幹部たちは喜んでいた。

信楽も「良かったな」とは言ったが、捜査中に見せる峻厳《しゅんげん》な表情が和むことはなかった。

そして刑事部屋の窓際に呼ばれてこう言われた。

――香田、今回の事件、一つだけまだ発見されていないものがあるぞ。

聞いた瞬間に息を呑《の》んだ。今回の捜査のもっとも大事なものを香田は失念していた。

「お義父さん、今回の捜査でまだ見つかっていないものがあります。自転車の鍵です。彼女の自転車は鍵を押し込んで開ける旧式のプレスキーでした。拉致した二日後の早朝、元沢の家を出た澤大貴は、大崎に命じられて町田駅の駐輪場に置きました。澤は鍵をつけたままにしたと供述しています。麻薬刑事から狙われていることを知っていた澤は、鍵なんかを持って職質されたら、清里千尋の拉致までバレてしまう。そもそも大崎も澤も自転車に指紋がつかないよう手袋をして犯行に及んでいます。澤は嘘をついていないというのが信楽さんの見立てです」

そこで一旦《いったん》、言葉を止める。消化不良を起こしたかのように胃が締め付けられた。

「そうなると誰かが鍵をかけ、鍵を抜いたことになります」

その鍵を抜いた人間もおそらく義父は知っている……。

「神奈川県警保安課の刑事が、町田署の少年係より先に自転車を発見し、鍵を抜いたのではないですか。理由は事件性を消すためです。清里千尋の拉致監禁容疑で大崎が逮捕されれば大騒ぎになり、覚醒剤ルートは解明できなくなりますものね。ただし神奈川県警は尾谷組の麻薬ルートも特定できず、捜査は頓挫《とんざ》しましたが」

清里千尋の事件は、本来は解決に十五年も要する難事件ではなかった。大崎と清里千尋との関連を知る二つの警察組織の片割れが、捜査情報を隠蔽《いんぺい》した。だから事件は闇に葬られたままとなった。

それでも義父は退官後の天下りを拒否し、自力で調べた。澤から自供を引き出せたのも義父のおかげだ。神奈川への怒りが消えることはないが、今なら亡骸《なきがら》を抱いて見送る気持ちに変わりはない。

「それを取ってくれ」

義父が首をテーブル方向に曲げ、景子に持ってこさせた四角い小銭入れを顎《あご》で指す。手を伸ばして摑《つか》んだ黒革の小銭入れは、年季が入っているのか革が柔らかく、手触りが良かった。

「開けてくれ」

言われてファスナーを開く。小銭以外のものが入っているようだ。人差し指を突っ込む。角ばった感触に、首筋に刃物を当てられたかのように総毛立った。

「こ、これは……」

取り出したのは小さなビニール袋に包まれた自転車の鍵だった。

「なぜお義父さんがこの鍵を持ってるんですか」

自分の声が震えていた。

「うちの係長から、しばらく預かってくださいと渡されたんだ。本部から頼まれましたと。こんなことをして、俺は本部はどうする気だと思った」

「本部って、お義父さんのかつての同僚でしょう。どうして理由を聞かなかったんですか」

「電話をかけたが、出なかった。するとまたうちの係長がやってきて、これは尾谷組の壊滅を狙っている保安課と捜査四課の合同捜査です。暴走族グループを使って運ばせていた覚醒剤ルートを突破口にしている。だから邪魔しないでくださいと四課長から言われました、と。そうなると俺にはどうすることもできなかった」

「どうして今まで持ってたんですか。十五年ですよ。彼女がいなくなって十五年も経つんですよ」

「鍵《かぎ》を受け取った後、俺は署の連中にも、本部の部下にも少女を捜せと命じた。本部は大崎たちの行方を完全に見失って途方に暮れていた。その時には俺はもう少女はこの世にいないだろうと思った。そんなこと、とてもおまえには言えなかった」

「言えないって、そんな……」

絶句した。

「いずれおまえがすべてを知る。そう思って、この前、景子に持ってこさせたんだ」

水谷巡査が亡くなったから大崎たちの話をしたのではなかった。先途が近づいた自分が、捜査の隠蔽に関わっていたことを明かすためだったのだ。

だが、この場で義父に聞かなくてはならないことは、「なぜ」でも「どうして」でもなかった。

「お義父さんがこの鍵を預かったのは、いつですか」

右手に力が入り、自転車の鍵が皮膚にめり込む。義父の反応はなかった。ただ目を見開いたまま天井を見ている。

「自転車の放置について私が電話した前ですか、それともあの後ですか」

電話をかけたのは清里千尋がいなくなった翌々日、七月二十四日の午後五時三十分過ぎだ。元沢の供述では、千尋はその日の深夜までは生きていた。

「……おまえから電話があった直前だった」

あの時だったのだ。カイシャを出たところだと言ったあの時……。

「あの電話でどうして伝えてくれなかったんですか。私に話してくれていれば、彼女を救えたかもしれないのに……」

大崎たちが拉致した可能性が高いと伝えてくれていれば、すぐに上司に言い、署全体で捜索をかけた。警視庁の上層部から神奈川県警にも連絡を入れ、神奈川の捜査四課長がなんと言おうが、神奈川県内までしらみつぶしに捜した。そうすれば元沢の家まで辿《たど》り着けたかもしれない。

「お義父さんはそこまで組織が大事だったんですか。お義父さんがしたことは、警察が一番大事にしなくてはならない国民の命を守るという使命を無視したんですよ」

そうでも言わなくては収まりがつかなかった。組織のしがらみに縛られず、間違っていたことは上にも抗議する本物の刑事だったのではなかったのか。人の命を預かる刑事は、上ばかり見て急ぐ特急列車より、鈍行の方が向いているのではなかったのか。敬慕していた心がむしり取られていく。

「……すまない」

にごりの幕が張られた眼孔に、うっすらと悔いの涙が滲《にじ》んでいる。

香田の視界もぼやけていく。

信じて歩んできた刑事の理想像を見失い、心はがらんどうになった。

31

二月、洸は喪服を着て立川に来ていた。

隣に立つ信楽もシャツはいつもの黒だが、喪服を着ている。言われていた時間より少し早く到着したため、香田の自宅前の陽だまりで待っている。

ミニバンが走ってきた。助手席に乗っているのが香田で、運転しているのは妻のようだ。自宅前で停止する。香田が車から降りて頭を下げた。

「すみません、部屋長、待たせてしまって」

「今着いたところだよ」

信楽は気を遣わせないようにそう答えた。

「森内くんも遠いところ、悪かったね」

「このたびにはご愁傷さまです」

お悔やみの言葉を述べて頭を下げた。

スライドドアから降りてきた三人の子供たちも礼儀正しく黙礼した。

香田たち家族は、亡くなった菊池和雄氏の火葬に立ち会い、戻ってきたところだった。

父親の遺言通り、神奈川県警には連絡せず、通夜、告別式は家族のみで執り行ったようだ。

神奈川県警の元同僚や部下は呼ばなかったというのに、「ご迷惑でなければ部屋長と森内くんにお線香をあげにきていただけませんか」と頼んできた。信楽は「お義父さんも俺が怒っていると勘違いしたままだと、安心して成仏できないな」と了解した。

菊池和雄氏が清里千尋についての重大な証拠を保持していたことは香田から聞いた。洸は衝撃を受けたが、信楽も、そして香田も元より菊池氏は隠し事をしていると怪しんでいたようだ。それでも「俺が怒っていると勘違いしたままだと」と言ったということは、信楽は警察の縦割り組織に生じる弊害だと理解した。信楽は言っていた。菊池和雄氏も長く苦しんでいた。退官後も大崎の行方を追いかけたのは少女を救い出せなかった償いであり、亡くなる前に香田に話したのは菊池氏なりの告解だ、と。

一階の和室に設《しつら》えられた仏壇に、信楽に続いて線香をあげて手を合わせた。

警察署長にもなった人だ。仏壇の遺影は制服姿のものだと思っていたが、家のリビングでくつろいで笑っている写真だった。病院で会った時とは別人のように表情が柔らかい。

目を開けると香田の声が聞こえた。

「いい顔しているでしょう。孫たちと談笑している時の写真です、まだ義母も健在でした」

「本当だな」信楽が短く答えた。

「お茶をどうぞ」

長女が緑茶を持ってきた。

「香田、トイレを借りていいかな」

信楽が座布団から膝《ひざ》を立てた。

「どうぞ、慎太郎、案内してあげて」

香田が部屋の隅に座っていた長男に頼んだ。

「大丈夫だよ、玄関あがって、最初の左側だよね、慎太郎くん」

「は、はい、そうです」

彼は驚いていた。刑事なんてこんなものだ。ただ廊下を歩くだけでもここは何の部屋か、風呂場《ふろば》やトイレはどこかと確認する。

「でも案内します」

「ありがとう」

信楽と長男、お茶を置いた長女も出たため、和室には洸と香田の二人きりになった。

「森内くん」

香田から名前を呼ばれた。

「はい」

座布団に正座していた洸は、香田が座る方向に体の向きを変えた。

「今回、私は身内にさえ、隠し事をされ、少女を救うことができなかった。刑事課長にまでなったが、私は刑事失格だ」

正座をする香田は、両手で膝を握った。

「そんなことないですよ」

励まそうとしたが、先に香田が言葉を継いだ。これまでの温和な顔とは異なる厳しい顔をした。

「だけども私は二係捜査に携わったことを誇りに思っているし、これからも二係捜査は必要だと思っている」

「僕も同じ考えです」

世の中には殺され、埋められ、家族も友人も誰も知らない被害者が、今も数多くどこかに眠っている。それを捜し出す刑事なくしては被害者も家族もただ苦しみが続くだけだ。

「森内くんにはできる限り、信楽京介の下で二係捜査を学んでほしい。そして一人でも多くの行方不明者を捜し出してほしい。そうしないと立件されない捜査をする専門家が警察からいなくなってしまう」

「はい、部屋長から引き継ぐくらいの気持ちでやるつもりです」

洸がきっぱりと答えると香田は頷《うなず》いた。

香田の丸い顔が、信楽の研ぎ澄まされたそれと重なって見えた。

それは紛れもなく、本物の刑事の顔だった。

本書は書き下ろしです。
本作はフィクションであり、登場する
人物・組織などすべて架空のものです。

宿《しゆく》罪《ざい》

二《に》係《がかり》捜《そう》査《さ》(1)

本《ほん》城《じよう》雅《まさ》人《と》

令和5年 9月25日 初版発行

発行者●山下直久

発行●株式会社KADOKAWA
〒102-8177 東京都千代田区富士見2-13-3
電話 0570-002-301(ナビダイヤル)

角川文庫 23815

印刷所●株式会社暁印刷
製本所●本間製本株式会社

表紙画●和田三造

ISBN 978-4-04-113769-7 C0193

◇◇◇

角川文庫発刊に際して

角　川　源　義

第二次世界大戦の敗北は、軍事力の敗北であった以上に、私たちの若い文化力の敗退であった。私たちの文化が戦争に対して如何に無力であり、単なるあだ花に過ぎなかったかを、私たちは身を以て体験し痛感した。西洋近代文化の摂取にとって、明治以後八十年の歳月は決して短かすぎたとは言えない。にもかかわらず、近代文化の伝統を確立し、自由な批判と柔軟な良識に富む文化層として自らを形成することに私たちは失敗して来た。そしてこれは、各層への文化の普及滲透を任務とする出版人の責任でもあった。

一九四五年以来、私たちは再び振出しに戻り、第一歩から踏み出すことを余儀なくされた。これは大きな不幸ではあるが、反面、これまでの混沌・未熟・歪曲の中にあった我が国の文化に秩序と確たる基礎を齎らすためには絶好の機会でもある。角川書店は、このような祖国の文化的危機にあたり、微力をも顧みず再建の礎石たるべき抱負と決意とをもって出発したが、ここに創立以来の念願を果すべく角川文庫を発刊する。これまで刊行されたあらゆる全集叢書文庫類の長所と短所とを検討し、古今東西の不朽の典籍を、良心的編集のもとに、廉価に、そして書架にふさわしい美本として、多くのひとびとに提供しようとする。しかし私たちは徒らに百科全書的な知識のジレッタントを作ることを目的とせず、あくまで祖国の文化に秩序と再建への道を示し、この文庫を角川書店の栄ある事業として、今後永久に継続発展せしめ、学芸と教養との殿堂として大成せんことを期したい。多くの読書子の愛情ある忠言と支持とによって、この希望と抱負とを完遂せしめられんことを願う。

一九四九年五月三日

角川文庫ベストセラー

不屈の記者　本城雅人

中央新聞の那智紀政は、記者の伯父が残した、謎の建設工事資料の解明に取り組んでいた。伯父は、伝説の調査報道記者と呼ばれていたが、病に倒れてしまったのだ。那智は、仲間たちと事件を追うが――。

軌跡　今野　敏

目黒の商店街付近で起きた難解な殺人事件に、大島刑事と湯島刑事、そして心理調査官の島崎が挑む。(「老婆心」より)警察小説からアクション小説まで、文庫未収録作を厳選したオリジナル短編集。

熱波　今野　敏

内閣情報調査室の磯貝竜一は、米軍基地の全面撤去を前提にした都市計画が進む沖縄を訪れた。だがある日、磯貝は台湾マフィアに拉致されそうになる。政府と米軍をも巻き込む事態の行く末は？　長篇小説。

鬼龍　今野　敏

鬼道衆の末裔として、秘密裏に依頼された「亡者祓い」を請け負う鬼龍浩一。企業で起きた不可解な事件の解決に乗り出すが……恐るべき敵の正体は？　長篇エンターテインメント。

陰陽　鬼龍光一シリーズ　今野　敏

若い女性が都内各所で襲われ惨殺される事件が連続して発生。警視庁生活安全部の富野は、殺害現場で謎の男・鬼龍光一と出会う。祓師だという鬼龍に不審を抱く富野。だが、事件は常識では測れないものだった。

角川文庫ベストセラー

憑物
鬼龍光一シリーズ

今野　敏

渋谷のクラブで、15人の男女が互いに殺し合う異常な事件が起きた。さらに、同様の事件が続発するが、その現場には必ず六芒星のマークが残されていた……警視庁の富野と祓師の鬼龍が再び事件に挑む。

豹変
鬼龍光一シリーズ

今野　敏

世田谷の中学校で、3年生の佐田が同級生の石村を刺す事件が起きた。だが、取り調べで佐田は何かに取り憑かれたような言動をして警察署から忽然と消えてしまった——。異色コンビが活躍する長篇警察小説。

殺人ライセンス

今野　敏

高校生が遭遇したオンラインゲーム「殺人ライセンス」。ゲームと同様の事件が現実でも起こった。被害者の名前も同じであり、高校生のキュウは、同級生の父で探偵の男とともに、事件を調べはじめる——。

捜査流儀
警視庁剣士

須藤靖貴

警視庁捜査一課の郷謙治は、刑事でありながら警視庁剣道の選ばれし剣士。池袋で発生した連続放火・殺人事件の捜査にあたる郷は、相棒の竹入とともに地を這う聞き込みを続けていた——。剣士の眼が捜査で光る！

偽装潜入
警視庁捜一刑事・郷謙治

須藤靖貴

池袋で資産家の中年男性が殺された。被害者は、自宅に現金を置き、隠す様子もなかったという。身内の犯行が推測されるなか、警視庁の郷警部は、キャリア警部の志塚とともに捜査を開始する。

角川文庫ベストセラー

黒い紙
堂場瞬一

大手総合商社に届いた、謎の脅迫状。犯人の要求は現金10億円。巨大企業の命運はたった1枚の紙に委ねられた。警察小説の旗手が放つ、企業謀略ミステリ！

十字の記憶
堂場瞬一

新聞社の支局長として20年ぶりに地元に戻ってきた記者の福良孝嗣は、着任早々、殺人事件を取材することになる。だが、その事件は福良の同級生2人との辛い過去をあぶり出すことになる――。

約束の河
堂場瞬一

幼馴染で作家となった今川が謎の死を遂げた。法律事務所所長の北見貴秋は、薬物による記憶障害に苦しみながら、真相を確かめようとする。一方、刑事の藤代は、親友の息子である北見の動向を探っていた――。

砂の家
堂場瞬一

「お父さんが出所しました」大手企業で働く健人に、弁護士から突然の電話が。20年前、母と妹を刺し殺して逮捕された父。「殺人犯の子」として絶望的な日々を送ってきた健人の前に、現れた父は――。

脳科学捜査官 真田夏希
鳴神響一

神奈川県警初の心理職特別捜査官・真田夏希は、医師免許を持つ心理分析官。横浜のみなとみらい地区で発生した爆発事件に、編入された夏希は、そこで意外な相棒とコンビを組むことを命じられる――。

角川文庫ベストセラー

角川文庫ベストセラー

探偵倶楽部　東野圭吾

「我々は無駄なことはしない主義なのです」——冷静かつ迅速。そして捜査は完璧。セレブ御用達の調査機関〈探偵倶楽部〉が、不可解な難事件を鮮やかに解き明かす！　東野ミステリの隠れた傑作登場!!

さいえんす？　東野圭吾

「科学技術はミステリを変えたか？」「男と女の〝パーソナルゾーン〟の違い」「数学を勉強する理由」……元エンジニアの理系作家が語る科学に関するあれこれ。人気作家のエッセイ集が文庫オリジナルで登場！

殺人の門　東野圭吾

あいつを殺したい。奴のせいで、私の人生はいつも狂わされてきた。でも、私には殺すことができない。殺人者になるために、私には一体何が欠けているのだろうか。心の闇に潜む殺人願望を描く、衝撃の問題作！

ちゃれんじ？　東野圭吾

自らを「おっさんスノーボーダー」と称して、奮闘、転倒、歓喜など、その珍道中を自虐的に綴った爆笑エッセイ集。書き下ろし短編「おっさんスノーボーダー殺人事件」も収録。

さまよう刃　東野圭吾

長峰重樹の娘、絵摩の死体が荒川の下流で発見される。犯人を告げる一本の密告電話が長峰の元に入った。それを聞いた長峰は半信半疑のまま、娘の復讐に動き出す——。遺族の復讐と少年犯罪をテーマにした問題作。

角川文庫ベストセラー

使命と魂のリミット　東野圭吾

あの日なくしたものを取り戻すため、私は命を賭ける――。心臓外科医を目指す夕紀は、誰にも言えないある目的を胸に秘めていた。それを果たすべき日に、手術室を前代未聞の危機が襲う。大傑作長編サスペンス。

夜明けの街で　東野圭吾

不倫する奴なんてバカだと思っていた。でもどうしようもない時もある――。建設会社に勤める渡部は、派遣社員の秋葉と不倫の恋に墜ちる。しかし、秋葉は誰にも明かせない事情を抱えていた……。

ナミヤ雑貨店の奇蹟　東野圭吾

あらゆる悩み相談に乗る不思議な雑貨店。そこに集う、人生最大の岐路に立った人たち。過去と現在を超えて温かな手紙交換がはじまる……張り巡らされた伏線が奇蹟のように繋がり合う、心ふるわす物語。

ラプラスの魔女　東野圭吾

遠く離れた2つの温泉地で硫化水素中毒による死亡事故が起きた。調査に赴いた地球化学研究者・青江は、双方の現場で謎の娘を目撃する――。東野圭吾が小説の常識をくつがえして挑んだ、空想科学ミステリ！

超・殺人事件　東野圭吾

人気作家を悩ませる巨額の税金対策。思いつかない結末。褒めるところが見つからない書評の執筆……作家たちの俗すぎる悩みをブラックユーモアたっぷりに描いた切れ味抜群の8つの作品集。

角川文庫ベストセラー

魔力の胎動
東野圭吾

彼女には、物理現象を見事に言い当てる、不思議な"力"があった。彼女によって、悩める人たちが救われていく……東野圭吾が小説の常識を覆した衝撃のミステリ『ラプラスの魔女』につながる希望の物語。

刑事に向かない女
山邑圭

採用試験を間違い、警察官となった椎名真帆は、交通課勤務の優秀さからまたしても意図せず刑事課に配属されてしまった。殺人事件を担当することになった真帆の、刑事としての第一歩がはじまるが……。

刑事に向かない女
違反捜査
山邑圭

都内のマンションで女性の左耳だけが切り取られた絞殺死体が発見された。荻窪東署の椎名真帆は、この捜査でなぜか大森湾岸署の村田刑事と組まされることになる。村田にはなにか密命でもあるのか……。

刑事に向かない女
黙認捜査
山邑圭

解体中のビルで若い男の首吊り死体が発見された。男は元警察官で、強制わいせつ致傷罪で服役し、出所したばかりだった。自殺かと思われたが、荻窪東署の刑事・椎名真帆は、他殺の匂いを感じていた。

コールド・ファイル
警視庁刑事部資料課・比留間怜子
山邑圭

初めての潜入捜査で失敗し、資料課へ飛ばされた比留間怜子は、捜査の資料を整理するだけの窓際部署で、鬱々とした日々を送っていた。だが、被疑者死亡で終わった事件が、怜子の運命を動かしはじめる！